Alexandre Dumas (1802-1870). D'abord clerc de notaire, puis commis au secrétariat du duc d'Orléans, il devint l'écrivain le plus fertile et le plus lu de son temps. Aidé de plusieurs collaborateurs, il publia près de 300 ouvrages dont certains – tel *Les trois mousquetaires* – sont encore aujourd'hui aussi populaires que de son vivant. Il eut une vie brillante et fastueuse, fut directeur de théâtre, fonda des journaux éphémères et, malgré des gains fabuleux, se trouva ruiné à la fin de sa vie.

Jean-Adolphe Beaucé (1818-1875). Peintre et illustrateur français, élève de Charles Bazin, il se consacra à des sujets militaires. Il suivit l'armée à Alger, en Syrie, au Mexique et il se trouva à Metz lors du blocus de 1870.

© 1981, l'école des loisirs, Paris
Loi n° 49.956 du 16 juillet 1949 sur les publications
destinées à la jeunesse : avril 1981
Dépôt légal : avril 2012
Imprimé en France par CPI Bussière
à Saint-Amand-Montrond
N° d'édit. : 28. N° d'impr. : 121868/1

ISBN 978-2-211-08052-1

Alexandre Dumas

Les trois mousquetaires

Version abrégée par Bernard Noël,
illustrée par Jean-Adolphe Beaucé

Classiques abrégés
l'école des loisirs
11, rue de Sèvres, Paris 6e

I
Les trois présents de M. D'Artagnan père

Le premier lundi du mois d'avril 1625, le bourg de Meung, où naquit l'auteur du *Roman de la Rose,* semblait être dans une révolution aussi entière que si les Huguenots en fussent venus faire une seconde Rochelle. Plusieurs bourgeois se hâtaient d'endosser la cuirasse et, appuyant leur contenance quelque peu incertaine d'un mousquet ou d'une pertuisane, se dirigeaient vers l'hôtellerie du *Franc Meunier,* devant laquelle s'empressait un groupe compact, bruyant et plein de curiosité.

Arrivé là, chacun put voir et reconnaître la cause de cette rumeur.

Un jeune homme... traçons son portrait d'un trait de plume: figurez-vous don Quichotte à dix-huit ans; visage long et brun, la pommette des joues saillante, signe d'astuce; les muscles maxillaires énormément développés, indice infaillible auquel on reconnaît le Gascon, même sans béret, et notre jeune homme portait un béret orné d'une espèce de plume; l'œil ouvert et intelligent; le nez crochu, mais finement dessiné; trop grand pour un adolescent, trop petit pour un homme fait, et qu'un œil peu exercé eût pris pour un fils de fermier en voyage, sans sa longue épée qui, pendue à un baudrier de peau, battait les mollets de son propriétaire quand il était à pied, et le poil hérissé de sa monture quand il était à cheval.

Car notre jeune homme avait une monture, et cette monture était même si remarquable qu'elle fut remarquée: c'était un bidet du Béarn, jaune de robe, sans crins à la queue et qui marchait la tête plus bas que les genoux. Malheureusement les qualités de ce cheval étaient si bien cachées sous son poil étrange et son allure incongrue, que l'apparition du susdit bidet à Meung, où il était entré il y avait un quart d'heure à peu près par la porte de Beaugency, produisit une sensation dont la défaveur rejaillit jusqu'à son cavalier.

Et cette sensation avait été d'autant plus pénible au jeune d'Artagnan (ainsi s'appelait don Quichotte de cette autre Rossinante), qu'il ne se cachait pas le côté ridicule que lui donnait, si bon cavalier qu'il fût, une pareille monture; aussi avait-il fort soupiré en acceptant le don que lui en avait fait M. d'Artagnan père. Il est vrai que les paroles dont le présent avait été accompagné n'avaient pas de prix.

«Mon fils», avait dit le gentilhomme gascon, «ce cheval est né dans la maison de votre père, il y a tantôt treize ans, et y est resté depuis ce temps-là, ce qui doit vous porter à l'aimer. Ne le vendez jamais, laissez-le mourir tranquillement et honorablement de vieillesse. A la cour», continua M. d'Artagnan père, «si toutefois vous avez l'honneur d'y aller, honneur auquel, du reste, votre vieille noblesse vous donne des droits, soutenez dignement votre nom de gentilhomme, qui a été porté par vos ancêtres depuis cinq cents ans. C'est par son courage, par son courage seul, qu'un gentilhomme fait son chemin aujourd'hui. Vous êtes jeune, vous devez être brave pour deux raisons : la première, c'est que vous êtes Gascon, et la seconde, c'est que vous êtes mon fils. Ne craignez pas les occasions et cherchez les aventures. Je vous ai fait apprendre à manier l'épée ; vous avez un jarret de fer, un poignet d'acier ; battez-vous à tout propos ; battez-vous d'autant plus que les duels sont défendus et que, par conséquent, il y a deux fois du courage à se battre. Je n'ai, mon fils, à vous donner que quinze écus, mon cheval et les conseils que vous venez d'entendre. Votre mère y ajoutera la recette d'un certain baume qu'elle tient d'une bohémienne, et qui a une vertu miraculeuse pour guérir toute blessure qui n'atteint pas le cœur. Faites votre profit de tout et vivez heureusement et longtemps. – Je n'ai plus qu'un mot à ajouter ; je veux parler de M. de Tréville, qui était mon voisin autrefois, et qui a eu l'honneur de jouer tout enfant avec notre roi Louis XIII, que Dieu conserve ! Le voilà capitaine des mousquetaires, c'est-à-dire chef d'une légion de Césars dont le roi fait un très grand cas, et que M. le cardinal redoute, lui qui ne redoute pas grand'chose, comme chacun sait. De plus, M. de Tréville gagne dix mille écus par an ; c'est donc un fort grand seigneur. – Il a commencé comme vous ; allez le voir avec cette lettre, et réglez-vous sur lui, afin de faire comme lui.»

Sur quoi M. d'Artagnan père ceignit à son fils sa propre épée, l'embrassa tendrement sur les deux joues et lui donna sa bénédiction.

En sortant de la chambre paternelle, le jeune homme trouva sa mère qui l'attendait avec la fameuse recette. Les adieux furent de ce côté plus longs et plus tendres qu'ils ne l'avaient été de l'autre. Mme d'Artagnan pleura abondamment, et, disons-le à la louange de M. d'Artagnan fils, quelques efforts qu'il tentât pour rester ferme comme le devait être un futur mousquetaire, la nature l'emporta, et il versa force larmes, dont il parvint à grand'peine à cacher la moitié.

Le même jour le jeune homme se mit en route. Don Quichotte prenait les moulins à vent pour des géants et les moutons pour des armées, d'Artagnan prit chaque sourire pour une insulte et chaque regard pour une provocation. Il en résulta qu'il eut toujours le poing fermé depuis Tarbes jusqu'à Meung, et que l'un dans l'autre il porta la main au pommeau de son épée dix fois par jour.

Mais à Meung, comme il descendait de cheval à la porte du *Franc Meunier,* d'Artagnan avisa à une fenêtre du rez-de-chaussée un gentilhomme de belle taille et de haute mine, lequel causait avec deux personnes qui paraissaient l'écouter avec déférence. D'Artagnan crut tout naturellement, selon son habitude, être l'objet de la conversation. Cette fois d'Artagnan ne s'était trompé qu'à moitié : ce n'était pas de lui qu'il était question, mais de son cheval, et les auditeurs éclataient de rire à tout moment.

D'Artagnan voulut d'abord se rendre compte de la physionomie de l'impertinent qui se moquait de lui. Il fixa son regard fier sur l'étranger et reconnut un homme de quarante à quarante-cinq ans, aux yeux noirs et perçants, au teint pâle, au nez fortement accentué, à la moustache noire et parfaitement taillée ; il était vêtu d'un pourpoint et d'un haut-de-chausses violet avec des aiguillettes de même couleur. D'Artagnan enfonça son béret sur ses yeux, et, tâchant de copier quelques-uns des airs de cour qu'il avait surpris en Gascogne chez des seigneurs en voyage, il s'avança, une main sur la garde de son épée et l'autre appuyée sur la hanche.

«Eh! Monsieur», s'écria-t-il, «dites-moi donc un peu de quoi vous riez, et nous rirons ensemble.»

Le gentilhomme, avec un accent d'ironie et d'insolence impossible à décrire, répondit à d'Artagnan : «Je ne vous parle pas, Monsieur.»

«Mais, je vous parle, moi!» s'écria le jeune homme exaspéré de ce mélange d'insolence et de bonnes manières.

L'homme le regarda encore un instant avec son léger sourire, et, se retirant de la fenêtre, sortit lentement de l'hôtellerie pour venir à deux pas de d'Artagnan se planter en face du cheval.

«Ce cheval est décidément ou plutôt a été dans sa jeunesse bouton d'or», reprit l'inconnu sans paraître remarquer l'exaspération de d'Artagnan. «C'est une couleur fort commune en botanique, mais jusqu'à présent fort rare chez les chevaux.»

«Tel rit du cheval qui n'oserait pas rire du maître!» s'écria l'émule de Tréville, furieux.

«Je ne ris pas souvent, Monsieur, mais je tiens cependant à conserver le privilège de rire quand il me plaît.» Et l'inconnu, tournant sur ses talons, s'apprêta à rentrer dans l'hôtellerie. Mais d'Artagnan n'était pas de caractère à lâcher ainsi un homme qui avait eu l'insolence de se moquer de lui. Il tira son épée entièrement du fourreau et se mit à sa poursuite en criant: «Tournez, tournez donc, monsieur le railleur, que je ne vous frappe point par derrière.»

«Me frapper, moi!» dit l'autre en pivotant sur ses talons et en regardant le jeune homme avec autant d'étonnement que de mépris.

Il achevait à peine, que d'Artagnan lui allongea un si furieux coup de pointe, que, s'il n'eût fait vivement un bond en arrière, il est probable qu'il eût plaisanté pour la dernière fois. L'inconnu vit alors que la chose passait la raillerie, tira son épée, salua son adversaire et se mit gravement en garde. Mais au même moment ses deux auditeurs, accompagnés de l'hôte, tombèrent sur d'Artagnan à grands coups de bâton, de pelles et de pincettes. D'Artagnan laissa échapper son épée qu'un coup de bâton brisa en deux; un autre coup, qui lui entama le front, le renversa presque en même temps tout sanglant.

C'est à ce moment que de tous côtés on accourut sur le lieu de la scène. L'hôte, craignant du scandale, emporta, avec l'aide de ses garçons, le blessé dans la cuisine où quelques soins lui furent accordés.

Quant au gentilhomme, il était revenu prendre sa place à la fenêtre et regardait avec une certaine impatience toute cette foule, qui semblait en demeurant là lui causer une vive contrariété.

«Eh bien! comment va cet enragé?» reprit-il en se retournant au bruit de la porte qui s'ouvrit et s'adressant à l'hôte qui venait s'informer de sa santé.

«Il s'est évanoui tout à fait, ce qui ne l'a pas empêché de dire en s'évanouissant que si pareille chose était arrivée à Paris, vous vous en repentiriez tout de suite, tandis qu'ici vous ne vous en repentiriez que plus tard.»

«Et il n'a nommé personne dans sa colère?»

«Si fait, il frappait sur sa poche, et il disait: «Nous verrons ce que M. de Tréville pensera de cette insulte faite à son protégé.»

«M. de Tréville?» dit l'inconnu en devenant attentif...
«Voyons, mon cher hôte, pendant que votre jeune homme était évanoui, vous n'avez pas été, j'en suis bien sûr, sans regarder cette poche-là. Qu'y avait-il?»

«Une lettre adressée à M. de Tréville, capitaine des mousquetaires.»

«En vérité!» Et l'inconnu tomba dans une réflexion qui dura quelques minutes.

«Il ne faut pas», se dit-il, «que Milady soit aperçue de ce drôle... Si seulement je pouvais savoir ce que contient cette lettre adressée à Tréville!»

L'inconnu, tout en marmottant, se dirigea vers la cuisine.

Pendant ce temps, l'hôte était remonté et avait trouvé d'Artagnan maître enfin de ses esprits. Alors, il le détermina, malgré sa faiblesse, à se lever et à continuer son chemin. D'Artagnan, à moitié abasourdi, et la tête tout emmaillotée de linges, se leva donc et, poussé par l'hôte, commença de descendre; mais, en arrivant à la cuisine, la première chose qu'il aperçut fut son provocateur qui causait tranquillement au marchepied d'un lourd carrosse attelé de deux gros chevaux normands.

Son interlocutrice, dont la tête apparaissait encadrée par la portière, était une femme de vingt-deux ans. D'Artagnan vit du premier coup d'œil que la femme était jeune et belle. Or cette beauté le frappa d'autant plus qu'elle était parfaitement étrangère aux pays méridionaux que jusque là d'Artagnan avait habités. C'était une pâle et blonde personne, aux longs cheveux bouclés tombant sur ses épaules, aux grands yeux bleus languissants, aux lèvres rosées et aux mains d'albâtre. Elle causait très vivement avec l'inconnu.

«Ainsi, Son Eminence m'ordonne...» disait la dame.

«De retourner à l'instant même en Angleterre, et de la prévenir directement si le duc quittait Londres.»

«Et quant à nos autres instructions?» demanda la belle voyageuse.

«Elles sont renfermées dans cette boîte, que vous n'ouvrirez que de l'autre côté de la Manche.»

«Très bien; et vous, que faites-vous?»

L'inconnu allait répondre; mais, au moment où il ouvrait la bouche, d'Artagnan, qui avait tout entendu, s'élança sur le seuil de la porte.

«Songez», s'écria Milady en voyant le gentilhomme porter la main à son épée, «songez que le moindre retard peut tout perdre.»

«Vous avez raison», s'écria le gentilhomme, «partez donc de votre côté, moi, je pars du mien.» Et, saluant la dame d'un signe de tête, il s'élança sur son cheval, tandis que le cocher du carrosse fouettait vigoureusement son attelage.

«Eh! votre dépense», vociféra l'hôte.

«Paye, maroufle», cria le voyageur toujours galopant à son laquais, lequel jeta aux pieds de l'hôte deux ou trois pièces d'argent et se mit à galoper après son maître.

«Ah! Lâche, ah! Misérable, ah! Faux gentilhomme!» cria d'Artagnan s'élançant à son tour.

Mais le blessé était trop faible encore pour supporter une pareille secousse. A peine eut-il fait dix pas, que ses oreilles tintèrent, qu'un éblouissement le prit, qu'un nuage de sang passa sur ses yeux et qu'il tomba au milieu de la rue.

«C'est égal», dit l'hôte, «j'en perds deux, mais il me reste celui-là, que je suis sûr de conserver au moins quelques jours. C'est toujours onze écus de gagnés.»

L'hôte avait compté sur onze jours de maladie à un écu par jour; mais il avait compté sans son voyageur. Le lendemain, dès 5 heures du matin, d'Artagnan se leva, descendit lui-même à la cuisine, demanda, outre quelques autres ingrédients dont la liste n'est pas parvenue jusqu'à nous, du vin, de l'huile, du romarin, et, la recette de sa mère à la main, se composa un baume dont il oignit ses nombreuses blessures, renouvelant ses compresses lui-même et ne voulant admettre l'adjonction d'aucun médecin. Grâce sans doute à l'efficacité du baume de Bohême, et peut-être aussi grâce à l'absence de tout docteur, d'Artagnan se trouva sur pied dès le soir même, et à peu près guéri le lendemain.

Mais, au moment de payer ce romarin, cette huile et ce vin, seule dépense du maître qui avait gardé une diète absolue, tandis qu'au contraire le cheval jaune, au dire de l'hôtelier du moins, avait mangé trois fois plus qu'on n'eût raisonnablement pu le supposer pour sa taille, d'Artagnan ne trouva dans sa poche que sa petite bourse de velours râpé ainsi que les onze écus qu'elle contenait, mais quant à la lettre adressée à M. de Tréville, elle avait disparu.

«Ma lettre de recommandation!» s'écria d'Artagnan. «Ma lettre, sangdieu! Ou je vous embroche comme des ortolans.»

L'hôte réfléchit que la réclamation de son voyageur était parfaitement juste. Un trait de lumière frappa tout-à-coup son esprit: «Cette lettre n'est point perdue», s'écria-t-il.

«Ah!» fit d'Artagnan.

«Non, elle vous a été prise.»

«Prise, et par qui?»

«Par le gentilhomme d'hier. Il est descendu à la cuisine où était votre pourpoint. Il y est resté seul. Je gagerais que c'est lui qui l'a volée.»

«Je m'en plaindrai à M. de Tréville, et M. de Tréville s'en plaindra au roi», répondit d'Artagnan. Puis il tira majestueusement deux écus de sa poche, les donna à l'hôte, qui l'accompagna, le chapeau à la main jusqu'à la porte, remonta sur son cheval jaune, qui le conduisit sans autre accident jusqu'à la porte Saint-Antoine à Paris, où son propriétaire le vendit trois écus, ce qui était fort bien payé, attendu que d'Artagnan l'avait fort surmené pendant la dernière étape.

D'Artagnan entra donc dans Paris à pied, portant son petit paquet sous son bras, et marcha tant qu'il trouvât à louer une chambre qui convînt à l'exiguité de ses ressources. Cette chambre fut une espèce de mansarde, sise rue des Fossoyeurs, près du Luxembourg.

D'Artagnan prit possession de son logement, puis il alla quai de la Ferraille, faire remettre une lame à son épée; puis il revint au Louvre s'informer au premier mousquetaire qu'il rencontra, de la situation de l'hôtel de M. de Tréville, lequel était situé rue du Vieux-Colombier, c'est-à-dire justement dans le voisinage de la chambre arrêtée par d'Artagnan: circonstance qui lui parut d'un heureux augure pour le succès de son voyage.

Après quoi, sans remords dans le passé, confiant dans le présent et plein d'espérance dans l'avenir, il se coucha et s'endormit du sommeil du brave.

Ce sommeil, tout provincial encore, le conduisit jusqu'à 9 heures du matin, heure à laquelle il se leva pour se rendre chez ce fameux M. de Tréville, le troisième personnage du royaume d'après l'estimation paternelle.

II
L'Antichambre de M. de Tréville

M. de Tréville avait réellement commencé comme d'Artagnan, c'est-à-dire sans un sou vaillant. Sa bravoure insolente, son bonheur plus insolent encore dans un temps où les coups pleuvaient comme grêle, l'avaient hissé au sommet de cette échelle difficile qu'on appelle la faveur de la cour, et dont il avait escaladé quatre à quatre les échelons. Il était l'ami du roi, lequel avait fait de lui le capitaine de ses mousquetaires; mousquetaires qui étaient à Louis XIII, pour le dévouement ou plutôt pour le fanatisme, ce que la garde écossaise était à Louis XI.

Débraillés, avinés, écorchés, les mousquetaires du roi, ou plutôt ceux de M. de Tréville, s'épandaient dans les cabarets, dans les promenades, dans les jeux publics, criant fort et retroussant leurs moustaches, faisant sonner leurs épées, heurtant avec volupté les gardes de M. le cardinal quand ils les rencontraient; puis dégainant en pleine rue avec mille plaisanteries; tués quelquefois, mais sûrs en ce cas d'être pleurés et vengés; tuant souvent, et sûrs alors de ne pas moisir en prison, M. de Tréville étant là pour les réclamer. Aussi M. de Tréville était-il loué sur tous les tons, chanté sur toutes les gammes par ces hommes qui l'adoraient, et qui, tout gens de sac et de corde qu'ils étaient, tremblaient devant lui comme des écoliers devant leur maître, obéissant au moindre mot, et prêts à se faire tuer pour laver le moindre reproche.

La cour de l'hôtel de M. de Tréville, situé rue du Vieux-Colombier, ressemblait à un camp, et cela dès 6 heures du matin en été et dès 8 heures en hiver. Cinquante à soixante mousquetaires s'y promenaient sans cesse, armés en guerre et prêts à tout. Le long d'un de ses grands escaliers sur l'emplacement desquels notre civilisation bâtirait une maison tout entière, montaient et descendaient les solliciteurs de Paris qui couraient après une faveur quelconque, les gentilhommes de province avides d'être enrôlés, et les laquais chamarrés de toutes couleurs, qui venaient apporter les messages de leurs maîtres. Dans l'antichambre, sur de longues banquettes circulaires, reposaient les élus, c'est-à-dire ceux qui étaient convoqués. Un bourdonnement durait là depuis le matin jusqu'au soir, tandis que M. de Tréville, dans son cabinet contigu à cette antichambre, recevait les visites, écoutait les plaintes, donnait ses ordres et, comme le roi à son balcon du Louvre, n'avait qu'à se mettre à sa fenêtre pour passer la revue des hommes et des armes.

Le jour où d'Artagnan se présenta, l'assemblée était imposante. Ce fut donc au milieu d'une cohue que notre jeune homme s'avança, le cœur palpitant, rangeant sa longue rapière le long de ses jambes maigres, et tenant une main au rebord de son feutre avec ce demi-sourire du provincial embarrassé qui veut faire bonne contenance. Avait-il dépassé un groupe, alors il respirait plus librement; mais il comprenait qu'on se retournait pour le regarder, et pour la première fois de sa vie, d'Artagnan qui, jusqu'à ce jour avait une assez bonne opinion de lui-même, se trouva ridicule.

Sur le palier, on racontait des histoires de femmes, et dans l'antichambre des histoires de cour. Sur le palier, d'Artagnan rougit; dans l'antichambre, il frissonna. Là, à son grand étonnement, il entendait critiquer tout haut la politique qui faisait trembler l'Europe, et la vie privée du cardinal: ce grand homme, révéré par M. d'Artagnan père, servait de risée aux mousquetaires de M. de Tréville, qui raillaient ses jambes cagneuses et son dos voûté.

Cependant, comme il était absolument étranger à la foule des courtisans de M. de Tréville, et que c'était la première fois qu'on l'apercevait en ce lieu, on vint lui demander ce qu'il désirait. A cette demande d'Artagnan se nomma fort humblement, s'appuya du titre de compatriote, et pria le valet de chambre de demander pour lui à M. de Tréville un moment d'audience, demande que celui-ci promit d'un ton protecteur de transmettre en temps et lieu.

D'Artagnan, un peu revenu de sa surprise première, eut donc le loisir d'étudier un peu les costumes et les physionomies.

Au centre du groupe le plus animé était un mousquetaire de grande taille, d'une figure hautaine et d'une bizarrerie de costume qui attirait sur lui l'attention générale. Il ne portait pas la casaque d'uniforme, mais un justaucorps bleu de ciel, tant soit peu fané et râpé, et sur cet habit un baudrier magnifique, en broderies d'or, et qui reluisait comme les écailles dont l'eau se couvre au grand soleil. Un manteau long de velours cramoisi tombait avec grâce sur ses épaules, découvrant par devant seulement le splendide baudrier, auquel pendait une gigantesque rapière.

«Que voulez-vous», disait le mousquetaire, «la mode en veut; c'est une folie, je le sais bien, mais c'est la mode.»

«Ah! Porthos!» s'écria un des assistants, «ce baudrier t'aura été donné par la dame voilée avec laquelle je t'ai rencontré l'autre dimanche.»

«Non, sur mon honneur, je l'ai acheté moi-même, et la preuve c'est que je l'ai payé douze pistoles. N'est-ce pas, Aramis?» dit Porthos en se tournant vers un autre mousquetaire.

Cet autre mousquetaire formait un contraste parfait avec celui qui l'interrogeait: c'était un jeune homme de vingt-deux à vingt-trois ans à peine, à la figure naïve et doucereuse, à l'œil noir et aux joues roses et veloutées comme une pêche en automne; sa moustache fine dessinait sur sa lèvre supérieure une ligne d'une rectitude parfaite. D'habitude il parlait peu et lentement, saluait beaucoup, riait sans bruit en montrant ses dents qu'il avait belles et dont, comme du reste de sa personne il semblait prendre le plus grand soin. Il répondit par un signe de tête affirmatif à l'interpellation de son ami.

«M. de Tréville attend Monsieur d'Artagnan», interrompit le laquais en ouvrant la porte du cabinet.

A cette annonce, chacun se tut, et au milieu du silence général le jeune Gascon traversa l'antichambre et entra chez le capitaine des mousquetaires.

III
L'audience

M. de Tréville était pour le moment de fort méchante humeur; néanmoins il salua poliment le jeune homme, qui s'inclina jusqu'à terre, et il sourit en recevant son compliment, dont l'accent béarnais lui rappela à la fois sa jeunesse et son pays. Mais, se rapprochant presque aussitôt de l'antichambre et faisant à d'Artagnan un signe de la main, comme pour lui demander la permission d'en finir avec les autres avant de commencer avec lui, il appela trois fois: «Athos! Porthos! Aramis!»

Les deux mousquetaires avec lesquels nous avons déjà fait connaissance s'avancèrent vers le cabinet, dont la porte se referma derrière eux dès qu'ils en eurent franchi le seuil. M. de Tréville s'arrêta en face d'eux, et les couvrant d'un regard irrité:

«Savez-vous ce que m'a dit le roi», s'écria-t-il, «et cela pas plus tard qu'hier au soir?»

«Non, Monsieur, nous l'ignorons.»

«Il m'a dit qu'il recruterait désormais ses mousquetaires parmi les gardes de M. le cardinal! Parce qu'il croyait bien que sa piquette avait besoin d'être ragaillardie par un mélange de bon vin.» Les deux mousquetaires rougirent jusqu'au blanc des yeux.

«Oui, oui», continua M. de Tréville en s'animant, «oui, et Sa Majesté avait raison, car il est vrai que les mousquetaires font triste figure à la cour. M. le cardinal racontait hier au jeu du roi qu'avant-hier ces damnés mousquetaires, ces diables-à-quatre, s'étaient attardés rue Férou, dans un cabaret, et qu'une ronde de ses gardes avait été forcée d'arrêter les perturbateurs. Morbleu! Vous devez en savoir quelque chose! Arrêter des mousquetaires! Vous en étiez vous autres, ne vous en défendez pas, on vous a reconnus, et le cardinal vous a nommés. Mais Athos! Je ne vois pas Athos. Où est-il?»

«Monsieur», répondit tristement Aramis, «il est malade, fort malade.»

«Malade... Non pas! Mais blessé sans doute, tué peut-être. Sangdieu, messieurs, je n'entends pas que l'on hante ainsi les mauvais lieux, qu'on se prenne de querelle dans la rue et qu'on joue de l'épée dans les carrefours. Je ne veux pas enfin que l'on prête à rire aux gardes de M. le cardinal.»

Porthos et Aramis frémissaient de rage. Ils se mordaient les lèvres et serraient de toute leur force la garde de leur épée.

«Eh bien! Mon capitaine», dit Porthos hors de lui, «la vérité est que nous avons été pris en traître, et avant que nous eussions eu le temps de tirer nos épées, deux d'entre nous étaient tombés morts, et Athos, blessé grièvement, ne valait guère mieux.»

«Et j'ai l'honneur de vous assurer que j'en ai tué un avec sa propre épée», dit Aramis, «car la mienne s'est brisée à la première parade.»

«Je ne savais pas cela», reprit M. de Tréville d'un ton un peu radouci. «M. le cardinal avait exagéré à ce que je vois.»

Au même instant la portière se souleva, et une tête noble et belle, mais affreusement pâle, parut sous la frange.

«Athos!» s'écrièrent les deux mousquetaires.

«Vous m'avez mandé, Monsieur», dit Athos d'une voix affaiblie mais parfaitement calme, «que me voulez-vous?»

Et à ces mots le mousquetaire, en tenue irréprochable, sanglé comme de coutume, entra d'un pas ferme dans la pièce. M. de Tréville, ému de cette preuve de courage, se précipita vers lui.

«J'étais en train de dire à ces messieurs», ajouta-t-il, «que je défends à mes mousquetaires d'exposer leurs jours sans nécessité, car les braves gens sont bien chers au roi, et le roi sait que ses mousquetaires sont les plus braves gens de la terre. Votre main, Athos.»

Et M. de Tréville saisit la main droite du nouveau venu et la lui serra de toutes ses forces. Athos laissa échapper un mouvement de douleur, et il pâlit encore, ce qu'on aurait pu croire impossible. M. de Tréville s'aperçut tout à coup qu'Athos allait s'évanouir. Au même moment, Athos, qui avait rassemblé toutes ses forces pour lutter contre la douleur, vaincu enfin par elle, tomba sur le parquet comme s'il fût mort.

«Un chirurgien!» cria M. de Tréville. «Le mien, celui du roi, le meilleur!»

Aux cris de M. de Tréville, tout le monde se précipita dans son cabinet, chacun s'empressant autour du blessé. Mais tout cet empressement eût été inutile, si le docteur demandé ne s'était trouvé dans l'hôtel même; il s'approcha d'Athos et il demanda comme première chose que le mousquetaire fût emporté dans une chambre voisine. Aussitôt M. de Tréville ouvrit une porte et montra le chemin à Porthos et à Aramis, qui emportèrent leur camarade dans leurs bras.

Un instant après, Porthos et Aramis rentrèrent; le chirurgien et M. de Tréville seuls étaient restés près du blessé.

Enfin M. de Tréville rentra à son tour. Le blessé avait repris connaissance; le chirurgien déclarait que l'état du mousquetaire n'avait rien qui pût inquiéter ses amis, sa faiblesse ayant été purement et simplement occasionnée par la perte de son sang.

Puis M. de Tréville fit un signe de la main, et chacun se retira, excepté d'Artagnan, qui n'oubliait point qu'il avait audience et qui, avec sa ténacité de Gascon, était demeuré à la même place.

«Pardon», lui dit M. de Tréville en souriant, «pardon, mon cher compatriote, mais je vous avais parfaitement oublié. Que voulez-vous! Un capitaine n'est rien qu'un père de famille... Les soldats sont de grands enfants. J'ai beaucoup aimé monsieur votre père. Que puis-je faire pour son fils? Hâtez-vous, mon temps n'est pas à moi.»

«Monsieur», dit d'Artagnan, «je me proposais de vous demander, en souvenir de cette amitié dont vous n'avez pas perdu mémoire, une casaque de mousquetaire; mais, après tout ce que je vois depuis deux heures, je comprends qu'une telle faveur serait énorme, et je tremble de ne point la mériter.»

«C'est une faveur en effet, jeune homme, mais elle peut ne pas être si fort au-dessus de vous que vous avez l'air de le croire. Toutefois une décision de Sa Majesté a prévu qu'on ne reçoit personne mousquetaire avant l'épreuve préalable de quelques campagnes, ou d'un service de deux ans dans quelque autre régiment.» D'Artagnan s'inclina sans rien répondre. Il se sentait encore plus avide d'endosser l'uniforme de mousquetaire depuis qu'il y avait de si grandes difficultés à l'obtenir.

«Mais», continua Tréville, «je veux faire quelque chose pour vous. J'écrirai dès aujourd'hui une lettre au directeur de l'Académie royale, et dès demain il vous recevra sans rétribution aucune. Ne refusez pas cette petite douceur. Vous apprendrez le manège du cheval, l'escrime et la danse; vous y ferez de bonnes connaissances, et de temps en temps vous reviendrez me voir pour me dire où vous en êtes.»

D'Artagnan, tout étranger qu'il fût encore aux façons de cour, s'aperçut de la froideur de cet accueil.

«Hélas, Monsieur», dit-il, «je vois combien la lettre de recommandation que mon père m'avait remise pour vous me fait défaut aujourd'hui!»

«En effet», répondit M. de Tréville, «je m'étonne que vous ayez entrepris un aussi long voyage sans ce viatique obligé.»

«Je l'avais, Monsieur, et, Dieu merci, en bonne forme», s'écria d'Artagnan, «mais on me l'a perfidement dérobé.»

Et il raconta toute la scène de Meung, dépeignit le gentilhomme inconnu dans ses moindres détails, le tout avec une chaleur, une vérité qui charmèrent M. de Tréville.

«Dites-moi, ce gentilhomme n'avait-il pas une légère cicatrice à la tempe?»

«Oui, comme le ferait l'éraflure d'une balle.»

«N'était-ce pas un homme de haute taille, pâle de teint et brun de poil?»

«Oui, oui, c'est cela.»

«Il attendait une femme?» continua Tréville.

«Il est du moins parti après avoir causé un instant avec celle qu'il attendait.»

«Vous ne savez pas quel était le sujet de leur conversation?»

«Il lui remettait une boîte, lui disait que cette boîte contenait ses instructions, et lui recommandait de ne l'ouvrir qu'à Londres.»

«Cette femme était anglaise?»

«Il l'appelait Milady.»

«C'est lui!» murmura Tréville.

«Oh! Monsieur, si vous savez quel est cet homme», s'écria d'Artagnan, «indiquez-moi qui il est, car avant toute chose je veux me venger.»

«Gardez-vous en bien, jeune homme, ne le cherchez pas, si j'ai un conseil à vous donner. Vous êtes un honnête garçon, mais dans ce moment je ne puis faire que ce que je vous ai offert tout à l'heure. Plus tard, vous obtiendrez probablement ce que vous désirez obtenir.»

«C'est-à-dire, Monsieur, que vous attendez que je m'en sois rendu digne. Eh bien, soyez tranquille, vous n'attendrez pas longtemps.» Et il salua pour se retirer.

«Mais attendez donc», dit M. de Tréville, «je vous ai promis une lettre.»

M. de Tréville alla s'asseoir à une table et se mit à écrire la lettre de recommandation promise. Pendant ce temps, d'Artagnan, laissé dans l'embrasure d'une fenêtre, battait une marche contre les carreaux, regardant les mousquetaires qui s'en allaient les uns après les autres.

M. de Tréville, après avoir écrit la lettre, s'approcha du jeune homme pour la lui donner; mais au moment même où d'Artagnan étendait la main pour la recevoir, M. de Tréville fut bien étonné de voir son protégé faire un soubresaut, rougir de colère et s'élancer hors du cabinet en criant: «Ah! Sangdieu! il ne m'échappera pas cette fois.»

«Et qui cela?» demanda M. de Tréville.

«Lui, mon voleur!» répondit d'Artagnan. «Ah! Traître!» Et il disparut.

«Diable de fol!» murmura M. de Tréville.

IV
L'épaule d'Athos, le baudrier de Porthos
et le mouchoir d'Aramis

D'Artagnan, furieux, avait traversé l'antichambre en trois bonds et s'élançait sur l'escalier, lorsque, emporté par sa course, il alla donner tête baissée dans un mousquetaire, et, le heurtant du front à l'épaule, lui fit pousser un cri ou plutôt un hurlement.

«Excusez-moi», dit d'Artagnan essayant de reprendre sa course, «excusez-moi, mais je suis pressé.»

Un poignet de fer le saisit par son écharpe et l'arrêta.

«Vous êtes pressé!» s'écria le mousquetaire, pâle comme un linceul, «sous ce prétexte, vous me heurtez, vous dites: Excusez-moi, et vous croyez que cela suffit?»

«Ma foi», répliqua d'Artagnan, qui reconnut Athos, «ma foi, je ne l'ai pas fait exprès, j'ai dit: Excusez-moi. Il me semble donc que c'est assez.»

«Monsieur», dit Athos en le lâchant, «vous n'êtes pas poli. On voit que vous venez de loin.»

«Morbleu, Monsieur! De si loin que je vienne, ce n'est pas vous qui me donnerez une leçon de belles manières. Ah! si je n'étais pas si pressé...»

«Monsieur l'homme pressé, vous me trouverez sans courir, moi, entendez-vous?»

«Et où cela, s'il vous plaît?»

«Près des Carmes-Deschaux, vers midi.»

J.A. BEAUCE

PISAN

«C'est bien, j'y serai.»

Et il se mit à courir comme si le diable l'emportait, espérant retrouver encore son inconnu. Mais, à la porte de la rue, causait Porthos avec un soldat aux gardes. Entre les deux causeurs, il y avait juste l'espace d'un homme. D'Artagnan crut que cet espace lui suffirait, et il s'élança, mais il avait compté sans le vent. Comme il allait passer, le vent s'engouffra dans le long manteau de Porthos, et d'Artagnan vint donner droit dans le manteau. Porthos, au lieu de laisser aller le pan qu'il tenait, le tira à lui de sorte que d'Artagnan s'enroula dans le velours.

D'Artagnan, entendant jurer le mousquetaire, voulut sortir de dessous le manteau qui l'aveuglait. Il redoutait surtout d'avoir porté atteinte à la fraîcheur du magnifique baudrier que nous connaissons; mais, en ouvrant les yeux, il se trouva le nez collé entre les deux épaules de Porthos, c'est-à-dire précisément sur le baudrier.

Hélas! comme la plupart des choses de ce monde qui n'ont pour elles que l'apparence, le baudrier était d'or par devant et de simple buffle par derrière. Porthos, en vrai glorieux qu'il était, ne pouvant avoir un baudrier d'or tout entier, en avait au moins la moitié: on comprend dès lors la nécessité du manteau.

«Excusez-moi», dit d'Artagnan reparaissant sous l'épaule du géant, «mais je suis très pressé, je cours après quelqu'un, et...»

«Est-ce que vous oubliez vos yeux quand vous courez?»

«Non», répondit d'Artagnan piqué, «non, et grâce à mes yeux je vois même ce que ne voient pas les autres.»

Porthos comprit ou ne comprit pas, toujours est-il que, se laissant aller à sa colère:

«Monsieur», dit-il, «vous vous ferez étriller.»

«Etriller, Monsieur! Le mot est dur.»

«C'est celui qui convient à un homme habitué à regarder en face ses ennemis.»

«Ah, pardieu! Je sais bien que vous ne tournez pas le dos aux vôtres, vous.» Et le jeune homme enchanté de son espièglerie, s'éloigna en riant à gorge déployée. Porthos écuma de rage et fit un mouvement pour se précipiter sur d'Artagnan.

«Plus tard, plus tard», lui cria celui-ci, «quand vous n'aurez plus votre manteau.»

«A une heure donc, derrière le Luxembourg.»

«Très bien, à une heure», répondit d'Artagnan en tournant l'angle de la rue.

Mais ni dans la rue qu'il venait de parcourir, ni dans celle qu'il embrassait maintenant du regard, il ne vit personne. D'Artagnan s'informa de l'inconnu, mais rien, absolument rien.

Il se mit alors à réfléchir sur les événements qui venaient de se passer: la matinée lui avait apporté la disgrâce de M. de Tréville, qui ne pouvait manquer de trouver cavalière la façon dont il l'avait quitté; en outre, il avait ramassé deux bons duels avec deux hommes capables de tuer chacun trois d'Artagnan.

La conjecture était triste. Pourtant, comme l'espérance est la dernière chose à s'éteindre dans le cœur de l'homme, il en arriva à espérer qu'il pourrait survivre, et, en cas de survivance, il se fit pour l'avenir les réprimandes suivantes: «Quel écervelé je fais, et quel butor je suis! Se jette-t-on ainsi sur les gens sans crier gare! Si tu en réchappes, il s'agit d'être à l'avenir d'une politesse parfaite. Désormais il faut qu'on t'admire, qu'on te cite comme modèle. Etre prévenant et poli ce n'est pas être lâche. Regardez plutôt Aramis: Aramis, c'est la douceur même, c'est la grâce en personne. Ah! Justement le voici.»

D'Artagnan, tout en monologuant, était arrivé à quelques pas de l'hôtel d'Aiguillon, et devant cet hôtel Aramis causait gaiement avec trois gentilshommes des gardes du roi. De son côté, Aramis aperçut d'Artagnan, mais il fit semblant de ne pas le voir. D'Artagnan s'approcha des quatre jeunes gens en leur faisant un grand salut accompagné du plus gracieux sourire. Aramis inclina légèrement la tête, mais ne sourit point.

D'Artagnan n'était pas assez niais pour ne point s'apercevoir qu'il était de trop; mais il n'était pas encore assez rompu aux façons du beau monde pour se tirer galamment d'une situation fausse. Il cherchait donc à faire sa retraite le moins gauchement possible, lorsqu'il remarqua qu'Aramis avait laissé tomber son mouchoir et, par mégarde sans doute, avait mis le pied dessus; le moment lui parut arrivé de réparer son inconvenance: il se baissa, et de l'air le plus gracieux qu'il pût trouver, il tira le mouchoir de dessous le pied du mousquetaire, quelques efforts que celui-ci fît pour le retenir, et lui dit en le lui remettant: «Je crois, Monsieur que voici un mouchoir que vous seriez fâché de perdre.»

Le mouchoir était en effet richement brodé et portait une couronne et des armes à l'un de ses coins. Aramis rougit excessivement et arracha plutôt qu'il ne prit le mouchoir des mains du Gascon.

«Ah, ah!» s'écria un des gardes, «diras-tu encore, discret Aramis, que tu es mal avec Mme de Bois-Tracy?»

«Vous vous trompez, Messieurs», dit Aramis, «ce mouchoir n'est pas à moi, et je ne sais pourquoi Monsieur a eu la fantaisie de me le remettre.»

Les amis d'Aramis éclatèrent de rire Au bout d'un instant, la conversation cessa, et les trois gardes et le mousquetaire, après s'être cordialement serré la main, se séparèrent.

«Voilà le moment de faire ma paix avec ce galant homme», se dit à part lui d'Artagnan, et il se rapprocha d'Aramis, qui s'éloignait sans faire autrement attention à lui.

«Monsieur», lui dit-il, «vous m'excuserez, je l'espère.»

«Ah! Monsieur», interrompit Aramis, «permettez-moi de vous faire observer que vous n'avez point agi en cette circonstance comme un galant homme le devait faire.»

«Monsieur, vous avez tort de chercher à m'humilier», dit d'Artagnan chez qui le naturel querelleur commençait à parler plus haut que les résolutions pacifiques.

«Pourquoi avez-vous eu la maladresse de me rendre ce mouchoir, car voici une dame compromise par vous?»

«Pourquoi avez-vous eu celle de le laisser tomber?»

«Ah! Vous le prenez sur ce ton, monsieur le Gascon! Eh bien! Je vous apprendrai à vivre. A deux heures, j'aurai l'honneur de vous attendre à l'hôtel de M. de Tréville. Là je vous indiquerai les bons endroits.»

Les deux jeunes gens se saluèrent, puis Aramis s'éloigna en remontant la rue, tandis que d'Artagnan, voyant que l'heure s'avançait, prenait le chemin des Carmes-Deschaux, tout en se disant: «Décidément, je n'en puis pas revenir; mais au moins, si je suis tué, je serai tué par un mousquetaire.»

V
Les mousquetaires du roi
et les gardes de M. le cardinal

D'Artagnan ne connaissait personne à Paris. Il alla donc au rendez-vous d'Athos sans amener de second. D'ailleurs son intention était formelle de faire au brave mousquetaire toutes les excuses convenables, mais sans faiblesse.

Losque d'Artagnan arriva en vue du petit terrain vague qui

s'étendait au pied du monastère, Athos attendait depuis cinq minutes et midi sonnait.

«Monsieur», dit Athos, «j'ai fait prévenir deux de mes amis qui me serviront de seconds.»

«Je n'ai pas de seconds, moi, Monsieur, car arrivé d'hier seulement à Paris, je n'y connais encore personne.»

«Ah çà, mais...» fit Athos parlant moitié à lui-même. «Ah çà, mais si je vous tue j'aurai l'air d'un mangeur d'enfants, moi!»

«Pas trop, Monsieur, puisque vous me faites l'honneur de tirer l'épée contre moi avec une blessure dont vous devez être fort incommodé.»

«Très incommodé, sur ma parole, et vous m'avez fait un mal du diable, je dois le dire; mais je prendrai la main gauche, je tire proprement des deux mains, et il y aura même désavantage pour vous.»

«Si vous vouliez permettre...» dit d'Artagnan avec timidité. «J'ai un baume miraculeux pour les blessures, un baume qui me vient de ma mère, et dont j'ai fait l'épreuve sur moi-même. Je suis sûr qu'en moins de trois jours ce baume vous guérirait, et quand vous seriez guéri, ce me serait toujours un honneur d'être votre homme.» D'Artagnan dit ces mots avec une simplicité qui faisait honneur à sa courtoisie, sans porter aucunement atteinte à son courage.

«Pardieu, Monsieur», dit Athos, «voici une proposition qui me plaît, non pas que je l'accepte, mais elle sent son gentilhomme d'une lieue. Monsieur, j'aime les hommes de votre trempe, et je vois que si nous ne nous tuons pas l'un l'autre, j'aurai plus tard un vrai plaisir dans votre conversation. Ah! en voici un, je crois.» En effet, au bout de la rue commençait à apparaître le gigantesque Porthos.

«Quoi!» s'écria d'Artagnan, «votre premier témoin est M. Porthos?»

«Oui, cela vous contrarie-t-il?»

«Non, aucunement.»

«Et voici le second.» D'Artagnan se retourna du côté indiqué par Athos, et reconnut. Aramis.

«Quoi! votre second témoin est M. Aramis?»

«Sans doute, ne savez-vous pas qu'on ne nous voit jamais l'un sans l'autre, et qu'on nous appelle les trois inséparables?»

«Ma foi», fit d'Artagnan, «vous êtes bien nommés, Messieurs, et mon aventure, si elle fait quelque bruit, prouvera que votre union n'est point fondée sur les contrastes.»

Pendant ce temps, Porthos s'était rapproché, avait salué de la main Athos; puis, se retournant vers d'Artagnan, il était resté tout étonné. Disons, en passant, qu'il avait changé de baudrier et quitté son manteau.

«Ah, ah!» fit-il, «qu'est-ce que cela?»

«C'est avec monsieur que je me bats», dit Athos en montrant de la main d'Artagnan, et en le saluant du même geste.

«C'est avec lui que je me bats aussi», dit Porthos.

«Mais à une heure seulement», répondit d'Artagnan.

«Et moi aussi, c'est avec monsieur que je me bats», dit Aramis en arrivant à son tour sur le terrain.

«Mais à deux heures seulement», fit d'Artagnan avec le même calme. «Et maintenant que vous êtes rassemblés, Messieurs, permettez-moi de vous faire mes excuses.»

A ce mot d'*excuses,* un nuage passa sur le front d'Athos, un sourire hautain glissa sur les lèvres de Porthos, et un signe négatif fut la réponse d'Aramis.

«Vous ne me comprenez pas, Messieurs», dit d'Artagnan en relevant sa tête, «je vous demande excuse dans le cas où je ne pourrais vous payer ma dette à tous trois, car M. Athos a le droit de me tuer le premier, ce qui ôte beaucoup de valeur à votre créance, M. Porthos, et ce qui rend la vôtre à peu près nulle, M. Aramis. Et maintenant, Messieurs, excusez-moi, je vous le répète, mais de cela seulement, et en garde!»

A ces mots, du geste le plus cavalier qui se puisse voir, d'Artagnan tira son épée.

«Quand vous voudrez, Monsieur», dit Athos en se mettant en garde.

«J'attendrai vos ordres», dit d'Artagnan en croisant le fer.

Mais les deux rapières avaient à peine résonné en se touchant, qu'une escouade des gardes de Son Eminence, commandée par M. de Jussac, se montra à l'angle du couvent.

«Holà!» cria Jussac, «on se bat donc ici, et les édits, qu'en faites-vous?»

«Vous êtes bien généreux, Messieurs les gardes», dit Athos plein de rancune, car Jussac était l'un des agresseurs de l'avant-veille. «Laissez-nous donc faire, et vous allez avoir du plaisir sans prendre aucune peine.»

«Messieurs», dit Jussac, «notre devoir avant tout. Rengainez donc, s'il vous plaît, et nous suivez.»

«Monsieur», dit Aramis parodiant Jussac, «malheureusement la chose est impossible: M. de Tréville nous l'a défendu. Passez donc votre chemin, c'est ce que vous avez de mieux à faire.»

Cette raillerie exaspéra Jussac.

«Nous vous chargerons donc», dit-il, «si vous désobéissez.»

«Ils sont cinq», dit Athos à demi-voix, «et nous ne sommes que trois; il nous faudra mourir ici, car je le déclare, je ne reparais pas vaincu devant le capitaine.»

Alors Porthos et Aramis se rapprochèrent à l'instant les uns des autres, pendant que Jussac alignait ses soldats.

Ce seul moment suffit à d'Artagnan pour prendre son parti: c'était là un des événements qui décident de la vie d'un homme, c'était un choix à faire entre le roi et le cardinal; ce choix fait, il fallait y persévérer. Se battre, c'est-à-dire désobéir à la loi, c'est-à-dire risquer sa tête, c'est-à-dire se faire d'un seul coup l'ennemi d'un ministre plus puissant que le roi lui-même: voilà ce qu'entrevit le jeune homme, et, disons-le à sa louange, il n'hésita point une seconde. Se tournant donc vers Athos et ses amis:

«Messieurs», dit-il, «vous avez dit que vous n'étiez que trois, mais il me semble, à moi, que nous sommes quatre.»

«Mais vous n'êtes pas des nôtres», dit Porthos.

«C'est vrai, je n'ai pas l'habit, mais j'ai l'âme.»

«Ecartez-vous, jeune homme», cria Jussac. «Vous pouvez vous retirer, nous y consentons. Sauvez votre peau; allez vite.»

D'Artagnan ne bougea point.

«Décidément vous êtes un joli garçon», dit Athos en serrant la main du jeune homme. «Comment vous appelle-t-on, mon brave?»

«D'Artagnan, Monsieur.»

«Eh bien! Athos, Porthos, Aramis et d'Artagnan, en avant!» cria Athos.

Et les neuf combattants se précipitèrent les uns sur les autres avec une furie qui n'excluait pas une certaine méthode.

Athos prit un certain Cahussac, favori du cardinal; Porthos eut Biscarat, et Aramis se vit en face de deux adversaires.

Quant à d'Artagnan, il se trouva lancé contre Jussac lui-même.

Le cœur du jeune Gascon battait à lui briser la poitrine, non pas de peur, mais d'émulation; il se battait comme un tigre en fureur, tournant dix fois autour de son adversaire, changeant vingt fois ses gardes et son terrain. Jussac était, comme on le disait alors, friand de la lame, cependant il avait toutes les peines du monde à se défendre contre un adversaire qui, agile et bondissant, s'écartait à tout moment des règles reçues.

Enfin cette lutte finit par faire perdre patience à Jussac. Furieux d'être tenu en échec par celui qu'il avait regardé comme un enfant, il s'échauffa et commença à faire des fautes. D'Artagnan redoubla d'agilité. Jussac, voulant en finir, porta un coup terrible en se fendant à fond; mais d'Artagnan para prime, et tandis que Jussac se relevait, il lui passa son épée au travers du corps. Jussac tomba comme une masse.

D'Artagnan jeta alors un coup d'œil inquiet et rapide sur le champ de bataille. Aramis avait déjà tué un de ses adversaires; Biscarat et Porthos venaient de faire coup fourré: Porthos avait reçu un coup d'épée au travers du bras, et Biscarat au travers de la cuisse. Porthos, blessé de nouveau par Cahussac, pâlissait à vue d'œil, mais il ne reculait pas d'une semelle.

D'Artagnan, selon les lois du duel de cette époque, pouvait secourir quelqu'un. Il fit un bond, et tomba sur le flanc de Cahussac en criant: «A moi, Monsieur le garde, je vous tue!»

Cahussac se retourna; il était temps. Athos, que son extrême courage soutenait seul, tomba à genou.

«Sangdieu!» criait-il à d'Artagnan, «ne le tuez pas, j'ai une vieille affaire à terminer avec lui quand je serai guéri. Désarmez-le seulement. C'est cela. Bien, très bien!» Cette exclamation était arrachée à Athos par l'épée de Cahussac qui sautait à vingt pas de lui. D'Artagnan et Cahussac s'élancèrent ensemble, mais d'Artagnan, plus leste, arriva le premier et mit le pied dessus.

Cahussac courut à celui des gardes qu'avait tué Aramis, s'empara de sa rapière, et voulut revenir à d'Artagnan; mais sur son chemin il rencontra Athos, qui, pendant cette pause d'un instant que lui avait procurée d'Artagnan, avait repris haleine, et qui, de crainte que d'Artagnan ne lui tuât son adversaire, voulait recommencer le combat.

D'Artagnan comprit que ce serait désobliger Athos que de ne pas le laisser faire. En effet, quelques secondes après, Cahussac tomba la gorge traversée d'un coup d'épée.

Au même instant, Aramis appuyait son épée contre la poitrine de son adversaire renversé, et le forçait à demander merci.

Restaient Porthos et Biscarat. Quoique seul contre tous, Biscarat voulait tenir, mais Jussac, qui s'était relevé sur son coude, lui cria de se rendre. Biscarat, faisant un bond en arrière, cassa son épée sur son genou pour ne pas la rendre, en jeta les morceaux par-dessus le mur du couvent et se croisa les bras en sifflant un air cardinaliste.

La bravoure est toujours respectée, même dans un ennemi. Les mousquetaires saluèrent Biscarat de leurs épées et les remirent au fourreau. D'Artagnan en fit autant, puis, aidé de Biscarat, il porta sous le porche du couvent Jussac, Cahussac et celui des adversaires d'Aramis qui n'était que blessé. Puis, ils sonnèrent la cloche, et, emportant quatre épées sur cinq, ils s'acheminèrent ivres de joie vers l'hôtel de M. de Tréville.

On les voyait enlacés, tenant toute la largeur de la rue, et accostant chaque mousquetaire qu'ils rencontraient, si bien qu'à la fin ce fut une marche triomphale. Le cœur de d'Artagnan nageait dans l'ivresse, il marchait entre Athos et Porthos en les étreignant tendrement.

«Si je ne suis pas encore mousquetaire», dit-il à ses nouveaux amis en franchissant la porte de l'hôtel de M. de Tréville, «au moins me voilà reçu apprenti, n'est-ce pas?»

VI
Sa Majesté le roi Louis treizième

L'affaire fit grand bruit. M. de Tréville gronda beaucoup tout haut contre ses mousquetaires, et les félicita tout bas; mais comme il n'y avait pas de temps à perdre pour prévenir le roi, M. de Tréville s'empressa de se rendre au Louvre. Il était déjà trop tard, le roi était enfermé avec le cardinal, et l'on dit à M. de Tréville que le roi travaillait et ne pouvait recevoir en ce moment. Le soir, M. de Tréville vint au jeu du roi. Le roi gagnait, et comme Sa Majesté était fort avare, elle était d'excellente humeur; aussi du plus loin que le roi aperçut Tréville:

«Venez ici, Monsieur le capitaine», dit-il, «venez que je vous gronde; savez-vous que Son Eminence est venue me faire des plaintes sur vos mousquetaires. Ah çà! Mais ce sont des gens à pendre que vos mousquetaires!»

«Non, Sire», répondit Tréville, «ce sont de bonnes créatures, et qui n'ont qu'un désir: c'est que leur épée ne sorte du fourreau que pour le service de Votre Majesté. Mais, que voulez-vous, les gardes de M. le cardinal sont sans cesse à leur chercher querelle, et, pour l'honneur même du corps, les pauvres jeunes gens sont obligés de se défendre.»

La chance tournait, et comme le roi commençait à perdre ce qu'il avait gagné, il n'était pas fâché de trouver un prétexte.

«La Vieuville», dit-il, «prenez ma place, il faut que je parle à M. de Tréville pour affaire d'importance.»

Puis, se tournant vers M. de Tréville et marchant avec lui vers l'embrasure d'une fenêtre:

«Eh bien! Monsieur», continua-t-il, «vous dites que ce sont les gardes de l'Eminentissime qui ont été chercher querelle à vos mousquetaires?»

«Oui, Sire, comme toujours.»

«Et comment la chose est-elle venue, voyons? car, vous le savez, mon cher capitaine, il faut qu'un juge écoute les deux parties.»

«Ah! mon Dieu! de la façon la plus simple et la plus naturelle. Trois de mes meilleurs soldats, MM. Athos, Porthos et Aramis avaient fait une partie de plaisir avec un jeune cadet de Gascogne que je leur avais recommandé le matin même. La partie allait avoir lieu, et ils s'étaient donné rendez-vous aux Carmes-Deschaux, lorsqu'elle fut troublée par M. de Jussac, Biscarat et deux autres gardes qui ne venaient certes pas là en si nombreuse compagnie sans mauvaise intention contre les édits. Je ne les accuse pas, Sire, mais je laisse Votre Majesté apprécier ce que peuvent aller faire cinq hommes armés dans un lieu aussi désert.»

«Oui, vous avez raison, Tréville, vous avez raison.»

«Alors, quand ils ont vu mes mousquetaires, ils ont oublié leur haine particulière pour la haine de corps; car Votre Majesté n'ignore pas que les mousquetaires, qui sont au roi et rien qu'au roi, sont les ennemis naturels des gardes, qui sont à M. le cardinal.»

«Vous dites donc que les gardes ont cherché querelle aux mousquetaires?»

«Je dis qu'il est probable que les choses se sont passées ainsi, mais je n'en jure pas. Vous savez combien la vérité est difficile à connaître, et à moins d'être doué de cet instinct admirable qui a fait nommer Louis XIII le Juste...»

«Et vous avez raison, Tréville; mais ils n'étaient pas seuls, vos mousquetaires, il y avait avec eux un enfant.»

«Oui, Sire, et un homme blessé, de sorte que trois mousquetaires du roi, dont un blessé, et un enfant non seulement ont tenu tête à cinq des plus terribles gardes de M. le cardinal, mais encore en ont porté quatre à terre.»

«Mais c'est une victoire, cela!» s'écria le roi tout rayonnant; «une victoire complète! Trois hommes et un enfant, dites-vous?»

«Un jeune homme à peine; lequel s'est même si parfaitement conduit en cette occasion que je prendrai la liberté de le recommander à Votre Majesté.»

«Comment s'appelle-t-il?»

«D'Artagnan, Sire. C'est le fils d'un de mes plus anciens amis; le fils d'un homme qui a fait avec le roi votre père, de glorieuse mémoire, la guerre de partisans.»

«C'est lui qui a blessé Jussac?» s'écria le roi. «Lui, un enfant! Ceci, Tréville, c'est impossible.»

«C'est comme j'ai l'honneur de le dire à Votre Majesté.»

«Jussac, une des premières lames du royaume!»

«Eh bien! Sire! il a trouvé son maître.»

«Je veux voir ce jeune homme, Tréville, je veux le voir, et si l'on peut faire quelque chose, eh bien, nous nous en occuperons!»

«Quand Votre Majesté daignera-t-elle le recevoir?»

«Demain, à midi, Tréville.»

«L'amènerai-je seul?»

«Non, amenez-les-moi tous les quatre ensemble. Je veux les remercier tous à la fois; les hommes dévoués sont rares, Tréville, et il faut récompenser le dévouement.»

«A midi, Sire, nous serons au Louvre.»

«Ah, par le petit escalier, Tréville, par le petit escalier, il est inutile que le cardinal sache...»

Tréville sourit. Mais comme c'était déjà beaucoup pour lui d'avoir obtenu de cet enfant qu'il se révoltât contre son maître, il salua respectueusement le roi, et avec son agrément prit congé de lui.

Dès le soir même, les trois mousquetaires furent prévenus de l'honneur qui leur était accordé. Comme ils connaissaient depuis longtemps le roi, ils n'en furent pas trop échauffés : mais d'Artagnan, avec son imagination gasconne, y vit sa fortune à venir, et passa la nuit à faire des rêves d'or.

M. de Tréville accompagna ses trois mousquetaires et son jeune ami. Arrivé au bas du petit escalier, il les fit attendre et monta seul dans l'antichambre particulière du roi.

Le roi s'avança : «Ah, c'est vous, Tréville ! Où sont vos mousquetaires ? Je vous avais dit de me les amener.»

«Ils sont en bas, Sire, et avec votre congé La Chesnaye va leur dire de monter.»

«Oui, oui, qu'ils viennent tout de suite.»

La Chesnaye fit aussitôt la commission, et les trois mousquetaires suivis de d'Artagnan apparurent au haut de l'escalier.

«Venez, mes braves», dit le roi, «j'ai à vous gronder.»

Les mousquetaires s'approchèrent en s'inclinant ; d'Artagnan les suivait.

«Comment diable», continua le roi, «à vous quatre, cinq gardes de Son Eminence en une fois. C'est trop, Messieurs, c'est trop. Un par hasard, je ne dis pas, mais cinq, c'est beaucoup trop.»

«Votre Majesté voit qu'ils viennent tout contrits et tout repentants lui faire des excuses.»

«Tout repentants, hum !» dit le roi. «Je ne me fie point à leurs faces hypocrites ; il y a surtout là-bas une figure de Gascon. Venez ici, Monsieur.»

D'Artagnan, qui comprit que c'était à lui que le compliment s'adressait, s'approcha en prenant son air le plus désespéré.

«Eh bien, que me disiez-vous donc que c'était un jeune homme ? C'est un enfant, monsieur de Tréville, un véritable enfant ! Et c'est celui-là qui a donné ce rude coup d'épée à Jussac ?»

«Véritablement!»

«Mais c'est donc un démon que ce Béarnais, ventre-saint-gris!
A ce métier-là, on doit trouer force pourpoints et briser force
épées. Or les Gascons sont toujours pauvres, n'est-ce pas?»

«Sire, je dois dire qu'on n'a pas encore trouvé de mines d'or
dans leurs montagnes, quoique le Seigneur leur dût bien ce miracle en récompense de la manière dont ils ont soutenu les préten-
tions du roi votre père.»

«Ce qui veut dire que ce sont les Gascons qui m'ont fait roi moi-même, n'est-ce pas, Tréville, puisque je suis le fils de mon père? La Chesnaye, allez voir si, en fouillant dans toutes mes poches, vous trouverez quarante pistoles; et si vous les trouvez, apportez-les-moi. Et maintenant, voyons, jeune homme, la main sur la conscience, comment cela s'est-il passé?»

D'Artagnan raconta l'aventure dans ses moindres détails, et le roi approuva, disant: «C'est bien cela. Cinq hommes. Pauvre cardinal! Mais c'est assez comme cela, Messieurs, entendez-vous! Vous avez pris votre revanche de la rue Férou; vous devez être satisfaits.»

«Si Votre Majesté l'est», dit Tréville, «nous le sommes.»

«Oui, je le suis», ajouta le roi en prenant une poignée d'or de la main de La Chesnaye, et la mettant dans celle de d'Artagnan. «Voici», dit-il, «une preuve de ma satisfaction.»

A cette époque, les idées de fierté qui sont de mise de nos jours n'étaient point encore de mode. Un gentilhomme recevait de la main à la main de l'argent du roi, et n'en était pas le moins du monde humilié. D'Artagnan mit donc les quarante pistoles dans sa poche sans faire aucune façon, et en remerciant tout au contraire grandement Sa Majesté.

«Là», dit le roi, «et maintenant retirez-vous. Merci de votre dévouement, Messieurs. J'y puis compter, n'est-ce pas?»

«Oh! sire», s'écrièrent d'une même voix les quatre compagnons, «nous nous ferions couper en morceaux pour Votre Majesté.»

«Bien, bien; mais restez entiers: cela vaut mieux, et vous me serez plus utiles. Tréville», ajouta le roi à demi-voix pendant que les autres se retiraient, «comme nous avons décidé qu'il fallait faire un noviciat pour entrer dans les mousquetaires, placez ce jeune homme dans la compagnie des gardes de M. des Essarts, votre beau-frère. Ah, pardieu! Tréville, je me réjouis de la grimace que va faire le cardinal: il sera furieux, mais cela m'est égal; je suis dans mon droit.»

Et le roi salua de la main Tréville, qui sortit et s'en vint rejoindre ses mousquetaires, qu'il trouva partageant avec d'Artagnan les quarante pistoles.

VII
L'intérieur des mousquetaires

Lorsque d'Artagnan fut hors du Louvre, et qu'il consulta ses amis sur l'emploi qu'il devait faire de sa part des quarante pistoles, Athos lui conseilla de commander un bon repas à la *Pomme de Pin*, Porthos de prendre un laquais, et Aramis une maîtresse convenable.

Le repas fut exécuté le jour même, et le laquais y servit à table. Le repas avait été commandé par Athos, et le laquais fourni par Porthos. C'était un Picard que le glorieux mousquetaire avait embauché le jour même sur le pont de la Tournelle, pendant qu'il faisait des ronds en crachant dans l'eau.

Porthos avait prétendu que cette occupation était la preuve d'une organisation réfléchie et contemplative. La grande mine de ce gentilhomme, pour le compte duquel il se crut engagé, avait séduit Planchet – c'était le nom du Picard – mais il y eut chez lui un léger désappointement lorsque Porthos lui eut signifié qu'il lui fallait entrer au service de d'Artagnan. Cependant, lorsqu'il assista au dîner que donnait son maître et qu'il vit celui-ci payer en tirant une poignée d'or de sa poche, il crut sa fortune faite. Mais en faisant, le soir, le lit de son maître, les chimères de Planchet s'évanouirent. Le lit était le seul de l'appartement, qui se composait d'une antichambre et d'une chambre à coucher. Planchet coucha dans l'antichambre sur une couverture tirée du lit de d'Artagnan, et dont d'Artagnan se passa depuis.

Athos avait un valet qu'il avait dressé à son service d'une façon toute particulière, et que l'on appelait Grimaud. Les paroles d'Athos étaient brèves et expressives, disant toujours ce qu'elles voulaient dire, rien de plus: pas d'enjolivements. Sa conversation était un fait sans aucun épisode.

Quoique Athos eût à peine trente ans et fût d'une grande beauté de corps et d'esprit, personne ne lui connaissait de maîtresse. Jamais il ne parlait de femmes. Seulement il n'empêchait pas qu'on en parlât devant lui. Sa réserve et son mutisme en faisaient presque un vieillard; il avait donc, pour ne point déroger à ses habitudes, habitué Grimaud à lui obéir sur un simple geste ou sur un simple mouvement des lèvres. Il ne lui parlait que dans des circonstances suprêmes.

Porthos avait un caractère tout opposé : non seulement il parlait beaucoup, mais il parlait haut ; peu lui importait au reste, il faut lui rendre cette justice, qu'on l'écoutât ou non ; il parlait pour le plaisir de parler et pour le plaisir de s'entendre. Il remplissait l'antichambre de M. de Tréville et les corps de garde du Louvre du bruit de ses bonnes fortunes, et pour le moment, il n'était question de rien moins pour Porthos que d'une princesse étrangère qui lui voulait un bien énorme.

Un vieux proverbe dit : *Tel maître, tel valet.* Passons donc du valet d'Athos au valet de Porthos, de Grimaud à Mousqueton.

Mousqueton était un Normand dont son maître avait changé le nom pacifique de Boniface en celui infiniment plus sonore et plus belliqueux de Mousqueton. Il était entré au service de Porthos à la condition qu'il serait habillé et logé seulement, mais d'une façon magnifique. Porthos avait accepté le marché, et Mousqueton faisait à la suite de son maître fort bonne figure.

Quant à Aramis, son laquais s'appelait Bazin. Grâce à l'espérance qu'avait son maître d'entrer un jour dans les ordres, il était toujours vêtu de noir, comme doit l'être le serviteur d'un homme d'Eglise. C'était un Berrichon de trente-cinq à quarante ans, doux, paisible, grassouillet, occupant à faire de pieux ouvrages les loisirs que lui laissait son maître. Au reste, muet, aveugle, sourd et d'une fidélité à toute épreuve.

Athos habitait rue Férou, à deux pas du Luxembourg ; son appartement se composait de deux petites chambres fort proprement meublées, dans une maison garnie dont l'hôtesse encore jeune et véritablement encore belle lui faisait inutilement les yeux doux. Quelques fragments d'une grande splendeur passée éclataient çà et là aux murailles de ce modeste logement : c'était, par exemple, une épée richement damasquinée, qui remontait pour la façon à l'époque de François Ier ; c'était un portrait représentant un seigneur du temps de Henri III, vêtu avec la plus grande élégance, et qui portait l'ordre du Saint-Esprit. Enfin, un coffre de magnifique orfèvrerie, aux mêmes armes que l'épée et le portrait. Athos portait toujours la clef de ce coffre sur lui. Mais un jour il l'avait ouvert devant Porthos, et Porthos avait pu s'assurer que ce coffre ne contenait que des lettres et des papiers : des lettres d'amour et des papiers de famille, sans doute.

Porthos habitait un appartement très vaste et d'une très somptueuse apparence, rue du Vieux-Colombier. Chaque fois qu'il passait avec quelque ami devant ses fenêtres, à l'une desquelles Mousqueton se tenait toujours en grande livrée, Porthos levait la tête et la main, et disait : *Voilà ma demeure !* Mais jamais on ne le trouvait chez lui, jamais il n'invitait personne à y monter, et nul ne pouvait se faire une idée de ce que cette somptueuse apparence renfermait de richesses réelles.

Quant à Aramis, il habitait un petit logement composé d'un boudoir, d'une salle à manger et d'une chambre à coucher, laquelle chambre, située comme le reste de l'appartement au rez-de-chaussée, donnait sur un petit jardin frais, vert, ombreux et impénétrable aux yeux du voisinage.

D'Artagnan, qui était fort curieux de sa nature, comme le sont les gens, du reste, qui ont le génie de l'intrigue, fit tous ses efforts pour savoir ce qu'étaient au juste Athos, Porthos et Aramis ; car, sous ces noms de guerre, chacun des jeunes gens cachait son nom de gentilhomme, Athos surtout, qui sentait son grand seigneur d'une lieue. Malheureusement, personne ne savait rien, sauf M. de Tréville, qui connaissait les véritables noms.

La vie des quatre jeunes gens était devenue commune ; d'Artagnan, qui n'avait aucune habitude, puisqu'il arrivait de sa province et tombait au milieu d'un monde tout nouveau pour lui, prit aussitôt les habitudes de ses amis.

On se levait vers huit heures en hiver, vers six heures en été, et l'on allait prendre le mot d'ordre et l'air des affaires chez M. de Tréville. D'Artagnan, bien qu'il ne fût pas mousquetaire, en faisait le service avec une ponctualité touchante : il était toujours de garde, parce qu'il tenait toujours compagnie à celui de ses trois amis qui montait la sienne. On le connaissait à l'hôtel des mousquetaires, et chacun le tenait pour un bon camarade ; M. de Tréville, qui lui portait une véritable affection, ne cessait de le recommander au roi.

Un beau jour le roi commanda à M. le chevalier des Essarts de prendre d'Artagnan comme cadet dans sa compagnie des gardes. D'Artagnan endossa en soupirant cet habit, qu'il eût voulu, au prix de dix années de son existence, troquer contre la casaque de mousquetaire.

VIII
Une intrigue de cour

Cependant les quarante pistoles du roi Louis XIII, ainsi que toutes les choses de ce monde, après avoir eu un commencement avaient eu une fin, et depuis cette fin nos quatre compagnons étaient tombés dans la gêne.

D'Artagnan réfléchit que cette coalition de quatre hommes jeunes, braves, entreprenants et actifs devait avoir un autre but que des promenades déhanchées, des leçons d'escrime et des lazzi plus ou moins spirituels. La seule chose qui étonna d'Artagnan, c'est que ses compagnons n'eussent point songé à cela.

Il y songeait, lui, et sérieusement, lorsque l'on frappa doucement à la porte. D'Artagnan ordonna à Planchet d'aller ouvrir.

Un homme fut introduit, de mine assez simple et qui avait l'air d'un bourgeois.

D'Artagnan congédia Planchet et fit asseoir son visiteur.

«J'ai entendu parler de M. d'Artagnan comme d'un jeune homme fort brave», dit le bourgeois, «et cette réputation dont il jouit à juste titre m'a décidé à lui confier un secret.»

«Parlez, Monsieur», fit d'Artagnan, qui d'instinct flaira quelque chose d'avantageux.

Le bourgeois fit une nouvelle pose et continua: «J'ai ma femme qui est lingère chez la reine, Monsieur, et qui ne manque ni de sagesse, ni de beauté. On me l'a fait épouser voilà bientôt trois ans parce que M. de La Porte, le portemanteau de la reine, est son parrain et la protège...»

«Eh bien, Monsieur?» demanda d'Artagnan.

«Eh bien!» reprit le bourgeois, «eh bien! Monsieur, ma femme a été enlevée hier matin, comme elle sortait de sa chambre de travail.»

«Et par qui votre femme a-t-elle été enlevée?»

«Je n'en sais rien sûrement, Monsieur, mais je soupçonne quelqu'un. Un homme qui la poursuivait depuis longtemps, mais je suis convaincu qu'il y a moins d'amour que de politique dans tout cela. Ce n'est pas à cause de ses amours que ma femme a été arrêtée, mais à cause de celles d'une plus grande dame qu'elle.»

«Ah, ah! serait-ce à cause des amours de Mme de Bois-

Tracy?» fit d'Artagnan, qui voulut avoir l'air d'être au courant des affaires de la cour.

«Plus haut, Monsieur, plus haut.»

«De Mme d'Aiguillon?»

«Plus haut encore.»

«De Mme de Chevreuse?»

«De plus haut, beaucoup plus haut!»

«De la...» d'Artagnan s'arrêta.

«Oui, Monsieur», répondit le bourgeois épouvanté.

«Et avec qui?»

«Avec qui cela peut-il être, si ce n'est avec le duc de...»

«Le duc de...»

«Oui, Monsieur! Je le sais par ma femme, Monsieur.»

«Qui le sait, elle, par qui?»

«Par M. de La Porte, l'homme de confiance de la reine, qui avait mis ma femme près de Sa Majesté pour que notre pauvre reine eût quelqu'un à qui se fier, abandonnée comme elle l'est par le roi, espionnée comme elle l'est par le cardinal, trahie comme elle l'est par tous. Et la reine croit...»

«Eh bien, que croit la reine?»

«Elle croit qu'on a écrit à M. le duc de Buckingham en son nom pour le faire venir à Paris, et pour l'attirer dans quelque piège.»

«Diable! Mais votre femme, cher Monsieur, qu'a-t-elle à faire dans tout cela?»

«On connaît son dévouement pour la reine, et l'on veut ou l'éloigner de sa maîtresse, ou l'intimider pour avoir les secrets de Sa Majesté, ou la séduire pour se servir d'elle comme d'un espion.»

«Mais l'homme qui l'a enlevée, le connaissez-vous?»

«Je vous ai dit que je croyais le connaître. C'est un seigneur de haute mine, poil noir, teint basané, œil perçant, dents blanches et une cicatrice à la tempe.»

«Une cicatrice à la tempe!» s'écria d'Artagnan. «C'est mon homme de Meung!»

«C'est votre homme, dites-vous?»

«Oui, oui; mais cela ne fait rien à la chose. Non, je me trompe, cela la simplifie beaucoup: si votre homme est le mien, je ferai d'un coup deux vengeances; mais où rejoindre cet homme?»

«Je n'en sais rien. Un jour que je reconduisais ma femme au Louvre, il en sortait comme elle allait y entrer, et elle me l'a fait voir.»

«Tout cela est bien vague», murmura d'Artagnan. «Par qui avez-vous su l'enlèvement de votre femme?»

«Par M. de La Porte. D'ailleurs, foi de Bonacieux...»

«Vous vous appelez Bonacieux?» interrompit d'Artagnan.

«Oui, c'est mon nom.»

«Pardon si je vous ai interrompu, mais il me semblait que ce nom ne m'était pas inconnu.»

«C'est possible, Monsieur. Je suis votre propriétaire. Et comme depuis trois mois que vous êtes chez moi, et que distrait sans doute par vos grandes occupations vous avez oublié de me payer mon loyer; comme, dis-je, je ne vous ai pas tourmenté un seul instant, j'ai pensé que vous auriez égard à ma délicatesse.»

«Comment donc! mon cher Monsieur Bonacieux, croyez que je suis plein de reconnaissance et que si je puis vous êtes bon à quelque chose...»

«Je vous crois, et comme j'allais vous le dire, foi de Bonacieux, j'ai confiance en vous.»

Le bourgeois tira un papier de sa poche, et le présenta à d'Artagnan, qui l'ouvrit:

«Ne cherchez pas votre femme», lut d'Artagnan, «elle vous sera rendue quand on n'aura plus besoin d'elle. Si vous faites une seule démarche pour la retrouver, vous êtes perdu.»

«Voilà qui est positif», continua d'Artagnan, «mais après tout, ce n'est qu'une menace.»

«Oui, mais cette menace m'épouvante; moi, Monsieur, je ne suis pas homme d'épée du tout, et j'ai peur de la Bastille. Cependant, vous voyant sans cesse entouré de mousquetaires à l'air fort superbe, j'avais pensé que vous et vos amis, tout en rendant justice à notre pauvre reine, seriez enchanté de jouer un mauvais tour à Son Eminence...»

«Sans doute.»

«Et puis j'avais pensé que, me devant trois mois de loyer, comptant de plus, tant que vous me ferez l'honneur de rester chez moi, ne jamais vous parler de votre loyer à venir...»

«Très bien.»

«Et ajoutez à cela, si besoin est, comptant vous offrir une

cinquantaine de pistoles si, contre toute probabilité, vous vous trouviez gêné en ce moment.»

«A merveille; mais vous êtes donc riche, mon cher Monsieur Bonacieux?»

«Je suis à mon aise, Monsieur... Ah! mais...» s'écria le bourgeois.

«Quoi?» demanda d'Artagnan.

«Dans la rue, en face de vos fenêtres...»

«C'est lui!» s'écrièrent à la fois d'Artagnan et le bourgeois, chacun d'eux en même temps ayant reconnu son homme.

«Ah! Cette fois-ci», s'écria d'Artagnan en sautant sur son épée, «cette fois-ci, il ne m'échappera pas.»

Et il se précipita hors de l'appartement.

Sur l'escalier, il rencontra Athos et Porthos qui le venaient voir. Ils s'écartèrent, d'Artagnan passa entre eux comme un trait.

«Ah çà! Où cours-tu ainsi?» lui crièrent-ils.

«L'homme de Meung!»

D'Artagnan avait plus d'une fois raconté à ses amis son aventure avec l'inconnu, ils comprirent donc de quelle affaire il était question, et comme ils pensèrent que d'Artagnan finirait toujours par remonter chez lui, ils continuèrent leur chemin.

Lorsqu'ils entrèrent dans la chambre de d'Artagnan, la chambre était vide: le propriétaire, par suite de l'exposition qu'il avait faite lui-même de son caractère, avait jugé qu'il était prudent de décamper.

IX
D'Artagnan se dessine

Comme l'avaient prévu Athos et Porthos, au bout d'une demi-heure d'Artagnan rentra. Cette fois encore il avait manqué son homme, qui avait disparu comme par enchantement.

Pendant que d'Artagnan courait les rues et frappait aux portes, Aramis avait rejoint ses deux compagnons, de sorte qu'en revenant chez lui, d'Artagnan trouva la réunion au grand complet.

«Eh bien?» dirent ensemble les trois mousquetaires.

«Eh bien!» s'écria d'Artagnan, «il a disparu comme un fantôme. Cet homme est né pour ma damnation, car sa fuite nous fait manquer une affaire superbe, Messieurs.»

«Comment cela?» dirent à la fois Porthos et Aramis.

«Planchet», dit d'Artagnan à son domestique, qui passait en ce moment la tête pour tâcher de surprendre quelques bribes de la conversation, «descendez chez mon propriétaire, M. Bonacieux, et dites-lui de nous envoyer une demi-douzaine de bouteilles de vin de Beaugency: c'est celui que je préfère.»

«Ah çà! Mais vous avez donc crédit ouvert chez votre propriétaire?» demanda Porthos.

«Oui, à compter d'aujourd'hui, et soyez tranquilles, si son vin est mauvais, nous lui en enverrons quérir d'autre.»

Et alors il raconta mot à mot à ses amis ce qui venait de se passer entre lui et son hôte, et comment l'homme qui avait enlevé la femme du digne propriétaire était le même avec lequel il avait eu maille à partir à l'hôtellerie du *Franc Meunier*.

«Votre affaire n'est pas mauvaise», dit Athos après avoir goûté le vin en connaisseur. «Maintenant, reste à savoir si cinquante pistoles valent la peine de risquer quatre têtes.»

«Mais faites attention», s'écria d'Artagnan, «qu'il y a une femme dans cette affaire, une femme qu'on menace sans doute, qu'on torture peut-être, et tout cela parce qu'elle est fidèle à sa maîtresse!»

«Eh bien!» dit Porthos, «faites d'abord prix avec le mari, et bon prix.»

«C'est inutile», dit d'Artagnan, «car je crois que s'il ne nous paye pas, nous serons assez payés d'un autre côté.»

En ce moment, un bruit précipité de pas retentit dans l'escalier, la porte s'ouvrit avec fracas, et le malheureux mari s'élança dans la chambre où se tenait le conseil.

«Ah! Messieurs», s'écria-t-il, «sauvez-moi! Il y a quatre hommes qui viennent pour m'arrêter; sauvez-moi, sauvez-moi!»

Porthos et Aramis se levèrent.

«Un moment», s'écria d'Artagnan en leur faisant signe de repousser au fourreau leurs épées à demi tirées, «un moment, ce n'est pas du courage qu'il faut ici, c'est de la prudence.»

«Cependant», dit Porthos, «nous ne laisserons pas...»

«Vous laisserez faire d'Artagnan», dit Athos, «c'est la forte tête de nous tous, et moi, je déclare que je lui obéis.»

En ce moment les quatre gardes apparurent à la porte, et voyant quatre mousquetaires debout et l'épée au côté, hésitèrent à aller plus loin.

«Entrez, Messieurs», cria d'Artagnan, «vous êtes ici chez moi, et nous sommes tous de fidèles serviteurs du roi et de M. le cardinal.»

«Alors, Messieurs, vous ne vous opposerez pas à ce que nous exécutions les ordres que nous avons reçus?» demanda celui qui paraissait le chef de l'escouade.

«Au contraire, Messieurs, et nous vous prêterions main-forte, si besoin était.»

«Mais vous m'avez promis...» dit tout bas le pauvre bourgeois.

«Nous ne pouvons vous sauver qu'en restant libres», répondit rapidement et tout bas d'Artagnan, «et si nous faisons mine de vous défendre, on nous arrête avec vous.»

«Venez, Messieurs, venez», dit tout haut d'Artagnan, «je n'ai aucun motif de défendre monsieur. Je l'ai vu aujourd'hui pour la première fois, et encore à quelle occasion, il vous le dira lui-même, pour me venir réclamer le prix de mon loyer. Est-ce vrai, Monsieur Bonacieux? Répondez.»

«C'est la vérité pure», s'écria le bourgeois.

«Allez, Messieurs, emmenez cet homme!»

Et d'Artagnan poussa le mercier tout étourdi aux mains des gardes. Les sbires se confondirent en remerciements et emmenèrent leur proie.

«Mais quelle diable de vilenie avez-vous donc faite là?» dit Porthos. «Fi donc! Quatre mousquetaires laisser arrêter au milieu d'eux un malheureux qui crie à l'aide!»

«Porthos», dit Aramis, «Athos t'a déjà prévenu que tu étais un niais et je me range de son avis.»

«Ah, je m'y perds», dit Porthos, «vous approuvez ce que d'Artagnan vient de faire?»

«Je le crois parbleu bien», dit Athos, «non seulement j'approuve ce qu'il vient de faire, mais encore je l'en félicite.»

«Et maintenant, Messieurs», dit d'Artagnan sans se donner la peine d'expliquer sa conduite à Porthos, «tous pour un, un pour tous, c'est notre devise, n'est-ce pas?»

«Cependant», dit Porthos.

JA BEAUCE   JATTIOT

«Etends la main et jure!» s'écrièrent à la fois Athos et Aramis.

Vaincu par l'exemple, Porthos étendit la main, et les quatre amis répétèrent d'une seule voix la formule dictée par d'Artagnan: «Tous pour un, un pour tous.»

«C'est bien, chacun se retire maintenant chez soi», dit d'Artagnan comme s'il n'avait fait autre chose que de commander toute sa vie, «et attention, car à partir de ce moment, nous voilà aux prises avec le cardinal.»

X
Une souricière au XVIIᵉ siècle

L'invention de la souricière ne date pas de nos jours; dès que les sociétés, en se formant, eurent inventé une police quelconque, cette police, à son tour, inventa les souricières.

Quand, dans une maison quelle qu'elle soit, on a arrêté un individu soupçonné d'un crime quelconque, on tient secrète l'arrestation; on place quatre ou cinq hommes en embuscade dans la première pièce, on ouvre la porte à tous ceux qui frappent, on la referme sur eux et on les arrête; de cette façon, au bout de deux ou trois jours, on tient à peu près tous les familiers de l'établissement.

Voilà ce que c'est qu'une souricière.

On fit donc une souricière de l'appartement de maître Bonacieux, et quiconque y apparut fut pris et interrogé par les gens de M. le cardinal.

Quant à d'Artagnan, il ne bougeait pas de chez lui. Il avait converti sa chambre en observatoire. Des fenêtres il voyait arriver ceux qui venaient se faire prendre; puis, comme il avait ôté les carreaux du plancher, qu'il avait creusé le parquet et qu'un simple plafond le séparait de la chambre au-dessous, où se faisaient les interrogatoires, il entendait tout ce qui se passait entre les inquisiteurs et les accusés.

Le soir du lendemain de l'arrestation du pauvre Bonacieux, on entendit frapper à la porte de la rue; aussitôt cette porte s'ouvrit et se referma: quelqu'un venait de se faire prendre à la souricière. D'Artagnan s'élança vers l'endroit décarrelé, se coucha ventre à terre et écouta.

Des cris retentirent bientôt, puis des gémissements qu'on cherchait à étouffer.

«Diable!» se dit d'Artagnan, «il me semble que c'est une femme: on la fouille, elle résiste, on la violente – les misérables!»

«Mais je vous dis que je suis la maîtresse de la maison; je vous dis que je suis Mme Bonacieux; je vous dis que j'appartiens à la reine!» s'écriait la malheureuse femme.

La voix devint de plus en plus étouffée: un mouvement tumultueux fit retentir les boiseries. La victime résistait autant qu'une femme peut résister à quatre hommes.

«Ils la bâillonnent, ils vont l'entraîner», s'écria d'Artagnan en se redressant comme par un ressort. «Mon épée; bon, elle est à mon côté. Planchet!»

«Monsieur?»

«Cours chercher Athos, Porthos et Aramis.»

«Mais où allez-vous, Monsieur, où allez-vous?»

«Tais-toi, imbécile», dit d'Artagnan. Et s'accrochant de la main au rebord de sa fenêtre, il se laissa tomber du premier étage, qui heureusement n'était pas élevé. Puis il alla aussitôt frapper à la porte.

A peine le marteau eut-il résonné sous la main du jeune homme, que le tumulte cessa, que des pas s'approchèrent, que la porte s'ouvrit, et que d'Artagnan, l'épée nue, s'élança.

Alors ceux qui habitaient encore la malheureuse maison Bonacieux et les voisins entendirent de grands cris, des trépignements, un cliquetis d'épées et un bruit prolongé de meubles. Puis, un moment après, la porte se rouvrit, et quatre hommes vêtus de noir parurent s'en envoler.

D'Artagnan était vainqueur sans beaucoup de peine, il faut le dire, car un seul des alguazils était armé.

D'Artagnan, resté seul avec Mme Bonacieux, se retourna vers elle: la pauvre femme était renversée sur un fauteuil et à demi évanouie.

C'était une charmante femme de vingt-cinq ans, brune avec des yeux bleus, des dents admirables, un teint marbré de rose et d'opale. Tandis que d'Artagnan examinait Mme Bonacieux, il vit à terre un fin mouchoir de batiste, qu'il ramassa, et au coin duquel il reconnut le même chiffre qu'il avait vu au mouchoir qui avait failli lui faire couper la gorge avec Aramis.

Depuis ce temps, d'Artagnan se méfiait des mouchoirs armoriés; il remit donc sans rien dire celui qu'il avait ramassé dans la poche de Mme Bonacieux.

En ce moment, Mme Bonacieux reprenait ses sens. Elle ouvrit les yeux, regarda avec terreur autour d'elle, vit que l'appartement était vide et qu'elle était seule avec son libérateur. Elle lui tendit aussitôt les mains en souriant. Mme Bonacieux avait le plus charmant sourire du monde.

«Ah! Monsieur», dit-elle, «c'est vous qui m'avez sauvée, permettez que je vous remercie.»

«Madame, je n'ai fait que ce que tout gentilhomme eût fait à ma place, vous ne me devez donc aucun remerciement.»

«Si fait, Monsieur, et j'espère vous prouver que vous n'avez pas rendu service à une ingrate. Mais pourquoi M. Bonacieux n'est-il point ici?

«Hier, on est venu le prendre pour le conduire à la Bastille.»

«Mon mari à la Bastille! Qu'a-t-il donc fait? Lui, l'innocence même!»

«Je crois que son seul crime est d'avoir à la fois le bonheur et le malheur d'être votre mari.»

«Mais, Monsieur, vous savez donc...»

«Je sais que vous avez été enlevée, Madame.»

«Et par qui? Le savez-vous?»

«Par un homme aux cheveux noirs, au teint basané, avec une cicatrice à la tempe gauche.»

«C'est cela, c'est cela; mais son nom?»

«C'est ce que j'ignore. Mais comment vous êtes-vous enfuie?»

«J'ai profité d'un moment où l'on m'a laissée seule, et, à l'aide de mes draps je suis descendue par la fenêtre; alors, comme je croyais mon mari ici, je suis accourue.»

«Les hommes que j'ai mis en fuite vont revenir avec main forte; s'ils nous retrouvent ici, nous sommes perdus.»

«Oui, vous avez raison», s'écria Mme Bonacieux effrayée, «fuyons, sauvons-nous.»

Et la jeune femme, et le jeune homme, sans se donner la peine de refermer la porte, descendirent rapidement la rue des Fossoyeurs et ne s'arrêtèrent qu'à la place Saint-Sulpice.

«Et maintenant, qu'allons-nous faire?» demanda d'Artagnan.

«Mon intention était de prévenir M. de La Porte par mon mari.»

«Je puis aller le prévenir.»

«On ne vous connaît pas au Louvre et l'on vous fermera la porte.»

«Vous avez bien à quelque guichet du Louvre un concierge qui vous est dévoué et qui grâce à un mot d'ordre...»

«Et si je vous disais ce mot d'ordre, l'oublieriez-vous aussitôt que vous vous en seriez servi?»

«Parole d'honneur, foi de gentilhomme!» dit d'Artagnan avec un accent à la vérité duquel il n'y avait pas à se tromper.

«Mais moi, où me mettrez-vous pendant ce temps-là.»

«Nous sommes à la porte d'Athos, un de mes amis.»

Athos n'était pas chez lui. D'Artagnan prit la clef, qu'on avait l'habitude de lui donner comme à un ami de la maison, et il introduisit Mme Bonacieux.

«Vous êtes chez vous», dit-il, «fermez la porte en dedans et n'ouvrez à personne, à moins que vous n'entendiez frapper trois coups ainsi: tenez!» Et il frappa trois fois: deux coups rapprochés l'un de l'autre et assez forts, un coup plus distant et plus léger.

«C'est bien», dit Mme Bonacieux, «maintenant, présentez-vous au guichet du Louvre, du côté de la rue de l'Echelle, et demandez Germain. Il vous demandera ce que vous voulez, et alors vous lui répondrez par ces deux mots: Tours et Bruxelles. Aussitôt il se mettra à vos ordres et vous lui direz d'aller chercher M. de La Porte.»

«Et quand M. de La Porte sera venu?»

«Vous me l'enverrez.»

«C'est bien, mais où et comment vous reverrai-je?»

«Y tenez-vous beaucoup?»

«Certainement.»

«Reposez-vous sur moi de ce soin et soyez tranquille.»

«Je compte sur votre parole.»

«Comptez-y.»

D'Artagnan salua Mme Bonacieux en lui lançant le coup d'œil le plus amoureux qu'il lui fut possible de concentrer sur sa charmante petite personne.

En deux bonds il fut au Louvre. Tout s'exécuta comme l'avait annoncé Mme Bonacieux. Au mot d'ordre convenu, Germain s'inclina; dix minutes après, La Porte était dans la loge; en deux mots, d'Artagnan le mit au fait et lui indiqua où était Mme Bonacieux. La Porte partit en courant. Cependant, à peine eut-il fait dix pas, qu'il revint.

«Jeune homme», dit-il. à d'Artagnan, «un conseil. Vous pourriez être inquiété pour ce qui vient de se passer. Avez-vous quelque ami dont la pendule retarde?»

«Eh bien?»

«Allez le voir pour qu'il puisse témoigner que vous étiez chez lui à neuf heures et demie. En justice, cela s'appelle un alibi.»

Dix heures sonnaient. D'Artagnan trouva le conseil prudent; il prit ses jambes à son cou, il arriva chez M. de Tréville et demanda à entrer dans son cabinet. On alla prévenir M. de Tréville que son jeune compatriote, ayant quelque chose d'important à lui dire, sollicitait une audience particulière. Cinq minutes après, M. de Tréville était là.

«Pardon, Monsieur!» dit d'Artagnan, qui avait profité du moment où il était resté seul pour retarder l'horloge de trois quarts d'heure; «j'ai pensé que comme il n'était que neuf heures vingt-cinq minutes, il était encore temps de me présenter chez vous.»

«Neuf heures vingt-cinq minutes!» s'écria M. de Tréville en regardant sa pendule, «c'est juste, j'aurais cru qu'il était plus tard. Mais voyons, que me voulez-vous?»

Alors d'Artagnan fit à M. de Tréville une longue histoire sur la reine, et tout cela avec une tranquillité et un aplomb dont M. de Tréville fut la dupe. A dix heures sonnant, d'Artagnan quitta M. de Tréville, qui le remercia de ses renseignements, et qui rentra dans le salon.

Au bas de l'escalier, d'Artagnan se souvint qu'il avait oublié sa canne: en conséquence, il remonta précipitamment, rentra dans le cabinet, d'un tour du doigt remit la pendule à son heure, pour qu'on ne pût pas s'apercevoir, le lendemain, qu'elle avait été dérangée, et sûr désormais qu'il y avait un témoin pour approuver son alibi, il descendit l'escalier et se trouva bientôt dans la rue.

XI
L'intrigue se noue

D'Artagnan prit, tout pensif, le plus long pour rentrer chez lui. A quoi pensait-il? Il pensait à Mme Bonacieux. Pour un apprenti mousquetaire, la jeune femme était presque une idéalité amoureuse. Jolie, mystérieuse, initiée à presque tous les secrets de la cour, elle était soupçonnée de n'être pas insensible, ce qui est un attrait irrésistible pour les amants novices.

D'Artagnan se voyait déjà, tant les rêves marchent vite sur les ailes de l'imagination, accosté par un messager de la jeune femme qui lui remettait quelque billet de rendez-vous, une chaîne d'or ou un diamant. Nous avons dit que les jeunes cavaliers recevaient sans honte de leur roi ; ajoutons qu'ils n'avaient pas plus de vergogne à l'endroit de leurs maîtresses.

On faisait alors son chemin par les femmes, sans en rougir. Celles qui n'étaient que belles donnaient leur beauté, et de là vient sans doute le proverbe, que la plus belle fille du monde ne peut donner que ce qu'elle a. Celles qui étaient riches donnaient une partie de leur argent.

Mais, disons-le, pour le moment d'Artagnan était mû d'un sentiment plus noble et plus désintéressé. Tout en réfléchissant à ses futures amours, tout en souriant aux étoiles, il remontait la rue du Cherche-Midi ou Chasse-Midi, ainsi qu'on l'appelait alors. Comme il se trouvait dans le quartier d'Aramis, l'idée lui était venue d'aller faire une visite à son ami.

Paris depuis deux heures était sombre et commençait à se faire désert. Onze heures sonnaient à toutes les horloges, il faisait un temps doux.

D'Artagnan reconnaissait déjà la porte de la maison de son ami, enfouie sous un massif de sycomores et de clématites, lorsqu'il aperçut quelque chose comme une ombre. Ce quelque chose était enveloppé d'un manteau ; à l'incertitude de la démarche, à l'embarras du pas, il reconnut bientôt une femme.

Se faisant le plus mince qu'il put, d'Artagnan s'abrita dans le côté le plus obscur de la rue, près d'un banc de pierre situé au fond d'une niche.

Cependant la jeune femme avait continué de s'avancer ; elle s'approcha résolument du volet d'Aramis et frappa à trois intervalles égaux avec son doigt recourbé.

«C'est bien chez Aramis», murmura d'Artagnan. «Ah! monsieur l'hypocrite! je vous y prends à faire de la théologie.»

Les trois coups étaient à peine frappés, que la croisée intérieure s'ouvrit et qu'une lumière parut.

On juge si d'Artagnan regardait et écoutait avec avidité.

D'Artagnan vit donc que la jeune femme tirait de sa poche un objet blanc qu'elle déploya vivement et qui prit la forme d'un mouchoir. Cet objet déployé, elle en fit remarquer le coin à son interlocuteur.

Placé où il était, d'Artagnan ne pouvait voir le visage d'Aramis, nous disons d'Aramis, parce que le jeune homme ne faisait aucun doute que ce fût son ami; la curiosité l'emporta sur la prudence, et, profitant de la préoccupation dans laquelle la vue du mouchoir paraissait plonger les deux personnages, il sortit de sa cachette, et prompt comme l'éclair, il alla se coller à un angle de la muraille d'où son œil pouvait parfaitement plonger dans l'intérieur de l'appartement d'Aramis.

Arrivé là, d'Artagnan pensa jeter un cri de surprise: ce n'était pas Aramis qui causait avec la nocturne visiteuse, c'était une femme. Seulement d'Artagnan y voyait assez pour reconnaître la forme des vêtements, mais pas assez pour distinguer les traits.

Au même instant, la femme de l'appartement tira un second mouchoir de sa poche, et l'échangea avec celui qu'on venait de lui montrer. Puis quelques mots furent prononcés entre les deux femmes. Enfin la croisée se referma; la femme qui se trouvait à l'extérieur se retourna et vint passer à quatre pas de d'Artagnan en abaissant la coiffe de sa mante; mais la précaution avait été prise trop tard, d'Artagnan avait reconnu Mme Bonacieux.

D'Artagnan courut après elle. La malheureuse était épuisée, non pas de fatigue, mais de terreur, et quand d'Artagnan lui posa la main sur l'épaule, elle tomba sur un genou en criant: «Tuez-moi si vous voulez, mais vous ne saurez rien.»

D'Artagnan la releva et s'empressa de la rassurer par des protestations de dévouement.

«Oh! c'est vous, c'est vous!» dit-elle. «Merci, mon Dieu!»

«Je vous ai vu frapper à la fenêtre d'un de mes amis...»

«D'un de vos amis?» interrompit Mme Bonacieux.

«Aramis est de mes meilleurs amis.»

«Aramis! Qu'est-ce que cela? C'est la première fois que j'entends prononcer ce nom.»

«Ce n'est donc pas lui que vous veniez chercher?»

«Pas le moins du monde. D'ailleurs, vous l'avez bien vu, la personne à qui j'ai parlé est une femme.»

«Mais qui est-elle?»

«Oh! cela n'est point mon secret.»

«Chère Mme Bonacieux, vous êtes charmante, mais vous êtes la femme la plus mystérieuse...»

«Est-ce que je perds à cela?»

«Non, vous êtes au contraire adorable.»

«Alors, maintenant, conduisez-moi.»

«Où cela?»

«Où je vais.»

«Mais où allez-vous?»

«Vous le verrez, puisque vous me laisserez à la porte.»

«Faudra-t-il vous attendre?»

«Ce sera inutile.»

«Vous reviendrez donc seule?»

«Peut-être oui, peut-être non.»

«Je vous attendrai pour vous voir sortir.»

«En ce cas, adieu! Je n'ai pas besoin de vous.»

«Mais vous aviez réclamé...»

«L'aide d'un gentilhomme et non pas la surveillance d'un espion.»

«Je vous promets de faire tout ce que vous voudrez si vous me laissez vous accompagner jusqu'où vous allez.»

«Et vous me quitterez après?»

«Oui.»

«Prenez mon bras et marchons alors.»

D'Artagnan offrit son bras à Mme Bonacieux, qui s'y suspendit, moitié rieuse, moitié tremblante, et tous deux gagnèrent le haut de la rue de La Harpe. Arrivée là, la jeune femme s'approcha d'une porte:

«Et maintenant, Monsieur, c'est ici que j'ai affaire; merci mille fois de votre compagnie. Tenez, voilà minuit qui sonne, c'est l'heure où l'on m'attend.»

«Madame», dit le jeune homme en s'inclinant, «soyez contente, je m'éloigne. Je rentre chez moi à l'instant.»

D'Artagnan saisit la main qu'on lui tendait et la baisa ardemment. Puis comme s'il ne se fût senti la force de se détacher de la main qu'il tenait que par une secousse, il s'éloigna tout courant, tandis que Mme Bonacieux frappait, comme au volet, trois coups lents et réguliers.

D'Artagnan continua son chemin; cinq minutes après il était dans la rue des Fossoyeurs.

«Pauvre Athos», disait-il, «il se sera endormi en m'attendant. Tout cela est fort étrange, et je serais curieux de savoir comment cela finira.»

«Mal, Monsieur, mal», répondit une voix que le jeune

homme reconnut pour celle de Planchet; car tout en monologuant tout haut, il s'était engagé dans l'escalier qui conduisait à sa chambre.

«Comment mal? Qu'est-il donc arrivé?»

«D'abord M. Athos est arrêté.»

«Arrêté! Athos! pourquoi?»

«On l'a trouvé chez vous; on l'a pris pour vous.»

«Et par qui a-t-il été arrêté?»

«Par la garde qu'ont été chercher les hommes noirs que vous avez mis en fuite.»

«Pourquoi n'a-t-il pas dit qu'il était étranger à cette affaire?»

«Il s'en est bien gardé, Monsieur; il s'est approché au contraire de moi et m'a dit: C'est ton maître qui a besoin de sa liberté en ce moment, et non pas moi. On le croira arrêté et cela lui donnera du temps; dans trois jours je dirai qui je suis, et il faudra bien qu'on me fasse sortir.»

«Bravo, Athos, noble cœur! Et Porthos et Aramis?»

«Je ne les ai pas trouvés, ils ne sont pas venus.»

«Eh bien, ne bouge pas d'ici; s'ils viennent, préviens-les de ce qui m'est arrivé, qu'ils m'attendent au cabaret de la *Pomme de Pin;* ici il y aurait du danger. Je cours chez M. de Tréville. Mais tu n'auras pas peur?»

«Soyez tranquille, Monsieur», dit Planchet, «vous ne me connaissez pas encore; je suis brave quand je m'y mets, allez; c'est le tout de m'y mettre.»

De toute la vitesse de ses jambes, d'Artagnan se dirigea vers la rue du Vieux-Colombier. M. de Tréville n'était point à son hôtel; sa compagnie était de garde au Louvre; il était au Louvre avec sa compagnie.

Il fallait arriver jusqu'à M. de Tréville; il était important qu'il fût prévenu de ce qui se passait. D'Artagnan résolut d'essayer d'entrer au Louvre.

Comme il arrivait à la hauteur de la rue Guénégaud, il vit déboucher de la rue Dauphine un groupe composé de deux personnes et dont l'allure le frappa.

Les deux personnes qui composaient le groupe étaient: l'un, un homme; l'autre, une femme.

La femme avait la tournure de Mme Bonacieux, et l'homme ressemblait à s'y méprendre à Aramis.

Ils prirent le pont; c'était le chemin de d'Artagnan.

D'Artagnan sentit tous les soupçons de la jalousie qui s'agitaient dans son cœur. Il était doublement trahi et par son ami et par celle qu'il considérait déjà comme sa maîtresse. Il ne réfléchit pas qu'il connaissait la jolie lingère depuis trois heures seulement.

Le jeune homme et la jeune femme s'étaient aperçus qu'ils étaient suivis, et ils avaient doublé le pas. D'Artagnan prit sa course, les dépassa, puis revint sur eux.

D'Artagnan s'arrêta devant eux, et ils s'arrêtèrent devant lui.

«Que voulez-vous, Monsieur?» demanda l'homme avec un accent étranger qui prouvait à d'Artagnan qu'il s'était trompé dans une partie de ses conjectures.

«Ce n'est pas Aramis!» s'écria-t-il.

«Non, Monsieur, ce n'est point Aramis, et à votre exclamation je vois que vous m'avez pris pour un autre, et je vous pardonne.»

«Vous avez raison, Monsieur», dit d'Artagnan, «ce n'est pas à vous que j'ai affaire, c'est à Madame.»

«Ah!» fit Mme Bonacieux d'un ton de reproche, «j'avais votre parole de gentilhomme; j'espérais pouvoir compter dessus.»

«Prenez mon bras, Madame», dit l'étranger, «et continuons.»

L'homme fit deux pas en avant et écarta d'Artagnan avec la main. D'Artagnan fit un bond en arrière et tira son épée. En même temps et avec la rapidité de l'éclair, l'inconnu tira la sienne.

«Au nom du ciel, Milord!» s'écria Mme Bonacieux en se jetant entre les combattants.

«Milord!» s'écria d'Artagnan illuminé d'une idée subite, «Milord! pardon, Monsieur; mais est-ce que vous seriez...»

«Milord duc de Buckingham», dit Mme Bonacieux à demi-voix, «et maintenant vous pouvez nous perdre tous.»

«Milord, Madame, pardon, cent fois pardon; mais je l'aimais, Milord, et j'étais jaloux; vous savez ce que c'est que d'aimer, Milord; pardonnez-moi, et dites-moi comment je peux me faire tuer pour Votre Grâce.»

«Vous êtes un brave jeune homme», dit Buckingham en tendant à d'Artagnan une main que celui-ci serra respectueusement, «vous m'offrez vos services, je les accepte; suivez-nous à vingt pas jusqu'au Louvre; et si quelqu'un nous épie, tuez-le.»

D'Artagnan mit son épée nue sous son bras, laissa prendre à Mme Bonacieux vingt pas d'avance et les suivit. Mais heureusement le jeune séide n'eut aucune occasion de donner au duc la preuve de son dévouement, et la jeune femme et son compagnon rentrèrent au Louvre par le guichet de l'Echelle sans avoir été inquiétés.

Quant à d'Artagnan, il se rendit aussitôt au cabaret de la *Pomme de Pin,* où il trouva Porthos et Aramis qui l'attendaient.

XII
Georges Villiers, duc de Buckingham

Mme Bonacieux et le duc entrèrent au Louvre sans difficulté ; Mme Bonacieux était connue pour appartenir à la reine ; le duc portait l'uniforme des mousquetaires de M. de Tréville, qui était de garde ce soir-là. Une fois entrés dans l'intérieur de la cour, le duc et la jeune femme suivirent le pied de la muraille pendant l'espace d'environ vingt-cinq pas ; cet espace parcouru, Mme Bonacieux poussa une petite porte de service ; la porte céda ; tous deux entrèrent et se trouvèrent dans l'obscurité.

Mme Bonacieux prit le duc par la main, fit quelques pas en tâtonnant, saisit une rampe, toucha du pied un degré, et commença de monter un escalier : le duc compta deux étages. Alors elle prit à droite, suivit un long corridor, ouvrit une porte et poussa le duc dans un appartement éclairé seulement par une lampe de nuit, en disant : « Restez ici, Milord-duc, on va venir. » Puis elle sortit par la même porte, qu'elle ferma à la clef, de sorte que le duc se trouva littéralement prisonnier.

Cependant, le duc de Buckingham n'éprouva pas un instant de crainte. Brave, hardi, entreprenant, ce n'était pas la première fois qu'il risquait sa vie dans de pareilles tentatives ; il avait appris que ce prétendu message d'Anne d'Autriche, sur la foi duquel il était venu à Paris, était un piège, et au lieu de regagner l'Angleterre, il avait, abusant de la position qu'on lui avait faite, déclaré à la reine qu'il ne partirait pas sans l'avoir vue. La reine avait refusé d'abord, puis enfin elle avait craint que le duc, exaspéré, ne fît quelque folie. Déjà elle était décidée à le recevoir et à le supplier de partir aussitôt, lorsque, le soir même de cette décision, Mme Bonacieux, qui était chargée d'aller chercher le duc et de le conduire au Louvre, fut enlevée. Pendant deux jours on ignora complètement ce qu'elle était devenue, et tout resta en suspens. Mais une fois libre, les choses avaient repris leur cours, et elle venait d'accomplir la périlleuse entreprise que, sans son arrestation, elle eût exécutée trois jours plus tôt.

A trente-cinq ans qu'il avait alors, Buckingham passait à juste titre pour le plus beau gentilhomme et pour le plus élégant cavalier de France et d'Angleterre. Favori de deux rois, riche à millions, tout-puissant dans un royaume qu'il bouleversait à sa fantaisie et calmait à son caprice, Georges Villiers, duc de Buckingham, avait entrepris une de ces existences fabuleuses qui restent dans le cours des siècles comme un étonnement pour la postérité.

Aussi, certain que les lois qui régissent les autres hommes ne pouvaient l'atteindre, allait-il droit au but qu'il s'était fixé, ce but fût-il si élevé et si éblouissant que c'eût été folie pour un autre que de l'envisager seulement. C'est ainsi qu'il était arrivé à s'approcher plusieurs fois de la belle et fière Anne d'Autriche et à s'en faire aimer, à force d'éblouissement.

Georges Villiers se plaça devant une glace, et le cœur tout gonflé de joie, heureux et fier de toucher au moment qu'il avait si longtemps désiré, se sourit à lui-même d'orgueil et d'espoir.

En ce moment, une porte cachée dans la tapisserie s'ouvrit, et une femme apparut. Buckingham vit cette apparition dans la glace ; il jeta un cri, c'était la reine !

Anne d'Autriche avait alors vingt-six ou vingt-sept ans, c'est-à-dire qu'elle se trouvait dans tout l'éclat de sa beauté. Sa démarche était celle d'une déesse ; ses yeux, qui jetaient des reflets d'émeraude, étaient parfaitement beaux, et tout à la fois pleins de douceur et de majesté. Sa bouche, petite et vermeille, était éminemment gracieuse dans le sourire. Sa peau était citée pour sa douceur et son velouté, sa main et ses bras étaient d'une beauté surprenante, et tous les poètes du temps les chantaient comme incomparables. Enfin ses cheveux, qu'elle portait frisés très clair et avec beaucoup de poudre, encadraient admirablement son visage.

Buckingham resta un instant ébloui ; jamais Anne d'Autriche ne lui était apparue aussi belle, au milieu des bals, des fêtes, des carrousels, qu'elle lui apparut en ce moment, vêtue d'une simple robe de satin blanc et accompagnée de doña Estefania, la seule de ses femmes espagnoles qui n'eût pas été chassée par la jalousie du roi et par les persécutions de Richelieu.

Anne d'Autriche fit deux pas en avant ; Buckingham deux pas en avant ; Buckingham se précipita à ses genoux, et avant que la reine eût pu l'en empêcher, il baisa le bas de sa robe.

« Duc, vous savez déjà que ce n'est pas moi qui vous ai fait écrire. »

« Oh ! oui, Madame ; je sais que j'ai été un fou, un insensé de croire que la neige s'animerait, que le marbre s'échaufferait ; mais, que voulez-vous, quand on aime, on croit facilement à l'amour; d'ailleurs je n'ai pas tout perdu à ce voyage, puisque je vous vois.»

«Oui», répondit Anne, «mais vous savez pourquoi et comment je vous vois, Milord. Je vous vois par pitié pour vous-même; je vous vois parce que vous courez risque de la vie et me faites courir risque de mon honneur; je vous vois pour vous dire que tout nous sépare. Je vous vois enfin pour vous dire qu'il ne faut plus nous voir.»

«Parlez, Madame, la douceur de votre voix couvre la dureté de vos paroles. Le sacrilège est dans la séparation des cœurs que Dieu avait formés l'un pour l'autre.»

«Milord», s'écria la reine, «vous oubliez que je ne vous ai jamais dit que je vous aimais.»

«Mais vous ne m'avez jamais dit non plus que vous ne m'aimiez point; et vraiment, me dire de semblables paroles, ce serait de la part de Votre Majesté une trop grande ingratitude. Car, dites-moi, où trouvez-vous un amour pareil au mien, un amour que ni le temps, ni l'absence, ni le désespoir ne peuvent éteindre; un amour qui se contente d'un ruban égaré, d'un regard perdu, d'une parole échappée?»

«Quelle folie!» murmura Anne d'Autriche. «Quelle folie de nourrir une passion inutile! La calomnie s'est emparée de toutes vos folies dans lesquelles je n'étais pour rien, Milord. Le roi, excité par M. le cardinal, a fait un éclat terrible, et lorsque vous avez voulu revenir en France comme ambassadeur, le roi lui-même s'y est opposé.»

«Oui, et la France va payer d'une guerre le refus de son roi. Quel but pensez-vous qu'ait eu cette ligue avec les protestants de La Rochelle que je projette? Le plaisir de vous voir! Cette guerre amènera une paix, cette paix nécessitera un négociateur, ce négociateur ce sera moi. On n'osera plus me refuser alors, et je reviendrai à Paris, et je vous reverrai, et je serai heureux un instant.»

«Milord, Milord, toutes ces preuves d'amour que vous voulez me donner sont presque des crimes.»

«Parce que vous ne m'aimez pas, Madame: si vous m'aimiez, vous verriez tout cela autrement. Vous l'avez dit vous-même, on m'a attiré dans un piège, j'y laisserai ma vie peut-être, car, tenez, c'est étrange, depuis quelque temps j'ai des pressentiments que je vais mourir.»

«Oh! mon Dieu!» s'écria Anne d'Autriche avec un accent d'effroi qui prouvait quel intérêt plus grand qu'elle ne voulait le dire elle prenait au duc.

«Croyez, Madame, que je ne me préoccupe point de pareils rêves.»

«Eh bien, moi aussi, duc, moi aussi j'ai des rêves. J'ai songé que je vous voyais couché sanglant, frappé d'une blessure.»

«Au côté gauche, n'est-ce pas, avec un couteau?» interrompit Buckingham.

«Oui, c'est cela, Milord, au côté gauche avec un couteau. Qui a pu vous dire que j'avais fait ce rêve? Je ne l'ai confié qu'à Dieu, et encore dans mes prières.»

«Je n'en veux pas davantage, et vous m'aimez, Madame, c'est bien.»

«Je vous aime, moi?»

«Oui, vous. Dieu vous enverrait-il les mêmes rêves qu'à moi, si vous ne m'aimiez pas? Aurions-nous les mêmes pressentiments, si nos deux existences ne se touchaient pas par le cœur. Vous m'aimez, ô reine, et vous me pleurerez?»

«Oh! mon Dieu!» s'écria Anne d'Autriche, «c'est plus que je n'en puis supporter. Au nom du ciel, duc, partez, retirez-vous; je ne sais si je vous aime, ou si je ne vous aime pas; mais ce que je sais, c'est que je ne serai point parjure. Partez, je vous en supplie, et revenez plus tard, revenez entouré de gardes qui vous défendront, et alors je ne craindrai plus pour vos jours, et j'aurai du bonheur à vous revoir.

«Oh! est-ce bien vrai ce que vous me dites?»

«Oui...»

«Eh bien! un gage de votre indulgence, un objet qui vienne de vous et qui me rappelle que je n'ai point fait un rêve.»

«Et partirez-vous si je vous donne ce que vous me demandez?»

«Oui.»

«A l'instant même?»

«Oui.»

«Vous quitterez la France, vous retournerez en Angleterre?»

«Oui, je vous le jure!»

«Attendez, alors, attendez.»

Et Anne d'Autriche rentra dans son appartement et en sortit

presque aussitôt, tenant à la main un petit coffret en bois de rose à son chiffre, tout incrusté d'or.

«Tenez, Milord-duc, tenez», dit-elle, «gardez cela en mémoire de moi.»

Buckingham prit le coffret et tomba une seconde fois à genoux. Anne d'Autriche tendit sa main en fermant les yeux et en s'appuyant de l'autre sur Estefania, car elle sentait que ses forces allaient lui manquer.

Buckingham appuya avec passion ses lèvres sur cette belle main, puis se relevant: «Avant six mois», dit-il, «si je ne suis pas mort, je vous aurai revue, Madame, dussé-je bouleverser le monde pour cela.»

Et fidèle à la promesse qu'il avait faite, il s'élança hors de l'appartement.

Dans le corridor, il rencontra Mme Bonacieux qui l'attendait, et qui, avec les mêmes précautions et le même bonheur, le reconduisit hors du Louvre.

XIII
Monsieur Bonacieux

Il y avait dans tout cela un personnage dont, malgré sa position précaire, on n'avait paru s'inquiéter que fort médiocrement; ce personnage était M. Bonacieux, respectable martyr des intrigues politiques et amoureuses qui s'enchevêtraient si bien les unes aux autres, dans cette époque à la fois si chevaleresque et si galante.

Les estafiers qui l'avaient arrêté le conduisirent droit à la Bastille, où il fut l'objet des plus grossières injures et des plus farouches traitements. Les sbires voyaient qu'ils n'avaient pas affaire à un gentilhomme et ils le traitaient en véritable croquant.

Un greffier vint mettre fin à ses tortures, mais non pas à ses inquiétudes, en donnant l'ordre de conduire M. Bonacieux dans la chambre des interrogatoires. Deux gardes s'emparèrent de lui, le firent entrer dans un corridor, ouvrirent une porte et le poussèrent dans une chambre basse, où il n'y avait pour tous meubles qu'une table, une chaise et un commissaire.

Le commissaire commença par demander à M. Bonacieux ses nom et prénoms, son âge, son état et son domicile.

L'accusé répondit qu'il s'appelait Jacques-Michel Bonacieux, qu'il était âgé de 51 ans, mercier retiré, et qu'il demeurait rue des Fossoyeurs, n° 11.

Le commissaire alors, au lieu de continuer à l'interroger, lui fit un grand discours sur le danger qu'il y a pour un bourgeois obscur à se mêler des choses publiques. Puis, fixant son regard d'épervier sur le pauvre Bonacieux, il l'invita à réfléchir à la gravité de sa situation.

Le fond du caractère de maître Bonacieux était un profond égoïsme mêlé à une avarice sordide, le tout assaisonné d'une poltronnerie extrême.

«Emmenez le prisonnier», dit le commissaire aux deux gardes.

«Et où faut-il le conduire?» demanda le greffier.

«Dans un cachot.»

«Hélas! hélas!» se dit Bonacieux, le malheur est sur ma tête; ma femme aura commis quelque crime effroyable; on me croit son complice, et l'on me punira avec elle.»

Bonacieux ne ferma pas l'œil. Il resta toute la nuit sur son escabeau, tressaillant au moindre bruit; et quand les premiers rayons du jour se glissèrent dans sa chambre, l'aurore lui parut avoir pris des teintes funèbres.

Tout à coup, il entendit tirer les verrous, et il fit un soubresaut terrible. Il croyait qu'on venait le chercher pour le conduire à l'échafaud; aussi, lorsqu'il vit simplement paraître, au lieu de l'exécuteur qu'il attendait, son commissaire et son greffier de la veille, il fut tout près de leur sauter au cou.

«Votre affaire s'est fort compliquée depuis hier au soir, mon brave homme», lui dit le commissaire, «et je vous conseille de dire toute la vérité; car votre repentir peut seul conjurer la colère du cardinal.»

«Mais je suis prêt à dire tout ce que je sais», s'écria Bonacieux.

«Où est votre femme, d'abord?»

«On me l'a enlevée.»

«Oui, mais, grâce à vous, elle s'est échappée.»

«Monsieur, si elle s'est échappée, ce n'est pas ma faute, je vous le jure.»

«Qu'alliez-vous donc faire alors chez M. d'Artagnan, avec lequel vous avez eu une longue conférence?»

«Ah! oui, monsieur le commissaire, cela est vrai, et j'avoue que j'ai eu tort. M. d'Artagnan m'a promis son aide; mais je me suis bientôt aperçu qu'il me trahissait.»

«Vous en imposez à la justice! M. d'Artagnan a fait un pacte avec vous, et en vertu de ce pacte il a mis en fuite les hommes de police qui avaient arrêté votre femme, et l'a soustraite à toutes les recherches.»

«M. d'Artagnan a enlevé ma femme! Ah çà! Mais que me dites-vous là?»

«Heureusement M. d'Artagnan est entre nos mains, et vous allez lui être confronté.»

«Ma foi, je ne demande pas mieux», s'écria Bonacieux, «je ne serais pas fâché de voir une figure de connaissance.»

«Faites entrer M. d'Artagnan», dit le commissaire aux deux gardes. Les deux gardes firent entrer Athos.

«Mais!» s'écria Bonacieux, «ce n'est pas M. d'Artagnan.»

«Comment! ce n'est pas M. d'Artagnan? Comment se nomme Monsieur?»

«Je ne puis vous le dire, je ne le connais pas.»

«Votre nom?» demanda le commissaire.

«Athos», répondit le mousquetaire.

«Reconduisez les prisonniers dans leurs cachots», dit le commissaire en désignant d'un même geste Athos et Bonacieux, «et qu'ils soient gardés plus sévèrement que jamais.»

Athos suivit ses gardes en levant les épaules, et M. Bonacieux en poussant des lamentations à fendre le cœur d'un tigre.

Le soir, vers les neuf heures, au moment où le mercier allait se décider à se mettre au lit, il entendit des pas dans son corridor. Ces pas se rapprochèrent de son cachot, sa porte s'ouvrit, des gardes parurent.

«Suivez-moi», dit un exempt qui venait à la suite des gardes.

«Vous suivre!» s'écria Bonacieux, «à cette heure-ci! et où cela?»

«Où nous avons l'ordre de vous conduire.»

«Ah! mon Dieu, mon Dieu», murmura le pauvre mercier, «pour cette fois je suis perdu!»

Et il suivit machinalement et sans résistance.

A la porte de la cour d'entrée, il trouva une voiture entourée de quatre gardes à cheval. On le fit monter dans cette voiture, l'exempt se plaça près de lui, on ferma la portière à clef, et tous deux se trouvèrent dans une prison roulante.

La voiture se mit en mouvement, lente comme un char funèbre. Bonacieux poussa un faible gémissement, qu'on eût pu prendre pour le dernier soupir d'un moribond, et il s'évanouit.

XIV
L'Homme de Meung

La voiture s'arrêta devant une porte basse. Deux gardes reçurent dans leurs bras Bonacieux, soutenu par l'exempt; on le poussa dans une allée, on lui fit monter un escalier, et on le déposa dans une antichambre.

Cependant comme en regardant autour de lui, il ne voyait aucun objet menaçant, comme rien n'indiquait qu'il courût un danger réel, il comprit peu à peu que sa frayeur était exagérée, et il commença de remuer la tête à droite et à gauche et de bas en haut.

En ce moment, un officier de bonne mine ouvrit une portière, et se tournant vers le prisonnier:

«C'est vous qui vous nommez Bonacieux?» dit-il.

«Oui, Monsieur l'officier», balbutia le mercier, plus mort que vif, «pour vous servir.»

«Entrez», dit l'officier.

Et il s'effaça pour que le mercier pût passer. Celui-ci obéit sans réplique, et entra dans la chambre où il paraissait être attendu.

C'était un grand cabinet, aux murailles garnies d'armes, clos et étouffé, et dans lequel il y avait déjà du feu, quoique l'on fût à peine à la fin du mois de septembre. Une table carrée, couverte de livres et de papiers sur lesquels était déroulé un plan immense de la ville de La Rochelle, tenait le milieu de l'appartement.

Debout devant la cheminée était un homme de moyenne taille, à la mine haute et fière, aux yeux perçants, au front large, à la figure amaigrie qu'allongeait encore une royale surmontée d'une paire de moustaches.

Cet homme, c'était Armand-Jean Duplessis, cardinal de Richelieu, non point tel qu'on nous le représente, cassé comme un vieillard, le corps brisé, la voix éteinte, ne vivant plus que par la force de son génie ; mais tel qu'il était réellement à cette époque, c'est-à-dire adroit et galant cavalier, faible de corps déjà, mais soutenu par cette puissance morale qui a fait de lui un des hommes les plus extraordinaires qui aient existé.

«C'est là ce Bonacieux?» demanda-t-il après un moment de silence.

«Oui, Monseigneur», reprit l'officier.

«C'est bien, donnez-moi ces papiers et laissez-nous.»

L'officier prit les papiers désignés, les remit à celui qui les demandait, s'inclina jusqu'à terre, et sortit.

Bonacieux reconnut dans ces papiers ses interrogatoires de la Bastille. De temps en temps, l'homme de la cheminée levait les yeux de dessus les écritures, et les plongeait comme deux poignards jusqu'au fond du cœur du pauvre mercier.

«Vous êtes accusé de haute trahison», dit lentement le cardinal.

«C'est ce qu'on m'a déjà dit, Monseigneur, mais je vous jure que je n'en savais rien.»

Le cardinal réprima un sourire.

«Vous avez conspiré avec votre femme. Elle s'est échappée, le saviez-vous?»

«Non, Monseigneur, je l'ai appris par l'entremise de M. le commissaire, un homme bien aimable!»

Le cardinal réprima un second sourire.

«Alors vous ignorez ce que votre femme est devenue depuis sa fuite?»

«Absolument, Monseigneur; mais elle a dû rentrer au Louvre.»

«A une heure du matin elle n'y était pas rentrée encore.»

«Ah, mon Dieu! Mais qu'est-elle devenue alors?»

«On le saura, soyez tranquille; on ne cache rien au cardinal; le cardinal sait tout.»

«En ce cas, Monseigneur, est-ce que vous croyez que le cardinal consentira à me dire ce qu'est devenue ma femme?»

«Peut-être; mais il faut d'abord que vous avouiez tout ce que vous savez relativement aux relations de votre femme avec Mme de Chevreuse.»

«Mais, Monseigneur, je n'en sais rien; je ne l'ai jamais vue.»

«Quand vous alliez chercher votre femme au Louvre, revenait-elle directement chez vous?»

«Presque jamais: elle avait affaire à des marchands de toile, chez lesquels je la conduisais.»

«Où demeurent-ils?»

«Un, rue de Vaugirard; l'autre, rue de La Harpe.»

«Entriez-vous chez eux avec elle?»

«Jamais, Monseigneur; je l'attendais à la porte.»

«Reconnaîtriez-vous ces portes?»

«Oui, n° 25, dans la rue de Vaugirard; n° 75, dans la rue de La Harpe.»

«C'est bien», dit le cardinal.

A ces mots, il prit une sonnette d'argent, et sonna; l'officier rentra.

«Allez», dit-il, «me chercher Rochefort; et qu'il vienne à l'instant même, s'il est rentré.»

«Le comte est là», dit l'officier, «il demande instamment à parler à Votre Eminence!»

«A Votre Eminence!» murmura Bonacieux, «qui savait que tel était le titre qu'on donnait d'ordinaire à M. le cardinal...»

L'officier s'élança hors de l'appartement. Cinq secondes ne s'étaient pas écoulées depuis sa disparition, qu'un nouveau personnage entra.

«C'est lui», s'écria Bonacieux.

«Qui lui?» demanda le cardinal.

«Celui qui m'a enlevé ma femme.»

Le cardinal sonna une seconde fois. L'officier reparut.

«Remettez cet homme aux mains de ses gardes, et qu'il attende que je le rappelle devant moi.»

«Non, Monseigneur! Non, ce n'est pas lui!» s'écria Bonacieux, «Non, je m'étais trompé: c'est un autre. Monsieur est un honnête homme.»

«Emmenez cet imbécile!» dit le cardinal.

L'officier prit Bonacieux sous le bras et le reconduisit dans l'antichambre où il trouva ses deux gardes.

Le nouveau personnage qu'on venait d'introduire suivit des yeux avec impatience Bonacieux, et dès que la porte se fut refermée:

«Ils se sont vus», dit-il en s'approchant vivement du cardinal.

«Qui?» demanda Son Eminence.

«Elle et lui.»

«La reine et le duc?» s'écria Richelieu. «Et où cela?»

«Au Louvre.»

«C'est bien, nous sommes battus. Tâchons de prendre notre revanche.»

«Je vous y aiderai de toute mon âme, Monseigneur.»

«Et combien de temps se sont-ils vus?»

«Trois quarts d'heure.»

«Aucune de ses femmes n'accompagnait la reine?»

«Doña Estefania seulement.»

«Et elle est rentrée ensuite?»

«Oui, mais pour prendre un petit coffret de bois de rose à son chiffre et sortir aussitôt.»

«Et quand elle est rentrée, plus tard, a-t-elle rapporté ce coffret?»

«Non.»

«Qu'y avait-il dans ce coffret?»

«Les ferrets en diamants que Sa Majesté à donnés à la reine.»

«Bien, bien! Rochefort, tout n'est pas perdu, et peut-être... peut-être tout est-il pour le mieux. Maintenant, savez-vous où se cachaient la duchesse de Chevreuse et le duc de Buckingham?»

«Non, Monseigneur, mes gens n'ont rien pu me dire de positif là-dessus.»

«Je le sais, moi, ou du moins je m'en doute. Ils se tenaient, l'un rue de Vaugirard, n° 25, et l'autre rue de La Harpe, n° 75. Prenez dix hommes de mes gardes, et fouillez les deux maisons.»

«J'y vais, Monseigneur.»

Et Rochefort s'élança hors de l'appartement.

Le cardinal, resté seul, réfléchit un instant et sonna une troisième fois. Le même officier reparut.

«Faites entrer le prisonnier», dit le cardinal.

Maître Bonacieux fut introduit de nouveau, et, sur un signe du cardinal, l'officier se retira.

«Vous m'avez trompé», dit sévèrement le cardinal.

«Moi», s'écria Bonacieux, «moi, tromper Votre Eminence!»

«Votre femme n'allait pas chez des marchands de toile, elle allait chez la duchesse de Chevreuse et chez le duc de Buckingham.»

«Oui», dit Bonacieux, «oui, Votre Eminence a raison. J'ai dit plusieurs fois à ma femme qu'il était étonnant que des marchands de toile demeurassent dans des maisons pareilles, et chaque fois ma femme s'est mise à rire. Ah! Monseigneur», continua Bonacieux en se jetant aux pieds de l'Eminence, «ah, que vous êtes bien le grand cardinal, l'homme de génie que tout le monde révère.»

«Relevez-vous, mon ami; vous êtes un brave homme.»

«Le cardinal m'a touché la main! Le grand homme m'a appelé son ami!»

«Oui, mon ami; et comme on vous a soupçonné injustement, eh bien, il vous faut une indemnité: tenez! prenez ce sac de cent pistoles, et pardonnez-moi.»

«Que je vous pardonne, Monseigneur!» dit Bonacieux, hésitant à prendre le sac, «mais vous êtes bien libre de me faire arrêter, de me faire torturer, de me faire pendre!»

«Ah, mon cher Monsieur Bonacieux, vous prenez ce sac, et au revoir, car j'espère que nous nous reverrons.»

«Oh! Monseigneur!»

«Au revoir, Monsieur Bonacieux, au revoir.»

Et le cardinal lui fit un signe de la main, auquel Bonacieux répondit en s'inclinant jusqu'à terre; puis il sortit à reculons.

«Bien», dit le cardinal, «voici désormais un homme qui se fera tuer pour moi.»

Et il se mit à examiner avec la plus grande attention la carte de La Rochelle, traçant avec un crayon la ligne où devait passer la fameuse digue qui, dix-huit mois plus tard, fermait le port de la cité assiégée.

La porte s'ouvrit et Rochefort entra.

«Eh bien?» dit vivement le cardinal.

«Une jeune femme de vingt-six à vingt-huit ans et un homme de trente-cinq à quarante ans ont logé effectivement, l'un quatre jours et l'autre cinq, dans les maisons indiquées par Votre Eminence: mais la femme est partie cette nuit, et l'homme ce matin.»

«C'étaient eux!» s'écria le cardinal.

«Quels sont les ordres de Votre Eminence?»

«Pas un mot; que la reine reste dans une sécurité parfaite; qu'elle ignore que nous savons son secret.»

«Et cet homme, qu'en a fait Votre Eminence? Ce Bonacieux?»

«J'en ai fait ce qu'on pouvait en faire. J'en ai fait l'espion de sa femme.»

Le comte de Rochefort s'inclina en homme qui reconnaît la grande supériorité du maître, et se retira.

Resté seul, le cardinal s'assit de nouveau, écrivit une lettre qu'il cacheta de son sceau particulier, puis il sonna. L'officier entra pour la quatrième fois.

«Faites-moi venir Vitray», dit-il, «et dites-lui de s'apprêter pour un voyage.»

Un instant après, l'homme qu'il avait demandé était debout devant lui, tout botté et tout éperonné.

«Vitray», dit-il, «vous allez partir tout courant pour Londres. Vous remettrez cette lettre à Milady. Voici un bon de deux cents pistoles. Il y en a autant à toucher si vous êtes ici de retour dans six jours et si vous avez bien fait ma commission.»

Le messager, sans répondre un seul mot, s'inclina, prit la lettre, le bon de deux cents pistoles, et sortit.

Voici ce que contenait la lettre: *Milady, Trouvez-vous au premier bal où se trouvera le duc de Buckingham. Il y aura à son pourpoint douze ferrets de diamants, approchez-vous de lui et coupez-en deux. Aussitôt que ces ferrets seront en votre possession, prévenez-moi.*

XV
Gens de robe et gens d'épée

Le lendemain du jour où ces événements étaient arrivés, Athos n'ayant point reparu, M. de Tréville avait été prévenu par d'Artagnan et par Porthos de sa disparition.

M. de Tréville était le père de ses soldats. Le moindre et le plus inconnu d'entre eux, dès qu'il portait l'uniforme de la compagnie, était aussi certain de son aide qu'aurait pu l'être son frère lui-même. Il se rendit donc à l'instant chez le lieutenant criminel, et les renseignements successifs apprirent qu'Athos était momentanément logé au For-l'Evêque.

Le cardinal était au Louvre chez le roi. On sait quelles étaient les préventions du roi contre la reine. Une des grandes causes de cette prévention était l'amitié d'Anne d'Autriche pour Mme de Chevreuse. A ses yeux et dans sa conviction, Mme de Chevreuse servait la reine dans ses intrigues politiques, mais, ce qui le tourmentait bien plus encore, dans ses intrigues amoureuses.

Au premier mot de ce qu'avait dit M. le cardinal, que Mme de Chevreuse, exilée à Tours, était venue à Paris et, pendant cinq jours qu'elle y était restée, avait dépisté la police, le roi était entré dans une furieuse colère. Mais lorsque le cardinal ajouta que, lui, le cardinal, allait démêler les fils les plus obscurs de cette intrigue, quand, au moment d'arrêter sur le fait, en flagrant délit, l'émissaire de la reine près de l'exilée, un mousquetaire avait osé interrompre violemment le cours de la justice en tombant, l'épée à la main, sur d'honnêtes gens de loi, Louis XIII ne se contint plus.

Ce fut alors que M. de Tréville entra, froid, poli et dans une tenue irréprochable.

«Vous arrivez bien, Monsieur», dit le roi, «et j'en apprends de belles sur le compte de vos mousquetaires.»

«Et moi», dit M. de Tréville, «j'en ai de belles à apprendre à Votre Majesté sur ses gens de robe. Un parti de procureurs, de commissaires et de gens de police, gens fort estimables mais fort acharnés, s'est permis d'arrêter dans une maison et de jeter au For-l'Evêque, un de mes mousquetaires, ou plutôt des vôtres, Sire, d'une conduite irréprochable, et que Votre Majesté connaît favorablement, M. Athos.»

Le cardinal fit au roi un signe qui signifiait: *C'est pour l'affaire dont je vous ai parlé.*

«Nous savons tout cela», répliqua le roi, «car tout cela s'est fait pour notre service.»

«Alors», dit Tréville, «c'est aussi pour le service de Votre Majesté qu'on a saisi un mousquetaire innocent, qu'on l'a placé entre deux gardes comme un malfaiteur...»

«M. de Tréville ne dit pas», reprit le cardinal, «que ce mousquetaire innocent venait, une heure auparavant, de frapper à coups d'épée quatre commissaires instructeurs délégués par moi afin d'instruire une affaire de la plus haute importance.»

«Je défie Votre Eminence de le prouver», s'écria M. de Tréville, «car une heure auparavant M. Athos me faisait l'honneur, après avoir dîné chez moi, de causer dans le salon de mon hôtel avec M. le duc de La Trémouille et M. le comte de Châlus, qui s'y trouvaient.»

Le roi regarda le cardinal.

«Dans la maison où cette descente de justice a été faite», continua le cardinal impassible, «loge, je crois, un Béarnais ami du mousquetaire.»

«Votre Eminence veut parler de M. d'Artagnan?»

«Je veux parler d'un jeune homme que vous protégez», M. de Tréville.

«Oui, Votre Eminence, c'est cela même. D'ailleurs, M. d'Artagnan a passé la soirée chez moi.»

«Ah çà!» dit le cardinal, «tout le monde a donc passé la soirée chez vous?»

«Son Eminence douterait-elle de ma parole?» dit Tréville, le rouge de la colère au front.

«Non, Dieu m'en garde! Mais, seulement, à quelle heure était-il chez vous?»

«Oh! cela je puis le dire sciemment à Votre Eminence, car, comme il entrait, je remarquai qu'il était neuf heures et demie à la pendule, quoique j'eusse cru qu'il était plus tard.»

«Et à quelle heure est-il sorti de votre hôtel?»

«A dix heures et demie: une heure après l'événement.»

«Mais enfin», répondit le cardinal, qui ne soupçonnait pas un instant la loyauté de Tréville, et qui sentait que la victoire lui échappait, «mais, enfin, Athos a été pris dans cette maison de la rue des Fossoyeurs.»

«Est-il défendu à un ami de visiter un ami?»

«Oui, quand la maison où il fraternise avec cet ami est suspecte.»

«C'est que cette maison est suspecte, Tréville», dit le roi, «peut-être ne le saviez-vous pas?»

«En effet, Sire, je l'ignorais. En tout cas, elle peut être suspecte partout; mais je nie qu'elle le soit dans la partie qu'habite M. d'Artagnan; car je puis vous affirmer, Sire, qu'il n'existe pas un plus dévoué serviteur de Sa Majesté, un admirateur plus profond de M. le cardinal.»

«N'est-ce pas ce d'Artagnan qui a blessé un jour Jussac?» demanda le roi en regardant le cardinal, qui rougit de dépit.

«Sire», dit Tréville, «ordonnez qu'on me rende mon mousquetaire, ou qu'il soit jugé.»

«Et il est au For-l'Evêque?» dit le roi.

«Oui, Sire, et au secret, dans un cachot, comme le dernier des criminels.»

«Diable, diable!» murmura le roi. «Que faut-il faire?»

«Signer l'ordre de mise en liberté, et tout sera dit», reprit le cardinal, «je crois, comme Votre Majesté, que la garantie de M. de Tréville est plus que suffisante.»

Tréville s'inclina respectueusement avec une joie qui n'était

pas sans mélange de crainte; il eût préféré une résistance opiniâ-
tre du cardinal à cette soudaine facilité.

Le roi signa l'ordre d'élargissement, et Tréville l'emporta sans
retard au For-l'Evêque, où il délivra le mousquetaire.

Au reste, M. de Tréville avait raison de se défier du cardinal et
de penser que tout n'était pas fini, car à peine le capitaine des
mousquetaires eut-il fermé la porte derrière lui, que Son Eminence dit au roi: «Maintenant que nous ne sommes plus que
nous deux, nous allons causer sérieusement, s'il plaît à Votre
Majesté. Sire, M. de Buckingham était à Paris depuis cinq jours
et n'en est parti que ce matin.»

Il est impossible de se faire une idée de l'impression que ces
quelques mots produisirent sur Louis XIII. Il rougit et pâlit
successivement; et le cardinal vit tout d'abord qu'il venait de
conquérir d'un seul coup tout le terrain qu'il avait perdu.

«M. de Buckingham à Paris!» s'écria-t-il. «Et qu'y vient-il
faire?»

«Sans doute conspirer avec nos ennemis les huguenots et les
Espagnols.»

«Non, pardieu, non! Conspirer contre mon honneur avec
Mme de Chevreuse.»

«Oh! Sire, quelle idée! La reine est trop sage, et surtout aime
trop Votre Majesté.»

«La femme est faible, Monsieur le cardinal», dit le roi, «et
quant à m'aimer beaucoup, j'ai mon opinion faite sur cet
amour.»

«La reine m'a toujours cru son ennemi, Sire, quoique Votre
Majesté puisse attester que j'ai toujours pris chaudement son
parti, même contre vous. Oh, si elle trahissait Votre Majesté à
l'endroit de son honneur, ce serait autre chose, et je serais le
premier à dire: Pas de grâce, Sire, pas de grâce pour la coupable! Heureusement il n'en est rien, la reine est épouse dévouée,
soumise et irréprochable; vous avez eu le premier tort, puisque
c'est vous qui avez soupçonné la reine. Il faut que vous fassiez
une chose que vous sauriez lui être agréable »

«Laquelle?»

«Donnez un bal; vous savez combien la reine aime la danse.»

«Monsieur le cardinal, vous savez que je n'aime pas les plaisirs
mondains.»

«La reine ne vous en sera que plus reconnaissante, puisqu'elle sait votre antipathie pour ce plaisir; d'ailleurs ce sera une occasion pour elle de mettre ces beaux ferrets de diamant que vous lui avez donnés l'autre jour à sa fête, et dont elle n'a pas encore eu le temps de se parer.»

Sur quoi le cardinal s'inclina profondément, demandant congé au roi pour se retirer, et le suppliant de se raccommoder avec la reine.

Anne d'Autriche fut fort étonnée de voir le lendemain le roi faire près d'elle des tentatives de rapprochement et lui dire qu'incessamment il comptait donner une fête. Elle demanda quel jour cette fête devait avoir lieu, mais le roi répondit qu'il fallait qu'il s'entendît sur ce point avec le cardinal.

En effet, chaque jour le roi demandait au cardinal à quelle époque cette fête aurait lieu, et chaque fois le cardinal, sous un prétexte quelconque, différait de la fixer.

Dix jours s'écoulèrent ainsi.

Enfin le cardinal reçut une lettre de Londres, qui contenait seulement ces quelques lignes: *Je les ai; mais je ne puis quitter Londres, attendu que je manque d'argent; envoyez-moi cinq cents pistoles, et quatre ou cinq jours après les avoir reçues, je serai à Paris.*

Le jour même où le cardinal avait reçu cette lettre, le roi lui adressa sa question habituelle.

Richelieu compta sur ses doigts et se dit tout bas: «Il faut quatre ou cinq jours à l'argent pour aller, quatre ou cinq jours à elle pour revenir, cela fait dix jours; maintenant faisons la part des vents contraires, des mauvais hasards, des faiblesses de femme, et mettons cela à douze jours.»

«Eh bien! Monsieur le duc», dit le roi, «vous avez calculé?»

«Oui, Sire: nous sommes aujourd'hui le 20 septembre; les échevins de la ville donneront une fête le 3 octobre. Cela s'arrangera à merveille, car vous n'aurez pas l'air de faire un retour vers la reine.» Puis le cardinal ajouta: «A propos, Sire, n'oubliez pas de dire à Sa Majesté, la veille de cette fête, que vous désirez voir comment lui vont ses ferrets de diamants.»

XVI
Le ménage Bonacieux

C'était la seconde fois que le cardinal revenait sur ce point des ferrets de diamants. Louis XIII fut donc frappé de cette insistance, et pensa que cette recommandation cachait un mystère.

Plus d'une fois le roi avait été humilié que le cardinal, dont la police était excellente, fût mieux instruit que lui-même de ce qui se passait dans son propre ménage. Il espéra donc, dans une conversation avec Anne d'Autriche, tirer quelque lumière de cette conversation et revenir ensuite près de Son Eminence avec quelque secret que le cardinal sût ou ne sût pas, ce qui, dans l'un ou l'autre cas, le rehaussait infiniment aux yeux de son ministre.

Il alla donc trouver la reine, et, selon son habitude, l'aborda avec de nouvelles menaces contre ceux qui l'entouraient.

«Mais», s'écria Anne d'Autriche, lassée de ces vagues attaques, «mais, Sire, vous ne me dites pas tout ce que vous avez dans le cœur.»

«Madame, il y aura incessamment bal à l'hôtel de ville; j'entends que, pour faire honneur à mes braves échevins, vous y paraissiez en habit de cérémonie, et surtout parée des ferrets de diamants que je vous ai donnés. Voici ma réponse.»

La réponse était terrible. Anne d'Autriche crut que Louis XIII savait tout. Elle devint excessivement pâle, et, regardant le roi avec des yeux épouvantés: «Oui, Sire», balbutia la reine.

«Vous paraîtrez à ce bal?»

«Oui.»

«Avec vos ferrets?»

«Oui.» La pâleur de la reine augmenta encore, s'il était possible; le roi s'en aperçut, et en jouit avec cette froide cruauté qui était un des mauvais côtés de son caractère.

«Mais quel jour ce bal aura-t-il lieu?» demanda Anne d'Autriche.

«Très incessamment, Madame; je ne me rappelle plus précisément la date du jour, je la demanderai au cardinal.»

«C'est donc le cardinal qui vous a annoncé cette fête?»

«Oui, Madame.»

«C'est lui qui vous a dit de m'inviter à y paraître avec ces ferrets?»

«C'est-à-dire, Madame... Qu'importe que ce soit lui ou moi? Alors vous paraîtrez?»

«Oui, Sire.»

«C'est bien», dit le roi en se retirant, «c'est bien, j'y compte.»

Le roi partit enchanté.

«Je suis perdue», murmura la reine, «perdue, car le cardinal sait tout, et c'est lui qui pousse le roi, qui ne sait rien encore, mais qui saura tout bientôt. Je suis perdue!»

Aussi, en présence du malheur qui la menaçait et de l'abandon qui était le sien, éclata-t-elle en sanglots.

«Ne puis-je donc être bonne à rien à Votre Majesté?» dit tout à coup une voix pleine de douceur et de pitié.

La reine se retourna vivement, car il n'y avait pas à se tromper à l'expression de cette voix: c'était une amie qui parlait ainsi.

En effet, à l'une des portes qui donnaient dans l'appartement de la reine apparut la jolie Mme Bonacieux.

«Oui», continua Mme Bonacieux, «il y a des traîtres ici, mais je vous jure que personne n'est plus dévoué que moi à Votre Majesté. Ces ferrets que le roi demande, vous les avez donnés au duc de Buckingham, n'est-ce pas? Eh bien! il faut les ravoir.»

«Oui, sans doute, il le faut», s'écria la reine, «mais comment faire, comment y arriver?»

«Il faut envoyer quelqu'un au duc.»

«Mais qui?... Qui?... A qui me fier?»

«Ayez confiance en moi, Madame; faites-moi cet honneur, ma reine, et je trouverai le messager.»

«Mais il faudra écrire!»

«Oh, oui! C'est indispensable. Deux mots de la main de Votre Majesté et votre cachet particulier.»

«Mais ces deux mots, c'est ma condamnation.»

«Oui, s'ils tombent entre des mains infâmes! Mais je réponds que ces deux mots seront remis à leur adresse. Mon mari est un brave et honnête homme, qui n'a ni haine ni amour pour personne. Il fera ce que je voudrai: il partira sans savoir ce qu'il porte.»

La reine prit les deux mains de la jeune femme avec un élan passionné, la regarda comme pour lire au fond de son cœur, et ne voyant que sincérité dans ses beaux yeux, elle l'embrassa tendrement.

«Fais cela», s'écria-t-elle, «et tu m'auras sauvé la vie!»

«Oh, n'exagérez pas le service que j'ai le bonheur de vous rendre, et donnez-moi donc cette lettre, Madame, le temps presse.»

La reine courut à une petite table : elle écrivit deux lignes, cacheta la lettre de son cachet et la remit à Mme Bonacieux.

Mme Bonacieux baisa les mains de la reine, cacha le papier dans son corsage et disparut avec la légèreté d'un oiseau.

Dix minutes après, elle était chez elle. M. Bonacieux y était seul : il remettait à grand peine de l'ordre dans la maison, dont il avait trouvé les meubles à peu près brisés et les armoires à peu près vides. Les réflexions de Bonacieux étaient cependant couleur de rose. Rochefort l'appelait son ami et ne cessait de lui dire que le cardinal faisait le plus grand cas de lui.

«Notre fortune», dit-il, «a fort changé de face depuis que je ne vous ai vue, Madame Bonacieux, et je ne serais pas étonné que d'ici à quelques mois elle ne fît envie à beaucoup de gens.»

«Oui, surtout si vous voulez suivre les instructions que je vais vous donner. Il y a une bonne et sainte action à faire, Monsieur, et beaucoup d'argent à gagner en même temps.»

Mme Bonacieux savait qu'en parlant d'argent à son mari, elle le prenait par son faible.

«Beaucoup d'argent à gagner!»

«Oui, beaucoup.»

«Combien à peu près?»

«Mille pistoles peut-être.»

«Que faut-il faire?»

«Vous partirez sur-le-champ pour Londres, je vous remettrai un papier dont vous ne vous désaisirez sous aucun prétexte, et que vous remettrez en mains propres.»

«Moi, pour Londres! Des intrigues encore, toujours des intrigues! Merci, je m'en défie maintenant, et M. le cardinal m'a éclairé là-dessus.»

«Le cardinal!» s'écria Mme Bonacieux, «vous avez vu le cardinal?»

«Il m'a fait appeler», répondit fièrement le mercier. «Il m'a tendu la main et m'a appelé son ami – son ami! Entendez-vous, Madame? Je suis l'ami du grand cardinal! J'ai l'honneur de servir ce grand homme.»

«Vous servez le cardinal?»

«Oui, Madame, et comme son serviteur je ne permettrai pas que vous vous livriez à des complots contre la sûreté de l'Etat, et que vous serviez, vous, les intrigues d'une femme qui n'est pas française et qui a le cœur espagnol.»

«Et savez-vous ce que c'est que l'Etat dont vous parlez?» dit Mme Bonacieux en haussant les épaules.

«Eh, eh!» dit Bonacieux en frappant sur un sac à la panse arrondie et qui rendit un son argentin. «Que dites-vous de ceci, Madame?»

«D'où vient cet argent?»

«Vous ne le devinez pas?»

«Du cardinal?»

«De lui et de mon ami le comte de Rochefort.»

«Le comte de Rochefort! Mais c'est lui qui m'a enlevée!»

«Ne m'avez-vous pas dit que cet enlèvement était tout politique?»

«Monsieur, je vous savais lâche, avare et imbécile, mais je ne vous savais pas infâme.» Mme Bonacieux contempla un instant avec effroi cette figure stupide, d'une résolution invincible, comme celle des sots qui ont peur.

«C'est que vos fantaisies peuvent mener trop loin», reprit Bonacieux, «et je m'en défie.»

«J'y renoncerai donc», dit la jeune femme en soupirant, «c'est bien, n'en parlons plus.»

«Si, au moins, vous me disiez quelle chose je vais faire à Londres», reprit Bonacieux, qui se rappelait un peu tard que Rochefort lui avait recommandé d'essayer de surprendre les secrets de sa femme.

«Il est inutile que vous le sachiez», dit la jeune femme, qu'une défiance instinctive repoussait maintenant en arrière, «il s'agissait d'une bagatelle comme en désirent les femmes, d'une emplette sur laquelle il y avait beaucoup à gagner.»

Bonacieux résolut de courir à l'instant même chez le comte de Rochefort, et de lui dire que la reine cherchait un messager pour l'envoyer à Londres.

«Pardon, si je vous quitte, ma chère Madame Bonacieux, mais j'avais pris rendez-vous avec un de mes amis, ne sachant pas que vous me viendriez voir.»

Bonacieux baisa la main de sa femme, et s'éloigna rapidement.

«Allons», dit Mme Bonacieux, lorsqu'elle se trouva seule, «il ne manquait plus à cet imbécile que d'être cardinaliste! Ah, Monsieur Bonacieux! Je ne vous ai jamais beaucoup aimé; maintenant, c'est bien pis: je vous hais! Et, sur ma parole, vous me le payerez!»

Au moment où elle disait ces mots, un coup frappé au plafond lui fit lever la tête, et une voix, qui parvint à travers le plancher, lui cria: «Chère Madame Bonacieux, ouvrez-moi la petite porte de l'allée, et je vais descendre près de vous.»

XVII
L'Amant et le Mari

«Ah, Madame», dit d'Artagnan en entrant par la porte que lui ouvrait la jeune femme, «permettez-moi de vous le dire, vous avez là un triste mari.»

«Vous avez donc entendu notre conversation? Mais comment cela?»

«Par un procédé à moi connu, et par lequel j'ai entendu aussi la conversation plus animée que vous avez eue avec les sbires du cardinal.»

«Et qu'avez-vous compris dans ce que nous disions?»

«Mille choses, et d'abord que la reine a besoin qu'un homme brave, intelligent et dévoué fasse pour elle un voyage à Londres. J'ai au moins deux des trois qualités qu'il vous faut, et me voilà.»

Mme Bonacieux ne répondit pas, mais son cœur battait de joie, et une secrète espérance brilla à ses yeux.

«Et quelle garantie me donnerez-vous», demanda-t-elle, «si je consens à vous donner cette mission?»

«Mon amour pour vous.»

Mme Bonacieux regarda le jeune homme: il y avait une telle ardeur dans ses yeux, qu'elle se sentit entraînée à se fier à lui. Alors elle lui confia le terrible secret dont le hasard lui avait déjà révélé une partie. Ce fut leur mutuelle déclaration d'amour.

D'Artagnan rayonnait de joie et d'orgueil. Ce secret qu'il possédait, cette femme qu'il aimait, la confiance et l'amour, faisaient de lui un géant.

«Je pars», dit-il, «je pars sur-le-champ.»

«Comment, vous partez!» s'écria Mme Bonacieux. «Et votre régiment, votre capitaine?»

«Sur mon âme, vous m'aviez fait oublier tout cela, chère Constance! J'irai trouver ce soir même M. de Tréville, que je chargerai de demander pour moi cette faveur à son beau-frère, M. des Essarts.»

«Maintenant, autre chose. Vous n'avez peut-être pas d'argent?»

«Peut-être est de trop», dit d'Artagnan en souriant.

«Alors», reprit Mme Bonacieux en ouvrant une armoire et en tirant de cette armoire le sac qu'une demi-heure auparavant caressait si amoureusement son mari, «prenez le sac.»

«Celui du cardinal!» s'écria en éclatant de rire d'Artagnan. «Pardieu! ce sera une chose doublement divertissante que de sauver la reine avec l'argent de Son Eminence!»

«Silence!» dit Mme Bonacieux en tressaillant. «On parle dans la rue.»

«C'est la voix...»

«De mon mari.»

«Vous avez raison, il faut sortir.»

«Sortir, comment? Il nous verra si nous sortons.»

«Alors, il faut monter chez moi.»

«Partons», dit-elle, «je me fie à vous, mon ami.»

Tous deux, légers comme des ombres, se glissèrent dans l'allée, montèrent sans bruit l'escalier et rentrèrent dans la chambre de d'Artagnan.

Une fois chez lui, pour plus de sûreté, le jeune homme barricada la porte; ils s'approchèrent tous deux de la fenêtre, et par une fente du volet ils virent M. Bonacieux qui causait avec un homme en manteau. A la vue de l'homme en manteau, d'Artagnan bondit, et, tirant son épée à demi, s'élança vers la porte.

C'était l'homme de Meung.

«Qu'allez-vous faire?» s'écria Mme Bonacieux, «vous nous perdez.»

«Mais j'ai juré de tuer cet homme!»

«Au nom de la reine, je vous défends de vous jeter dans aucun péril étranger à celui du voyage.»

D'Artagnan se rapprocha de la fenêtre et prêta l'oreille.

M. Bonacieux avait rouvert la porte, et voyant l'appartement vide, il était revenu à l'homme au manteau qu'un instant il avait laissé seul.

«Elle est partie», dit-il, «elle sera retournée au Louvre.»

«Vous êtes sûr, qu'elle ne s'est pas doutée dans quelles intentions vous êtes sorti?»

«Non», répondit Bonacieux avec suffisance, «c'est une femme trop superficielle.»

«Le cadet aux gardes est-il chez lui?»

«Je ne le crois pas; comme vous le voyez son volet est fermé.»

«C'est égal, il faudrait s'en assurer. Allez!»

Bonacieux monta jusqu'au palier de d'Artagnan et frappa.

Au moment où le doigt de Bonacieux résonna sur la porte, les deux jeunes gens sentirent bondir leurs cœurs.

«Il n'y a personne chez lui», dit Bonacieux.

«N'importe, rentrons toujours chez vous, nous serons plus en sûreté que sur le seuil d'une porte.»

«Ah, mon Dieu!» murmura Mme Bonacieux. «Nous n'allons plus rien entendre.»

«Au contraire», dit d'Artagnan, «nous n'entendrons que mieux.»

D'Artagnan enleva les trois ou quatre carreaux, étendit un tapis à terre, se mit à genoux, et fit signe à Mme Bonacieux de se pencher, comme il le faisait, vers l'ouverture.

«Vous êtes sûr qu'il n'y a personne?» dit l'homme au manteau.

«J'en réponds», dit Bonacieux.

«Et vous pensez que votre femme?...»

«Est retournée au Louvre.»

«Sans parler à aucune personne qu'à vous?»

«J'en suis sûr.»

«C'est un point important, comprenez-vous?»

«Ainsi la nouvelle que je vous ai apportée a donc une grande valeur...?»

«Très grande, mon cher Bonacieux, je ne vous le cache pas.»

«Alors le cardinal sera content de moi?»

«Le traître!» murmura Mme Bonacieux.

«N'importe», continua l'homme au manteau, «vous êtes un niais de n'avoir pas feint d'accepter la commission, vous auriez la lettre à présent; l'Etat qu'on menace était sauvé, et vous...»

«Et moi?»

«Eh bien, vous! Le cardinal vous donnait des lettres de noblesse.»

«Il vous l'a dit?»

«Oui, je sais qu'il voulait vous faire cette surprise.»

«Soyez tranquille», reprit Bonacieux, «ma femme m'adore, et il est encore temps.»

«Le niais!» murmura Mme Bonacieux.

«Je retourne au Louvre», expliqua Bonacieux, «je demande Mme Bonacieux, je dis que j'ai réfléchi, je renoue l'affaire, j'obtiens la lettre, et je cours chez le cardinal.»

«Eh bien, allez vite! Je reviendrai bientôt savoir le résultat de votre démarche.»

L'homme au manteau sortit.

«L'infâme!» dit Mme Bonacieux.

«Silence!» murmura d'Artagnan en lui serrant la main.

Un hurlement terrible interrompit alors les réflexions de d'Artagnan et de Mme Bonacieux. C'était son mari qui s'était aperçu de la disparition de son sac et qui criait au voleur.

Bonacieux cria longtemps; voyant que personne ne venait, il sortit en continuant de crier.

«Et maintenant qu'il est parti, à votre tour de vous éloigner», dit Mme Bonacieux, «du courage, mais surtout de la prudence, et songez que vous vous devez à la reine.»

«A elle et à vous!» s'écria d'Artagnan. «Soyez tranquille, belle Constance, je reviendrai digne de sa reconnaissance; mais reviendrai-je aussi digne de votre amour?»

La jeune femme ne répondit que par la vive rougeur qui colora ses joues. Quelques instants après, d'Artagnan sortit à son tour, enveloppé, lui aussi, d'un grand manteau que retroussait cavalièrement le fourreau d'une longue épée.

XVIII
Voyage

D'Artagnan se rendit droit chez M. de Tréville. Il avait réfléchi que, dans quelques minutes, le cardinal serait averti par ce damné inconnu, et qu'il n'y avait pas un instant à perdre.

M. de Tréville était dans son salon avec sa cour habituelle de gentilshommes. D'Artagnan alla droit à son cabinet et le fit prévenir qu'il l'attendait pour chose d'importance.

«Vous m'avez fait demander, mon jeune ami?» dit M. de Tréville.

«Oui, Monsieur, et vous me pardonnerez, je l'espère, de vous avoir dérangé, quand vous saurez de quelle chose importante il est question.»

«Dites alors, je vous écoute.»

«Il ne s'agit de rien de moins que de l'honneur et peut-être de la vie de la reine. Le hasard m'a rendu maître d'un secret...»

«Que vous garderez, j'espère, jeune homme, sur votre vie.»

«Mais que je dois vous confier, à vous, Monsieur, car vous seul pouvez m'aider dans la mission que je viens de recevoir de Sa Majesté.»

«Gardez votre secret, et dites-moi ce que vous désirez.»

«Je désire que vous obteniez pour moi, de M. des Essarts, un congé de quinze jours.»

«Quand cela?»

«Cette nuit même.»

«Vous quittez Paris?»

«Je vais en mission.»

«Pouvez-vous me dire où?»

«A Londres.»

«Quelqu'un a-t-il intérêt à ce que vous n'arriviez pas à votre but?»

«Le cardinal, je le crois, donnerait tout au monde pour m'empêcher de réussir.»

«Et vous partez seul?»

«Je pars seul.»

«Avez-vous de l'argent?»

D'Artagnan fit sonner le sac qu'il avait dans sa poche.

«Trois cents pistoles.»

«C'est bien, on va au bout du monde avec cela; allez donc.»

D'Artagnan salua M. de Tréville, qui lui tendit la main; d'Artagnan la lui serra avec un respect mêlé de reconnaissance. Depuis qu'il était arrivé à Paris, il n'avait eu qu'à se louer de cet excellent homme, qu'il avait toujours trouvé digne, loyal et grand.

A deux heures du matin, notre aventurier sortit de Paris par la barrière Saint-Denis. Planchet suivait, armé jusqu'aux dents.

A une lieue de Beauvais, à un endroit où le chemin se trouvait resserré entre deux talus, on rencontra huit ou dix hommes qui, profitant de ce que la route était dépavée en cet endroit, avaient l'air d'y travailler.

Quand nos amis se présentèrent, chacun de ces hommes recula jusqu'au fossé et y prit un mousquet caché.

«C'est une embuscade», dit d'Artagnan, «ne brûlons pas une amorce et en route.»

Et l'on galopa durant deux heures, quoique les chevaux fussent si fatigués, qu'il était à craindre qu'ils ne refusassent bientôt le service.

On arriva à Amiens à minuit, et l'on descendit à l'auberge du *Lis d'Or.*

Le lendemain, piquant de plus belle, d'Artagnan et Planchet arrivèrent à Saint-Omer d'une seule traite. A Saint-Omer, ils firent souffler les chevaux, la bride passée à leurs bras, et mangèrent un morceau sur le pouce tout debout dans la rue, après quoi ils repartirent.

A cent pas des portes de Calais, le cheval de d'Artagnan s'abattit, et il n'y eut pas moyen de le faire se relever: le sang lui sortait par le nez et par les yeux; restait celui de Planchet, mais celui-là s'était arrêté, et il n'y eut plus moyen de le faire repartir.

Ils laissèrent les deux montures sur le grand chemin et coururent au port. Planchet fit remarquer à son maître un gentilhomme qui arrivait avec son valet et qui ne les précédait que d'une cinquantaine de pas.

Ils s'approchèrent vivement de ce gentilhomme, qui paraissait fort affairé. Il avait ses bottes couvertes de poussière, et s'informait s'il ne pourrait point passer à l'instant même en Angleterre.

«Rien ne serait plus facile», répondit le patron d'un bâtiment prêt à mettre à la voile, «mais, ce matin, est arrivé l'ordre de ne laisser partir personne sans une permission expresse de M. le cardinal.»

«J'ai cette permission», dit le gentilhomme, en tirant un papier de sa poche, «la voici.»

«Faites-la viser par le gouverneur du port», dit le patron, «et donnez-moi la préférence.»

«Où trouverai-je le gouverneur?»

«A sa campagne. A un quart de lieue de la ville; tenez, vous la voyez d'ici, au pied de cette petite éminence, ce toit en ardoises.»

«Très bien!» dit le gentilhomme. Et, suivi de son laquais, il prit le chemin de la maison de campagne du gouverneur.

D'Artagnan et Planchet suivirent le gentilhomme.

Une fois hors de la ville, d'Artagnan pressa le pas et rejoignit le gentilhomme comme il entrait dans un petit bois.

«Monsieur», lui dit d'Artagnan, «vous me paraissez fort pressé.»

«On ne peut plus pressé, Monsieur. J'ai fait soixante lieues en quarante-quatre heures, et il faut que demain à midi je sois à Londres.»

«J'ai fait le même chemin en quarante heures, et il faut que demain à dix heures du matin je sois à Londres.»

«Désespéré, Monsieur; mais je suis arrivé le premier, et je ne passerai pas le second.»

«Désespéré, Monsieur; mais je suis arrivé le second, et je passerai le premier.»

«Service du roi!» dit le gentilhomme.

«Service de moi!» dit d'Artagnan.

«Que désirez-vous?»

«Eh bien, je veux l'ordre dont vous êtes porteur, attendu que je n'en ai pas, moi, et qu'il m'en faut un.»

«Vous plaisantez, je présume.»

«Je ne plaisante jamais.»

«Mon brave jeune homme, je vais vous casser la tête. Holà, Lubin! mes pistolets.»

«Planchet», dit d'Artagnan, «charge-toi du valet, je me charge du maître.»

Planchet sauta sur Lubin, et comme il était fort vigoureux, il le renversa les reins contre terre et lui mit le genou sur la poitrine.

«Faites votre affaire, Monsieur», dit Planchet, «moi, j'ai fait la mienne.»

Voyant cela, le gentilhomme tira son épée et fondit sur d'Artagnan; mais il avait affaire à forte partie.

En trois secondes d'Artagnan lui fournit trois coups d'épée; au troisième coup, le gentilhomme tomba comme une masse.

D'Artagnan fouilla dans la poche où il l'avait vu remettre l'ordre de passage, et il le prit. Il était au nom du comte de Wardes.

Cependant, Lubin poussait des hurlements et criait de toutes ses forces au secours.

Planchet lui appliqua la main sur la gorge et serra.

«Attends!» dit d'Artagnan.

Et prenant son mouchoir, il le bâillonna.

«Maintenant», dit Planchet, «lions-le à un arbre.»

La chose fut faite en conscience, puis on tira le comte de Wardes près de son domestique; et comme la nuit commençait à tomber et que le garrotté et le blessé étaient tous deux à quelques pas dans le bois, il était évident qu'ils devaient rester jusqu'au lendemain.

«Et maintenant», dit d'Artagnan, «chez le gouverneur!»

On annonça M. le comte de Wardes.

D'Artagnan fut introduit.

«Vous avez un ordre signé du cardinal?» dit le gouverneur.

«Oui, Monsieur», répondit d'Artagnan, «le voici.»

«Ah, ah! Il est en règle et bien recommandé», dit le gouverneur. Il paraît que Son Eminence veut empêcher quelqu'un de parvenir en Angleterre.»

«Oui, un certain d'Artagnan.»

«Le connaissez-vous personnellement?» demanda le gouverneur.

«A merveille.»

«Donnez-moi son signalement alors.»

«Rien de plus facile.»

Et d'Artagnan donna trait pour trait le signalement du comte de Wardes.

Joyeux de cette information, le gouverneur visa le laissez-passer et le remit à d'Artagnan. D'Artagnan salua le gouverneur, le remercia et partit.

Une fois dehors, lui et Planchet prirent leur course.

Le bâtiment était toujours prêt à partir, le patron attendait sur le port.

«Eh bien?» dit-il en apercevant d'Artagnan.

«Voici ma passe visée», dit celui-ci.

«Et cet autre gentilhomme?»

«Il ne partira pas aujourd'hui», dit d'Artagnan, «mais soyez tranquille, je payerai le passage pour nous deux.»

«En ce cas, partons», dit le patron.

Et il sauta avec Planchet dans le canot; cinq minutes après, ils étaient à bord.

Il était temps: à une demie-lieue en mer, d'Artagnan vit briller une lumière et entendit une détonation.

C'était le coup de canon qui annonçait la fermeture du port.

D'Artagnan était brisé de fatigue: on lui étendit un matelas sur le pont, il se jeta dessus et s'endormit.

Le lendemain, à dix heures, le bâtiment jetait l'ancre dans le port de Douvres.

Mais ce n'était pas tout: il fallait gagner Londres. En Angleterre, la poste était assez bien servie; D'Artagnan et Planchet prirent chacun un bidet, un postillon courut devant eux; en quatre heures, ils arrivèrent aux portes de la capitale.

D'Artagnan ne savait pas un mot d'anglais; mais il écrivit le nom de Buckingham sur un papier, et chacun lui indiqua l'hôtel du duc.

Le duc était à la chasse à Windsor, avec le roi.

D'Artagnan demanda le valet de chambre de confiance du duc, qui parlait français; il lui dit qu'il arrivait de Paris pour affaire de vie et de mort, et qu'il fallait qu'il parlât à son maître à l'instant même.

La confiance avec laquelle parlait d'Artagnan convainquit Patrice; c'était le nom de ce ministre du ministre. Il fit seller deux chevaux et se chargea de conduire le jeune garde.

On arriva au château; là on se renseigna: le roi et Buckingham chassaient à l'oiseau dans les marais.

En vingt minutes on fut au lieu indiqué.

«Qui faut-il que j'annonce à Milord-duc?» demanda Patrice.

«Le jeune homme qui, un soir, lui a cherché une querelle sur le Pont-Neuf.»

Patrice mit son cheval au galop, atteignit le duc et lui annonça dans les termes que nous avons dits qu'un messager l'attendait.

Buckingham, se doutant que quelque chose se passait en France, ne prit que le temps de demander où était celui qui la lui apportait; il mit son cheval au galop et vint droit à d'Artagnan.

«Il n'est point arrivé malheur à la reine?» s'écria Buckingham, répandant toute sa pensée et tout son amour dans cette interrogation.

«Je ne crois pas; cependant je crois qu'elle court quelque grand péril dont Votre Grâce seule peut la tirer.»

«Moi? Eh quoi! Je serais assez heureux pour lui être bon à quelque chose! Parlez, parlez!»

«Prenez cette lettre», dit d'Artagnan.

«De qui vient cette lettre?»

«De Sa Majesté, à ce que je pense.»

«De Sa Majesté!» dit Buckingham, pâlissant si fort que d'Artagnan crut qu'il allait se trouver mal.

Et il brisa le cachet.

«Juste ciel! Qu'ai-je lu!» s'écria le duc. «Patrice, reste ici, ou plutôt rejoins le roi partout où il sera, et dis à Sa Majesté que je la supplie bien humblement de m'excuser, mais qu'une affaire de la plus haute importance me rappelle à Londres. Venez, Monsieur, venez.»

Et tous deux reprirent au galop le chemin de la capitale.

XIX
La comtesse de Winter

Tout au long de la route, le duc se fit mettre au courant par d'Artagnan de ce que d'Artagnan savait. En rapprochant ce qu'il entendait de ses souvenirs, il put se faire une idée assez exacte d'une position de la gravité de laquelle, au reste, la lettre de la reine, si courte et si peu explicite qu'elle fût, lui donnait la mesure.

En arrivant dans la cour de l'hôtel, Buckingham sauta à bas de son cheval, et, sans s'inquiéter de ce qu'il deviendrait, il lui jeta la bride sur le cou et s'élança vers le perron.

Le duc marchait si rapidement que d'Artagnan avait peine à le suivre. Il traversa successivement plusieurs salons d'une élégance dont les plus grands seigneurs de France n'avaient pas même l'idée, et il parvint enfin dans une chambre à coucher qui était à la fois un miracle de goût et de richesse. Dans l'alcôve de cette chambre était une porte, prise dans la tapisserie, que le duc ouvrit avec une petite clef d'or qu'il portait suspendue à son cou par une chaîne du même métal.

«Venez», dit-il, «et si vous avez le bonheur d'être admis en la présence de Sa Majesté, dites-lui ce que vous avez vu.»

Encouragé par cette invitation, d'Artagnan suivit le duc, qui referma la porte derrière lui.

Tous deux se trouvèrent alors dans une petite chapelle tapissée de soie de Perse et brochée d'or, ardemment éclairée par un grand nombre de bougies. Au-dessus d'une espèce d'autel, et au-dessous d'un dais de velours bleu surmonté de plumes blanches et rouges, était un portrait de grandeur naturelle représentant Anne d'Autriche, si parfaitement ressemblant, que d'Artagnan poussa un cri de surprise: on eût cru que la reine allait parler.

Sur l'autel, et au-dessous du portrait, était le coffret qui renfermait les ferrets de diamants.

Le duc s'approcha de l'autel, s'agenouilla comme eût pu faire un prêtre devant le Christ; puis il ouvrit le coffret.

«Tenez», dit-il en tirant du coffre un gros nœud de ruban bleu tout étincelant de diamants, «tenez, voici ces précieux ferrets avec lesquels j'avais fait le serment d'être enterré. La reine me les avait donnés, la reine me les reprend: sa volonté, comme celle de Dieu, soit faite en toutes choses.»

Puis il se mit à baiser les uns après les autres ces ferrets dont il allait se séparer. Tout à coup, il poussa un cri terrible.

«Qu'y a-t-il?» demanda d'Artagnan avec inquiétude.

«Il y a que tout est perdu», s'écria Buckingham, «deux de ces ferrets manquent, il n'y en a plus que dix. On me les a volés, et c'est le cardinal qui a fait le coup. Voyez, les rubans qui les soutenaient ont été coupés avec des ciseaux.»

«Si Milord pouvait se douter qui a commis le vol...»

«Attendez, attendez! La seule fois que j'ai mis ces ferrets, c'était au bal du roi, il y a huit jours. La comtesse de Winter s'est approchée de moi. Cette femme est un agent du cardinal.»

«Mais il y en a donc dans le monde entier!» s'écria d'Artagnan.

«Oh, oui!» dit Buckingham en serrant les dents, «oui, c'est un terrible lutteur. Quand doit avoir lieu ce bal?»

«Lundi prochain.»

«Lundi prochain! Cinq jours encore. Patrice!» s'écria le duc en ouvrant la porte de la chapelle, «Patrice! mon joaillier et mon secrétaire!» Le valet de chambre sortit avec une promptitude qui prouvait l'habitude d'obéir aveuglément et sans réplique.

Ce fut le secrétaire qui parut d'abord. Il trouva Buckingham écrivant quelques ordres de sa propre main.

«Monsieur Jackson», lui dit-il, «vous allez vous rendre chez le lord chancelier et lui dire que je le charge de l'exécution de ces ordres. Je désire qu'ils soient promulgués à l'instant même.»

«Mais, Monseigneur, si le lord chancelier m'interroge sur les motifs qui ont pu porter Votre Grâce à une mesure si extraordinaire, que répondrai-je?»

«Que tel a été mon bon plaisir.»

«Sera-ce la réponse qu'il devra transmettre à Sa Majesté si elle avait la curiosité de savoir pourquoi aucun vaisseau ne peut sortir des ports de la Grande-Bretagne?»

«Il dirait en ce cas que j'ai décidé la guerre, et que cette mesure est mon premier acte d'hostilité contre la France.»

Le secrétaire s'inclina et sortit.

«Nous voilà tranquilles de ce côté», dit Buckingham. «Si les ferrets ne sont point déjà partis pour la France, ils n'y arriveront qu'après vous.»

«Comment cela?»

«Je viens de mettre un embargo sur tous les bâtiments qui se trouvent à cette heure dans les ports de Sa Majesté.»

D'Artagnan regarda avec stupéfaction cet homme qui mettait le pouvoir illimité dont il était revêtu au service de ses amours, et il admira à quels fils fragiles et inconnus sont parfois suspendues les destinées d'un peuple et la vie des hommes.

L'orfèvre entra: c'était un Irlandais des plus habiles dans son art, et qui avouait lui-même qu'il gagnait cent mille écus par an avec le duc de Buckingham.

«Monsieur O'Reilly», lui dit le duc, «voyez ces ferrets de diamants, et dites-moi ce qu'ils valent la pièce.»

«Quinze cents pistoles la pièce, Milord», répondit l'orfèvre.

«Combien faudrait-il de jours pour faire deux ferrets comme ceux-là? Vous voyez qu'il en manque deux.»

«Huit jours, Milord.»

«Je les payerai trois mille pistoles la pièce, il me les faut après-demain.»

«Milord les aura.»

«Vous êtes un homme précieux, Monsieur O'Reilly, mais ce n'est pas le tout: ces ferrets ne peuvent être confiés à personne, il faut qu'ils soient faits dans ce palais.»

«Impossible, Milord, il n'y a que moi qui puisse les exécuter pour qu'on ne voie pas la différence entre les nouveaux et les anciens.»

«Aussi, mon cher Monsieur O'Reilly, vous êtes mon prisonnier; prenez-en donc votre parti. Nommez-moi ceux de vos garçons dont vous aurez besoin, et désignez-moi les ustensiles qu'ils doivent apporter.»

L'orfèvre connaissait le duc, il savait que toute observation était inutile, il en prit donc à l'instant même son parti.

Buckingham conduisit l'orfèvre dans la chambre qui lui était destinée, et qui, au bout d'une demi-heure, fut transformée en atelier.

Le surlendemain, à onze heures, les deux ferrets étaient achevés, mais si exactement imités, mais si parfaitement pareils, que Buckingham ne put reconnaître les nouveaux des anciens, et que les plus exercés en pareille matière y auraient été trompés comme lui.

Aussitôt il fit appeler d'Artagnan.

«Tenez», lui dit-il, «voici les ferrets de diamants que vous êtes venu chercher, et soyez mon témoin que tout ce que la puissance humaine pouvait faire, je l'ai fait.»

«Soyez tranquille, Milord: Je dirai ce que j'ai vu.»

«Et maintenant, comment m'acquitterai-je jamais avec vous?»

«Entendons-nous, Milord, je suis au service du roi et de la reine de France. J'ai tout fait pour la reine et rien pour Votre Grâce.»

«Allez au port, demandez le brick le *Sund,* remettez cette lettre au capitaine; il vous conduira à un petit port où certes on ne vous attend pas; arrivé là vous entrerez dans une mauvaise auberge; il n'y a pas à vous tromper, il n'y en a qu'une. Vous demanderez l'hôte et vous lui direz: *Forward.*»

«Ce qui veut dire?»

«En avant: c'est le mot d'ordre. Il vous donnera un cheval tout sellé et vous indiquera le chemin que vous devez suivre; vous trouverez ainsi quatre relais sur votre route.»

D'Artagnan salua le duc et s'avança vivement vers le port.

En face la tour de Londres, il trouva le bâtiment désigné, remit sa lettre au capitaine, qui appareilla aussitôt.

Cinquante bâtiments étaient en partance et attendaient. En passant bord à bord de l'un d'eux, d'Artagnan crut reconnaître la femme de Meung, la même que le gentilhomme inconnu avait appelée «Milady», et que lui, d'Artagnan, avait trouvée si belle; mais grâce au courant du fleuve et au bon vent qui soufflait, son navire allait si vite qu'au bout d'un instant on fut hors de vue.

Le lendemain, vers neuf heures du matin, on aborda. D'Artagnan se dirigea à l'instant vers l'auberge, s'avança vers l'hôte et prononça le mot *Forward.* L'hôte lui fit signe de le suivre, et le conduisit à l'écurie où l'attendait un cheval tout sellé.

La même scène se répéta trois fois encore. A Pontoise, d'Artagnan changea une dernière fois de monture, et à neuf heures il entrait au grand galop dans la cour de l'hôtel de M. de Tréville.

Il avait fait près de soixante lieues en douze heures.

M. de Tréville le reçut comme s'il l'avait vu le matin même; seulement, en lui serrant la main un peu plus vivement que de coutume, il lui annonça que la compagnie de M. des Essarts était de garde au Louvre et qu'il pouvait se rendre à son poste.

XX
Le ballet de la Merlaison

Le lendemain, il n'était bruit dans tout Paris que du bal que MM. les échevins de la ville donnaient au roi et à la reine, et dans lequel Leurs Majestés devaient danser le fameux ballet de la Merlaison, qui était le ballet favori du roi.

A six heures du soir, les invités commencèrent à entrer. A mesure qu'ils entraient, ils étaient placés dans la grande salle.

A neuf heures arriva Mme la Première présidente. Comme c'était, après la reine, la personne la plus considérable de la fête, elle fut reçue par Messieurs de la ville et placée dans la loge en face de celle que devait occuper la reine.

A dix heures on dressa la collation des confitures pour le roi, et cela en face du buffet d'argent de la ville, qui était gardé par quatre archets.

A minuit on entendit de grands cris et de nombreuses acclamations : c'était le roi qui s'avançait à travers les rues qui conduisent du Louvre à l'Hôtel de Ville, et qui étaient toutes illuminées avec des lanternes de couleur.

Aussitôt MM. les échevins, vêtus de leurs robes de drap et précédés de six sergents tenant chacun un flambeau à la main, allèrent au devant du roi.

Chacun remarqua que le roi avait l'air triste et préoccupé.

Une demi-heure après l'entrée du roi, de nouvelles acclamations retentirent : celles-là annonçaient l'arrivée de la reine : les échevins firent ainsi qu'ils avaient déjà fait, et ils s'avancèrent au-devant de leur illustre convive.

La reine entra dans la salle : on remarqua que, comme le roi, elle avait l'air triste et surtout fatigué.

Au moment où elle entrait, le rideau d'une petite tribune s'ouvrit, et l'on vit apparaître la tête pâle du cardinal vêtu en cavalier espagnol. Ses yeux se fixèrent sur ceux de la reine, et un sourire de joie terrible passa sur ses lèvres : la reine n'avait pas ses ferrets de diamants.

La reine resta quelque temps à recevoir les compliments de Messieurs de la ville et à répondre aux saluts des dames.

Tout à coup le roi apparut avec le cardinal à l'une des portes de la salle. Le cardinal lui parlait tout bas, et le roi était très pâle.

Le roi fendit la foule ; il s'approcha de la reine, et d'une voix altérée :

«Madame», lui dit-il, «pourquoi donc, s'il vous plaît, n'avez-vous point vos ferrets de diamants, quand vous savez qu'il m'eût été agréable de les voir ?»

La reine étendit son regard autour d'elle, et vit derrière le roi le cardinal qui souriait d'un sourire diabolique.

«Sire», dit-elle, «je puis les envoyer chercher au Louvre, où ils sont, et ainsi les désirs de Votre Majesté seront accomplis.»

«Faites, Madame, faites, et cela au plus tôt: car dans une heure le ballet va commencer.»

La reine salua en signe de soumission et suivit les dames qui devaient la conduire à son cabinet.

De son côté, le roi regagna le sien.

Il y eut dans la salle un moment de trouble et de confusion. Tout le monde avait pu remarquer qu'il s'était passé quelque chose entre le roi et la reine, mais personne n'avait rien entendu. Les violons sonnaient de toutes leurs forces, mais on ne les écoutait pas.

Le roi sortit le premier de son cabinet; il était en costume de chasse des plus élégants. C'était le costume que le roi portait le mieux, et vêtu ainsi il semblait véritablement le premier gentilhomme de son royaume.

Le cardinal s'approcha du roi et lui remit une boîte. Le roi l'ouvrit et y trouva deux ferrets de diamants.

«Que veut dire cela?» demanda-t-il au cardinal.

«Rien», répondit celui-ci, «seulement si la reine a les ferrets, ce dont je doute, comptez-les, Sire, et si vous n'en trouvez que dix, demandez à Sa Majesté qui peut lui avoir dérobé les deux ferrets que voici.»

Le roi regarda le cardinal comme pour l'interroger; mais il n'eut pas le temps de lui adresser aucune question: un cri d'admiration sortit de toutes les bouches. Si le roi semblait le premier gentilhomme de son royaume, la reine était à coup sûr la plus belle femme de France.

Il est vrai que sa toilette de chasseresse lui allait à merveille; elle avait un chapeau de feutre avec des plumes bleues, un surtout en velours gris-perlé rattaché avec des agrafes de diamants, et une jupe de satin bleu toute brodée d'argent. Sur son épaule gauche étincelaient les ferrets soutenus par un nœud de même couleur que les plumes et la jupe.

Le roi tressaillit de joie et le cardinal de colère; cependant, distants comme ils l'étaient de la reine, ils ne pouvaient compter les ferrets; la reine les avait, seulement en avait-elle dix ou en avait-elle douze?

En ce moment, les violons sonnèrent le signal du ballet. Le roi s'avança; on se mit en place, et le ballet commença.

Le roi figurait en face de la reine, et chaque fois qu'il passait près d'elle, il dévorait du regard ces ferrets, dont il ne pouvait savoir le compte. Une sueur froide couvrait le front du cardinal.

Le ballet dura une heure; il avait seize entrées.

Le ballet finit au milieu des applaudissements de toute la salle, chacun reconduisit sa dame à sa place; mais le roi profita du privilège qu'il avait de laisser la sienne où il se trouvait, pour s'avancer vivement vers la reine.

«Je vous remercie, Madame», lui dit-il, «de la déférence que vous avez montrée pour mes désirs, mais je crois qu'il vous manque deux ferrets, et je vous les rapporte.»

A ces mots, il tendit à la reine les deux ferrets que lui avait remis le cardinal.

«Comment, Sire!» s'écria la jeune reine jouant la surprise, «vous m'en donnez encore deux autres; mais alors, cela m'en fera donc quatorze?»

En effet, le roi compta, et les douze ferrets se trouvèrent sur l'épaule de Sa Majesté.

Le roi appela le cardinal: «Eh bien! Que signifie cela, Monsieur le cardinal?» demanda le roi d'un ton sévère.

«Cela signifie, Sire», répondit le cardinal, «que je désirais faire accepter ces deux ferrets à Sa Majesté, et que n'osant les lui offrir moi-même, j'ai adopté ce moyen.»

«Et j'en suis d'autant plus reconnaissante à Votre Eminence», répondit Anne d'Autriche avec un sourire qui prouvait qu'elle n'était pas dupe de cette ingénieuse galanterie, «que je suis certaine que ces deux ferrets vous coûtent aussi cher à eux seuls que les douze ont coûté à Sa Majesté.»

Puis, ayant salué le roi et le cardinal, la reine reprit le chemin de la chambre où elle s'était habillée et où elle devait se dévêtir.

L'attention que nous avons été obligés de donner aux personnages illustres nous a écartés un instant de celui à qui Anne d'Autriche devait le triomphe qu'elle venait de remporter sur le cardinal, et qui, confondu, ignoré, perdu dans la foule entassée à l'une des portes, regardait de là cette scène compréhensible seulement pour quatre personnes: le roi, la reine, Son Eminence et lui.

La reine venait de regagner sa chambre, et d'Artagnan s'apprêtait à se retirer, lorsqu'il sentit qu'on lui touchait légèrement l'épaule; il se retourna, et vit une jeune femme qui lui faisait signe de le suivre. Cette jeune femme avait le visage couvert d'un loup de velours noir, mais il reconnut à l'instant même son guide ordinaire, la légère et spirituelle Mme Bonacieux.

Après une minute ou deux de tours et de détours, Mme Bonacieux ouvrit une porte et introduisit le jeune homme dans un cabinet tout à fait obscur. Là elle lui fit un nouveau signe de mutisme, et ouvrant une seconde porte cachée par une tapisserie, elle disparut.

Le jeune homme se tint dans l'ombre et attendit.

Enfin, tout à coup une main et un bras adorables de forme et de blancheur passèrent à travers la tapisserie; d'Artagnan comprit que c'était sa récompense: il se jeta à genoux, saisit cette main et appuya respectueusement ses lèvres; puis cette main se retira laissant dans les siennes un objet qu'il reconnut pour être une bague; aussitôt la tapisserie se referma, et d'Artagnan se retrouva dans la plus complète obscurité.

D'Artagnan mit la bague à son doigt et attendit de nouveau; il était évident que tout n'était pas fini encore. En effet, la porte se rouvrit, et Mme Bonacieux s'y élança.

«Silence!» dit la jeune femme, «silence! Et allez-vous-en par où vous êtes venu.»

«Mais où et quand vous reverrai-je?» s'écria d'Artagnan.

«Un billet que vous trouverez en rentrant vous le dira. Partez!»

Et à ces mots, elle poussa d'Artagnan hors du cabinet. D'Artagnan obéit sans résistance et sans objection aucune, ce qui prouve qu'il était réellement amoureux.

XXI
Le rendez-vous

D'Artagnan rentra chez lui tout courant. Planchet vint lui ouvrir la porte.

«Quelqu'un a-t-il apporté une lettre pour moi?» demanda vivement d'Artagnan.

«Personne n'a apporté de lettre, Monsieur; mais il y en a une qui est venue toute seule. Je l'ai trouvée sur le tapis vert de la table, dans votre chambre à coucher.»

Le jeune homme s'élança dans la chambre et ouvrit la lettre; elle était de Mme Bonacieux, et conçue en ces termes: *On a de vifs remerciements à vous faire et à vous transmettre. Trouvez-vous ce soir vers dix heures à Saint-Cloud, en face du pavillon qui s'élève à l'angle de la maison de M. d'Estrées. C.B.*

D'Artagnan lut et relut son billet, puis il baisa et rebaisa vingt fois ces lignes tracées par la main de sa belle maîtresse. Enfin, il se coucha, s'endormit et fit des rêves d'or.

A sept heures du matin, il se leva et appela Planchet.

«Planchet», lui dit-il, «je sors pour toute la journée; mais, à sept heures du soir, tiens-toi prêt avec deux chevaux. Tu prendras ton mousqueton et tes pistolets, je compte sur toi.»

Et ayant fait à Planchet un dernier geste de recommandation, il sortit.

M. Bonacieux était sur sa porte.

«Qu'êtes-vous devenu tous ces jours passés?» lui demanda M. Bonacieux d'un ton de bonhomie parfaite. «Un beau garçon comme vous n'obtient pas de longs congés de sa maîtresse, et vous étiez impatiemment attendu à Paris, n'est-ce pas?»

«Ma foi», dit en riant le jeune homme, «je vois qu'on ne peut rien vous cacher, mon cher Monsieur Bonacieux. Oui, j'étais attendu.»

Un léger nuage passa sur le front de Bonacieux, mais si léger que d'Artagnan ne s'en aperçut pas.

«Et nous allons être récompensé de notre diligence?» continua le mercier, «ce que je vous en dis, c'est seulement pour savoir si nous rentrons tard.»

«Pourquoi cette question? Est-ce que vous comptez m'attendre?»

«Non, c'est que depuis mon arrestation et le vol qui a été commis chez moi, je m'effraye chaque fois que j'entends ouvrir une porte, et surtout la nuit.»

«Eh bien! Ne vous effrayez pas si je rentre à une heure, à deux heures, ou si je ne rentre pas du tout.»

Cette fois, Bonacieux devint si pâle, que d'Artagnan ne put faire autrement que de s'en apercevoir, et lui demanda ce qu'il avait.

«Rien», répondit Bonacieux, «rien. Depuis mes malheurs, je suis sujet à des faiblesses, et je viens de sentir passer un frisson.

Ne faites pas attention à cela, vous qui n'avez à vous occuper que d'être heureux.»

«Peut-être, ce soir, Mme Bonacieux visitera-t-elle le domicile conjugal.»

«Mme Bonacieux n'est pas libre ce soir; elle est retenue au Louvre par son service.»

«Tant pis pour vous, mon cher hôte; quand je suis heureux, moi, je voudrais que tout le monde le fût; mais il paraît que ce n'est pas possible.» Et le jeune homme s'éloigna en riant de la plaisanterie que lui seul, pensait-il, pouvait comprendre.

«Amusez-vous bien!» répondit Bonacieux d'un air sépulcral.

D'Artagnan se dirigea vers l'hôtel de M. de Tréville. Il trouva M. de Tréville dans la joie: le roi et la reine avaient été charmants pour lui au bal.

«Maintenant», dit M. de Tréville, «il est évident que votre heureux retour est pour quelque chose dans le triomphe de la reine et dans l'humiliation du cardinal. Il s'agit de bien vous tenir.»

«Qu'ai-je à craindre?» répondit d'Artagnan.

«Tout, croyez-moi. Le cardinal n'est point homme à oublier une mystification tant qu'il n'aura pas réglé ses comptes avec le mystificateur, et le mystificateur m'a bien l'air d'être certain Gascon de ma connaissance.»

«Croyez-vous que le cardinal soit aussi avancé que vous et sache que c'est moi qui ai été à Londres?»

«Diable! Est-ce de Londres que vous avez rapporté ce beau diamant qui brille à votre doigt?»

«Ce diamant ne vient pas d'un ennemi, Monsieur, il vient de la reine.»

«Par qui la reine vous a-t-elle fait remettre ce cadeau?»

«Elle me l'a remis elle-même.»

«Comment?»

«En me donnant sa main à baiser.»

«Ecoutez», dit M. de Tréville, «voulez-vous que je vous donne un conseil, un bon conseil, un conseil d'ami?»

«Vous me ferez honneur, Monsieur», dit d'Artagnan.

«Eh bien! Allez chez le premier orfèvre venu et vendez-lui ce diamant. Les pistoles n'ont pas de nom, jeune homme, et cette bague en a un terrible, et qui peut trahir celui qui la porte.»

« Vendre cette bague ! Une bague qui vient de ma souveraine ! Jamais ! » dit d'Artagnan.

« Alors tournez-en le chaton en dedans, pauvre de vous, car on sait qu'un cadet de Gascogne ne trouve pas de pareils bijoux dans l'écrin de sa mère. »

« Vous croyez donc que j'ai quelque chose à craindre ? »

« C'est-à-dire, jeune homme, que celui qui s'endort sur une mine dont la mèche est allumée doit se regarder comme en sûreté en comparaison de vous. »

« Diable ! » dit d'Artagnan, que le ton d'assurance de M. de Tréville commençait à inquiéter. « Que faut-il faire ? »

« Vous tenir sur vos gardes toujours. Si vous traversez un pont, tâtez les planches ; si vous passez devant une maison qu'on bâtit, regardez en l'air de peur qu'une pierre ne vous tombe sur la tête ; si vous rentrez tard, faites-vous suivre par votre laquais, et que votre laquais soit armé, si toutefois vous êtes sûr de votre laquais. Défiez-vous de tout le monde, de votre ami, de votre frère, de votre maîtresse, de votre maîtresse surtout. »

D'Artagnan rougit.

« De ma maîtresse », répéta-t-il machinalement, « et pourquoi plutôt d'elle que d'un autre ? »

« C'est que la maîtresse est un des moyens favoris du cardinal. »

D'Artagnan pensa au rendez-vous que lui avait donné Mme Bonacieux pour le soir-même ; mais nous devons dire, à la louange de notre héros, que la mauvaise opinion que M. de Tréville avait des femmes en général ne lui inspira pas le moindre soupçon contre sa jolie maîtresse.

Et d'Artagnan prit congé de M. de Tréville, touché plus que jamais de sa sollicitude paternelle.

« Ah ! Monsieur », dit Planchet en apercevant d'Artagnan, « que je suis aise de vous voir ! »

« Et pourquoi cela, Planchet ? »

« Auriez-vous confiance en M. Bonacieux, notre hôte ? »

« Moi ? Pas le moins du monde. »

« Oh ! Que vous faites bien, Monsieur. »

« Mais d'où vient cette question ? »

« De ce que, tandis que vous causiez avec lui, je n'ai pas perdu un mouvement de sa physionomie. »

«Et tu l'as trouvée?»

«Traîtresse, Monsieur.»

XXII
Le pavillon

D'Artagnan passa successivement chez Athos, chez Porthos et chez Aramis. Aucun d'eux n'était rentré. Leurs laquais aussi étaient absents.

A sept heures, il retrouva Planchet sous les armes. D'Artagnan avait son épée et passa deux pistolets à sa ceinture, puis tous deux enfourchèrent chacun un cheval et s'éloignèrent sans bruit. Planchet se mit à la suite de son maître, et marcha par derrière à dix pas.

D'Artagnan traversa les quais et suivit le chemin, bien plus beau alors qu'aujourd'hui, qui mène à Saint-Cloud.

Tant qu'on fut dans la ville, Planchet garda respectueusement la distance qu'il s'était imposée; mais dès que le chemin commença à devenir plus désert et plus obscur, il se rapprocha doucement.

«Est-ce que nous allons marcher comme cela toute la nuit, Monsieur?» demanda-t-il.

«Non, Planchet, car tu es arrivé, toi.»

«Comment, je suis arrivé? Et Monsieur?»

«Moi, je vais encore à quelques pas. Si tu as froid, tu entreras dans un de ces cabarets que tu vois là-bas, et tu m'attendras demain matin à six heures devant la porte. Voici une demi-pistole. A demain.»

D'Artagnan descendit de son cheval, jeta la bride au bras de Planchet et s'éloigna rapidement en s'enveloppant dans son manteau.

Planchet, dès qu'il fut seul, se hâta d'aller frapper à la porte d'une maison parée de tous les attributs d'un cabaret de banlieue.

Cependant d'Artagnan continuait sa route et atteignit Saint-Cloud; là, il tourna derrière le château, gagna une espèce de ruelle fort écartée, et se trouva bientôt en face du pavillon indiqué. Il était situé dans un lieu tout à fait désert. Un grand mur, à l'angle duquel était ce pavillon, régnait d'un côté de cette ruelle, et de l'autre une haie défendait contre les passants un petit jardin au fond duquel s'élevait une maigre cabane.

Il était arrivé au rendez-vous, et comme on ne lui avait pas dit d'annoncer sa présence par aucun signal, il attendit.

Nul bruit ne se faisait entendre. D'Artagnan s'adossa à la haie après avoir jeté un coup d'œil derrière lui. Le beffroi de Saint-Cloud sonna dix heures et demie. D'Artagnan sentit un frisson courir dans ses veines.

Ses yeux étaient fixés sur le petit pavillon dont toutes les fenêtres étaient fermées par des volets, excepté une seule du premier étage. A travers cette fenêtre brillait une lumière douce.

L'idée lui vint qu'il avait mal lu et que le rendez-vous était pour onze heures seulement. Il s'approcha de la fenêtre, se plaça dans un rayon de lumière, tira sa lettre de sa poche et la relut; il ne s'était point trompé: le rendez-vous était bien pour dix heures.

Il alla reprendre son poste, commençant à être assez inquiet de ce silence et de cette solitude.

Onze heures sonnèrent.

D'Artagnan commença à craindre véritablement qu'il ne fût arrivé quelque chose à Mme Bonacieux.

Il s'approcha du mur et essaya d'y monter; mais le mur était nouvellement crépi, et d'Artagnan se retourna inutilement les ongles.

Il avisa les arbres, et comme l'un d'eux faisait saillie sur le chemin, il pensa que du milieu de ses branches son regard pourrait pénétrer dans le pavillon.

L'arbre était facile. En un instant d'Artagnan fut au milieu des branches, et par les vitres transparentes ses yeux plongèrent dans l'intérieur du pavillon.

Chose étrange, et qui fit frissonner d'Artagnan de la plante des pieds à la racine des cheveux, cette douce lumière éclairait une scène de désordre épouvantable; une des vitres de la fenêtre était cassée, la porte de la chambre avait été enfoncée; une table qui avait dû être couverte d'un élégant souper gisait à terre; les flacons en éclats, les fruits écrasés jonchaient le parquet; tout témoignait dans cette chambre d'une lutte violente et désespérée.

D'Artagnan se hâta de redescendre dans la rue avec un horrible battement de cœur. Tout concourait à lui prouver qu'un grand malheur était arrivé.

Il songea alors à cette masure muette et aveugle mais qui sans doute avait vu et qui peut-être pouvait parler.

La porte de clôture était fermée, mais il sauta par-dessus la haie et malgré les aboiements du chien à la chaîne, il s'approcha de la cabane.

Aux premiers coups qu'il frappa, rien ne répondit. Enfin un vieux volet vermoulu s'ouvrit, et une tête de vieillard apparut.

D'Artagnan raconta naïvement son histoire, aux noms près; il dit comment il avait rendez-vous avec une jeune femme devant ce pavillon, et comment, ne la voyant pas venir, il était monté sur le tilleul et avait vu tout le désordre de la chambre.

«Oh, monsieur», dit le vieillard, «ne me demandez rien; car si je vous disais ce que j'ai vu, bien certainement il ne m'arriverait rien de bon.»

«Vous avez donc vu quelque chose?» reprit d'Artagnan. «En ce cas, au nom du ciel!» continua-t-il jetant une pistole, «dites, dites ce que vous avez vu, et je vous donne ma foi de gentilhomme que pas une de vos paroles ne sortira de mon cœur.»

Le vieillard lut tant de franchise et de douleur sur le visage de d'Artagnan qu'il lui dit à voix basse: «Il était neuf heures à peu près, j'avais entendu quelque bruit dans la rue. J'allai ouvrir et je vis trois hommes à quelques pas de là. Dans l'ombre était un carrosse.

– «Ah, mes bons Messieurs! m'écriai-je, que me demandez-vous?

– Tu dois avoir une échelle? me dit celui qui paraissait être le chef de l'escorte.

– Oui, Monsieur; celle avec laquelle je cueille mes fruits.

– Donne-nous-la et rentre chez toi, voilà un écu pour le dérangement que nous te causons. Souviens-toi seulement que si tu dis un mot de ce que tu vas voir, tu es perdu.

A ces mots, il me jeta un écu, que je ramassai, et il prit mon échelle. Je fis semblant de rentrer à la maison, et, me glissant dans l'ombre, je parvins jusqu'à cette touffe de sureau, du milieu de laquelle je pouvais tout voir sans être vu.

Les trois hommes avaient fait avancer la voiture sans aucun bruit, ils en tirèrent un petit homme, gros, court, grisonnant, lequel monta avec précaution à l'échelle, regarda sournoisement dans l'intérieur de la chambre, redescendit à pas de loup et murmura à voix basse:

– C'est elle.

Aussitôt celui qui m'avait parlé s'approcha de la porte du pavillon, l'ouvrit avec une clef qu'il portait sur lui, referma la porte et disparut; en même temps, les deux autres hommes montèrent à l'échelle. Le petit vieux demeurait à la portière, le cocher maintenait les chevaux de la voiture.

Tout à coup de grands cris retentirent dans le pavillon, une femme accourut à la fenêtre et l'ouvrit comme pour se précipiter. Mais aussitôt qu'elle aperçut les deux hommes, elle se rejeta en arrière; les deux hommes s'élancèrent après elle dans la chambre.

Alors je ne vis plus rien; mais j'entendis le bruit des meubles que l'on brise. La femme criait et appelait au secours. Mais bientôt ses cris furent étouffés; les trois hommes se rapprochèrent de la fenêtre, emportant la femme dans leurs bras; deux descendirent par l'échelle et la transportèrent dans la voiture, où le petit vieux entra après elle. Celui qui était resté dans le pavillon referma la croisée, sortit un instant après par la porte: ses deux compagnons l'attendaient déjà à cheval, il sauta à son tour en selle. A partir de ce moment-là, je n'ai plus rien vu, rien entendu.»

D'Artagnan, écrasé par une si terrible nouvelle, resta immobile et muet, tandis que tous les démons de la colère et de la jalousie hurlaient dans son cœur.

«Mais, mon gentilhomme», reprit le vieillard, «ne vous désolez pas, ils ne vous l'ont pas tuée, voilà l'essentiel.»

«Savez-vous à peu près quel est l'homme qui conduisait cette infernale expédition?»

«Un grand sec, basané, moustaches noires, œil noir, l'air d'un gentilhomme.»

«C'est cela», s'écria d'Artagnan, «encore lui! Et l'autre? Le petit vieux?»

«Oh! celui-là n'est pas un seigneur, j'en réponds.»

«Quelque laquais», murmura d'Artagnan. «Ah, pauvre femme, pauvre femme! Qu'en ont-ils fait?»

«Vous m'avez promis le secret», dit le vieillard.

«Et je vous renouvelle ma promesse. Un gentilhomme n'a que sa parole, et je vous ai donné la mienne.»

D'Artagnan reprit, l'âme navrée, le chemin. Il se désolait, il se désespérait.

«Oh! si j'avais là mes amis!» s'écriait-il, «j'aurais au moins quelque espérance de la retrouver.»

D'Artagnan se fit ouvrir successivement tous les cabarets dans lesquels il aperçut un peu de lumière; dans aucun d'eux il ne retrouva Planchet. Au sixième, il commença de réfléchir que la recherche était un peu hasardée. D'Artagnan n'avait donné rendez-vous à son laquais qu'à six heures du matin, et quelque part qu'il fût, il était dans son droit.

Au sixième cabaret, il s'arrêta donc, demanda une bouteille de vin de première qualité, s'accouda dans l'angle le plus obscur et se décida à attendre ainsi le jour.

Vers six heures du matin, il se leva, paya sa bouteille et sortit pour voir s'il n'aurait pas plus de bonheur dans la recherche de son laquais le matin que la nuit. En effet, la première chose qu'il aperçut à travers le brouillard humide fut l'honnête Planchet qui, les deux chevaux en main, l'attendait à la porte d'un petit cabaret borgne devant lequel d'Artagnan était passé sans même soupçonner son existence.

XXIII
La femme d'Athos

Au lieu de rentrer chez lui directement, d'Artagnan mit pied à terre à la porte de M. de Tréville. Cette fois, il était décidé à lui raconter tout ce qui venait de se passer.

M. de Tréville écouta le récit du jeune homme avec une gravité qui prouvait qu'il voyait autre chose, dans toute cette aventure, qu'une intrigue d'amour.

«Hum!» dit-il, «tout ceci sent Son Eminence d'une lieue.»

«Mais que faire?» dit d'Artagnan.

«Rien, absolument rien. Je verrai la reine, je lui raconterai les détails de la disparition de cette pauvre femme; ces détails la guideront de son côté, et, peut-être aurai-je quelque bonne nouvelle à vous dire. Reposez-vous-en sur moi.»

D'Artagnan savait que lorsque M. de Tréville promettait, il tenait plus qu'il n'avait promis. Il le salua donc plein de reconnaissance pour le passé et pour l'avenir.

D'Artagnan s'achemina vers la rue des Fossoyeurs. En s'approchant de sa maison, il reconnut M. Bonacieux, debout sur le seuil de sa porte. Alors une idée subite traversa l'esprit de d'Artagnan. Ce petit homme gros, court, grisonnant, c'était Bonacieux lui-même. Le mari avait présidé à l'enlèvement de sa femme.

Il prit à D'Artagnan une terrible envie de sauter à la gorge du mercier et de l'étrangler; mais, nous l'avons dit, c'était un garçon fort prudent, et il se contint.

«Pardon, mon cher Monsieur Bonacieux, si j'en use avec vous de cette façon», dit d'Artagnan, «mais j'ai une soif d'enragé; permettez-moi de prendre un verre d'eau chez vous, cela ne se refuse pas entre voisins.»

Et sans attendre la permission de son hôte, d'Artagnan entra vivement dans la maison, et jeta un coup d'œil rapide sur le lit. Le lit n'était pas défait. Bonacieux ne s'était pas couché. Il rentrait donc seulement; il avait accompagné sa femme jusqu'à l'endroit où on l'avait conduite, ou tout au moins jusqu'au premier relais.

«Merci, Maître Bonacieux», dit d'Artagnan en vidant son verre, «voilà tout ce que je voulais de vous.»

Et il quitta le mercier tout ébahi de ce singulier adieu.

Sur le haut de l'escalier, il trouva Planchet et lui dit: «A propos, Planchet, je crois que tu as raison à l'endroit de notre hôte, et que c'est décidément une affreuse canaille. Maintenant, allons à la recherche de nos amis, qui s'inquiètent peut-être de nous.»

Planchet suivit, et ils allèrent.

Le premier qu'ils rencontrèrent fut Athos. Athos aimait le vin autant qu'il était grand seigneur. Il buvait donc. Et en voyant paraître d'Artagnan, il réclama d'autre vin, du meilleur.

«C'est bien», dit Athos en remplissant son verre et celui de d'Artagnan, «mais vous, mon ami, que vous est-il arrivé? Je vous trouve un air sinistre.»

«Hélas!» dit d'Artagnan, «c'est que je suis le plus malheureux de nous tous.»

«Toi malheureux, d'Artagnan! Voyons, dis-moi cela.»

«Plus tard», dit d'Artagnan.

«Plus tard! Et pourquoi plus tard? Parce que tu crois que je suis ivre, d'Artagnan? Retiens bien ceci: je n'ai jamais les idées plus nettes que dans le vin. Parle donc, je suis tout oreilles.»

D'Artagnan raconta son aventure avec Mme Bonacieux. Athos l'écouta sans sourciller; puis, lorsqu'il eut fini:

«Misères que tout cela», dit Athos, «misères!»

C'était le mot d'Athos.

«Vous dites toujours *misères!* mon cher Athos; cela vous sied bien mal, à vous qui n'avez jamais aimé.»

L'œil mort d'Athos s'enflamma soudain; mais ce ne fut qu'un éclair, il redevint terne et vague comme auparavant.

«C'est vrai», dit-il tranquillement, «je n'ai jamais aimé, moi. Je dis que l'amour est une loterie où celui qui gagne, gagne la mort! Vous êtes bien heureux d'avoir perdu, croyez-moi, mon cher d'Artagnan. Et si j'ai un conseil à vous donner, c'est de perdre toujours.»

«Mais alors, philosophe que vous êtes», dit d'Artagnan, «instruisez-moi, soutenez-moi; j'ai besoin de savoir et d'être consolé.»

«Consolé de quoi?»

«De mon malheur.»

«Votre malheur fait rire», dit Athos, «je serais curieux de savoir ce que vous diriez si je vous racontais une histoire d'amour.»

«Arrivée à vous?»

«Ou à un de mes amis, qu'importe!»

«J'écoute», dit d'Artagnan.

Athos se recueillit, et, à mesure qu'il se recueillait, d'Artagnan le voyait pâlir; il en était à cette période de l'ivresse où les buveurs vulgaires tombent et dorment. Lui, il rêvait tout haut. Ce somnambulisme de l'ivresse avait quelque chose d'effrayant.

«Un de mes amis, un de mes amis, entendez-vous bien! Pas moi», dit Athos en s'interrompant avec un sourire sombre, «un des comtes de ma province, c'est-à-dire du Berry, noble comme un Montmorency, devint amoureux à vingt-cinq ans d'une jeune fille de seize, belle comme les amours. Elle ne plaisait pas, elle enivrait; elle vivait dans un petit bourg, près de son frère qui était curé. Tous deux étaient arrivés dans le pays: ils venaient on ne savait d'où; mais en la voyant si belle et en voyant son frère si pieux, on ne songeait pas à leur demander d'où ils venaient. Du reste, on les disait de bonne extraction. Mon ami, qui était le seigneur du pays, aurait pu la séduire ou la prendre de force, à son gré, il était le maître; qui serait venu à l'aide de deux étrangers, de deux inconnus? Malheureusement, il était honnête homme, il l'épousa. Le sot, le niais, l'imbécile!»

«Mais pourquoi cela, puisqu'il l'aimait?» demanda d'Artagnan.

«Attendez donc», dit Athos. «Il l'emmena dans son château, et en fit la première dame de sa province; et il faut lui rendre cette justice, elle tenait parfaitement son rang.»

«Eh bien?» demanda d'Artagnan.

«Eh bien! Un jour qu'elle était à la chasse avec son mari, elle tomba de cheval et s'évanouit; le comte s'élança à son secours, et comme elle étouffait dans ses habits, il les fendit avec son poignard et lui découvrit l'épaule. Devinez ce qu'elle avait sur l'épaule, d'Artagnan?» dit Athos avec un grand éclat de rire. «Une fleur de lys. Elle était marquée.»

Et Athos vida d'un seul trait le verre qu'il tenait à la main.

«Horreur!» s'écria d'Artagnan, «que me dites-vous là?»

«La vérité. Mon cher, l'ange était un démon. La fille avait volé.»

«Et que fit le comte?»

«Le comte était un grand seigneur, il avait sur ses terres droit de justice basse et haute: il acheva de déchirer les habits de la comtesse, il lui lia les mains derrière le dos et la pendit à un arbre. Mais on me laisse manquer de vin, ce me semble.»

Et Athos saisit au goulot la dernière bouteille qui restait, l'approcha de sa bouche et la vida d'un seul trait, comme il eût fait d'un verre ordinaire.

Puis il laissa tomber sa tête sur ses deux mains; d'Artagnan demeura devant lui, saisi d'épouvante.

«Cela m'a guéri des femmes belles, poétiques et amoureuses», dit Athos en se relevant. «Dieu vous en accorde autant! Buvons!»

«Ainsi elle est morte?» balbutia d'Artagnan.

«Parbleu!» dit Athos. «Mais tendez votre verre.»

«Et son frère?» ajouta timidement d'Artagnan.

«Ah! Je m'en informai pour le faire pendre à son tour; mais il avait pris les devants, il avait quitté sa cure depuis la veille. C'était sans doute le premier amant et le complice de la belle.»

«Oh, mon Dieu, mon Dieu!» fit d'Artagnan, tout étourdi de cette horrible aventure.

Il ne pouvait plus supporter cette conversation, qui l'eût rendu fou; il laissa tomber sa tête sur ses deux mains et fit semblant de s'endormir.

«Les jeunes gens ne savent plus boire», dit Athos en le regardant en pitié, «et pourtant celui-là est des meilleurs!...»

XXIV
Milady

D'Artagnan était resté étourdi de la terrible confidence d'Athos, et, le lendemain, il passa chez son ami avec un vif désir d'arriver à une certitude; mais il trouva Athos de sens tout à fait rassis, c'est-à-dire le plus fin et le plus impénétrable des hommes.

«J'étais bien ivre hier, mon cher d'Artagnan», dit-il, «je parie que j'ai dit mille extravagances.»

«Mais non pas», répliqua d'Artagnan, «vous n'avez rien dit que de fort ordinaire.»

«Ah! Je croyais vous avoir raconté une histoire des plus lamentables. Vous n'êtes pas sans avoir remarqué, mon cher ami, que chacun a son genre d'ivresse, triste ou gaie; moi, j'ai l'ivresse triste, c'est mon défaut; défaut capital, j'en conviens, mais, à cela près, je suis bon buveur.»

Athos disait cela d'une façon si naturelle que d'Artagnan fut ébranlé dans sa conviction.

Survint Aramis, qui acheva de détourner la conversation.

«J'ai commencé», dit-il, «un poème en vers d'une syllabe; c'est assez difficile, mais le mérite en toutes choses est dans la difficulté. La matière est galante, je vous lirai le premier chant, il a quatre cents vers et dure une minute.»

«Ma foi, mon cher Aramis», dit d'Artagnan, qui détestait presque autant les vers que le latin, «ajoutez au mérite de la difficulté celui de la briéveté, et vous êtes sûr au moins que votre poème aura deux mérites.»

«Puis», continua Aramis, «il respire les passions honnêtes, vous verrez. Ah çà! mes amis, si nous allions revoir ce bon Porthos.»

On le trouva assis à une table où, quoiqu'il fût seul, figurait un dîner de quatre personnes; ce dîner se composait de viandes galamment troussées, de vins choisis et de fruits superbes.

«Ah, pardieu!» dit-il en se levant, «vous arrivez à merveille, Messieurs, j'en étais justement au potage, et vous allez dîner avec moi.»

«Mais ce dîner n'était pas pour vous seul, mon cher Porthos?» dit Aramis.

«Non», dit Porthos, «j'attendais quelques gentilhommes, qui viennent de me faire dire qu'ils ne viendraient pas; vous les remplacerez, et je ne perds pas au change. Holà! Mousqueton! Des sièges, et que l'on double les bouteilles.»

Les quatre amis firent honneur au repas, dont les restes furent abandonnés à MM. Mousqueton, Bazin, Planchet et Grimaud.

A quelque temps de là, d'Artagnan aperçut un jour Porthos qui s'acheminait vers l'église Saint-Leu, et il le suivit instinctivement. Porthos entra au lieu saint après avoir relevé sa moustache et allongé sa royale, ce qui annonçait toujours de sa part les intentions les plus conquérantes. D'Artagnan, toujours inaperçu, entra derrière Porthos.

Justement il y avait un sermon, ce qui faisait que l'église était fort peuplée. D'Artagnan remarqua une belle dame qui était près du chœur: elle avait derrière elle un négrillon qui avait apporté le coussin sur lequel elle était agenouillée, et une suivante qui tenait le sac armorié dans lequel on renfermait le livre où elle lisait la messe.

La dame au coussin fit un grand effet sur d'Artagnan, qui reconnut en elle la dame de Meung et de Londres, que son persécuteur, l'homme à la cicatrice avait saluée du nom de Milady.

Le sermon finit: Milady s'avança vers le bénitier, et d'Artagnan la suivit sans être aperçu d'elle: il la vit monter dans son carrosse, et il l'entendit donner à son cocher l'ordre d'aller à Saint-Germain.

Il était inutile d'essayer de suivre à pied une voiture montée au trot de deux vigoureux chevaux. D'Artagnan revint donc chez lui.

Dans la rue de Seine, il rencontra Planchet, qui était arrêté devant la boutique d'un pâtissier, et il lui donna l'ordre d'aller seller deux chevaux dans les écuries de M. de Tréville, un pour lui d'Artagnan, l'autre pour lui Planchet.

Ainsi fut fait: d'Artagnan et Planchet se mirent en selle et prirent le chemin de Saint-Germain.

Tout en songeant, d'Artagnan fit sa route. Il traversait une rue fort déserte, regardant à droite et à gauche s'il ne reconnaîtrait pas quelque vestige de sa belle anglaise, lorsque au rez-de-chaussée d'une jolie maison, il vit apparaître une figure de connaissance. Planchet le reconnut le premier.

«Eh! Monsieur», dit-il s'adressant à d'Artagnan, «ne vous remettez-vous pas ce visage qui baye aux corneilles? c'est ce pauvre Lubin, le laquais du comte de Wardes, celui que vous avez si bien accommodé il y a un mois, à Calais.»

«Ah, oui», dit d'Artagnan, «je le reconnais à cette heure. Crois-tu qu'il te reconnaît, toi?»

«Ma foi, Monsieur, il était si fort troublé que je doute qu'il ait gardé de moi une mémoire bien nette.»

«Eh bien! Va donc causer avec ce garçon, et informe-toi dans la conversation si son maître est mort.»

Planchet descendit de cheval, marcha droit à Lubin, qui en effet ne le reconnut pas, et les deux laquais se mirent à causer dans la meilleure intelligence du monde, tandis que d'Artagnan poussait les deux chevaux dans une ruelle et, faisant le tour d'une maison, s'en revenait assister à la conférence derrière une haie de coudriers.

Au bout d'un instant d'observation, il entendit le bruit d'une voiture, et il vit s'arrêter en face de lui le carrosse de Milady. D'Artagnan se coucha sur le cou de son cheval, afin de tout voir sans être vu.

Milady sortit sa charmante tête blonde par la portière, et donna des ordres à sa femme de chambre.

Cette dernière, jolie fille de vingt ans, alerte et vive, sauta en bas du marchepied, sur lequel elle était assise selon l'usage du temps, et se dirigea vers la terrasse où d'Artagnan avait aperçu Lubin. Mais, par hasard, un ordre de l'intérieur avait appelé

Lubin, de sorte que Planchet était resté seul, regardant de tous côtés par quel chemin avait disparu d'Artagnan.

La femme de chambre s'approcha de Planchet, qu'elle prit pour Lubin, et lui tendant un petit billet:

«Pour votre maître», dit-elle. «Et très pressé. Prenez donc vite.»

Là-dessus, elle s'enfuit vers le carrosse, retourné à l'avance du côté par lequel il était venu; elle s'élança sur le marchepied, et le carrosse repartit.

Planchet sauta à bas de la terrasse, enfila la ruelle et rencontra au bout de vingt pas d'Artagnan qui, ayant tout vu, allait au-devant de lui.

«Pour vous, Monsieur», dit Planchet, présentant le billet au jeune homme. «La soubrette a dit: Pour ton maître. Je n'ai d'autre maître que vous; ainsi... Un joli brin de fille, ma foi, que cette soubrette.»

D'Artagnan ouvrit la lettre et lu ces mots:

Une personne qui s'intéresse à vous plus qu'elle ne peut le dire voudrait savoir quel jour vous serez en état de vous promener dans la forêt. Demain, à l'hôtel du Champ du Drap d'Or, *un laquais noir et rouge attendra votre réponse.*

«Oh, oh!» se dit d'Artagnan, «il paraît que Milady et moi nous sommes en peine de la même personne. Eh bien! Planchet, comment se porte ce bon M. de Wardes? Il n'est donc pas mort?»

«Non, Monsieur, il va aussi bien qu'on peut aller avec trois coups d'épée dans le corps, et il est encore bien faible, ayant perdu presque tout son sang.»

«Fort bien, Planchet, tu es le roi des laquais; maintenant, remonte à cheval et rattrapons le carrosse.»

Ce ne fut pas long; au bout de cinq minutes on aperçut le carrosse arrêté sur le revers de la route; un cavalier richement vêtu se tenait à la portière.

La conversation entre Milady et le cavalier était tellement animée, que d'Artagnan s'arrêta de l'autre côté du carrosse sans que personne autre que la jolie soubrette s'aperçût de sa présence.

La conversation avait lieu en anglais, langue que d'Artagnan ne comprenait pas; mais à l'accent, le jeune homme crut deviner que la belle Anglaise était fort en colère; elle termina par un geste qui ne lui laissa point de doute: c'était un coup d'éventail appliqué de telle force, que le petit meuble féminin vola en mille morceaux.

Le cavalier poussa un éclat de rire qui parut exaspérer Milady. D'Artagnan pensa que c'était le moment d'intervenir:

«Madame», dit-il, «me permettez-vous de vous offrir mes services?»

«Monsieur», dit Milady en très bon français, «ce serait de grand cœur que je me mettrais sous votre protection si la personne qui me querelle n'était point mon frère.»

«De quoi se mêle cet étourneau», s'écria le cavalier que Milady avait désigné comme son parent, «et pourquoi ne passe-t-il pas son chemin?»

«Etourneau vous-même», dit d'Artagnan, «je ne passe pas mon chemin parce qu'il me plaît de m'arrêter ici.»

On aurait pu croire que Milady allait s'interposer dans ce commencement de provocation; mais, tout au contraire, elle se rejeta au fond de son carrosse, et cria froidement au cocher: «Touche à l'hôtel!»

La jolie soubrette jeta un regard d'inquiétude sur d'Artagnan, dont la bonne mine paraissait avoir produit son effet sur elle.

Le carrosse partit et laissa les deux hommes en face l'un de l'autre. Le cavalier fit un mouvement pour suivre la voiture.

«Eh! Monsieur», dit d'Artagnan, «vous me semblez encore plus étourneau que moi, car vous me faites l'effet d'oublier qu'il y a entre nous une petite querelle engagée.»

«Vous voyez bien que je n'ai pas d'épée», dit l'Anglais.

«J'espère bien que vous en avez chez vous», répliqua d'Artagnan. «Choisissez la plus longue et venez me la montrer ce soir.»

«Où cela, s'il vous plaît?»

«Derrière le Luxembourg.»

«C'est bien, on y sera.»

«Votre heure?»

«Six heures. J'ai trois amis qui seront fort honorés de jouer la même partie que moi.»

«Trois? A merveille! Comme cela se rencontre!» dit d'Artagnan, «c'est juste mon compte.»

«Maintenant, qui êtes-vous?» demanda l'Anglais.

«Je suis Monsieur d'Artagnan, gentilhomme gascon, servant aux gardes, compagnie de M. des Essarts. Et vous?»

«Moi je suis lord Winter, baron de Sheffield.»

«Je suis votre serviteur, Monsieur le baron», dit d'Artagnan, et piquant son cheval, il le mit au galop, et reprit la direction de Paris.

D'Artagnan descendit droit chez Athos, et il lui raconta tout ce qui venait de se passer, moins la lettre à M. de Wardes.

Athos fut enchanté lorsqu'il sut qu'il allait se battre contre un Anglais. On envoya chercher à l'instant même Porthos et Aramis par les laquais, et on les mit au courant de la situation.

XXV
Anglais et Français

L'heure venue, on se rendit avec les quatre laquais derrière le Luxembourg, dans un enclos abandonné aux chèvres. Athos donna une pièce de monnaie au chevrier pour qu'il s'écartât. Les laquais furent chargés de faire sentinelle.

Bientôt une troupe silencieuse s'approcha du même enclos, y pénétra et joignit les mousquetaires.

«Messieurs», dit Athos en s'adressant à la fois à ses compagnons et à leurs adversaires, «y sommes-nous?»

«Oui», répondirent tout d'une voix Anglais et Français.

«Alors, en garde», dit Athos.

Et aussitôt huit épées brillèrent aux rayons du soleil couchant, et le combat commença avec un acharnement bien naturel entre gens deux fois ennemis.

Athos s'escrimait avec autant de calme et de méthode que s'il eût été dans une salle d'armes.

Porthos jouait au jeu plein de finesse et de prudence.

Aramis se dépêchait en homme très pressé.

Athos, le premier, tua son adversaire: il ne lui avait porté qu'un coup, mais le coup avait été mortel, l'épée lui traversa le cœur.

Porthos, le second, étendit le sien sur l'herbe: il lui avait percé la cuisse.

Aramis poussa le sien si vigoureusement, qu'après avoir

rompu une cinquantaine de pas, il finit par prendre la fuite à toutes jambes et disparut aux huées des laquais.

Quant à d'Artagnan, il avait joué purement et simplement un jeu défensif; puis, lorsqu'il avait vu son adversaire bien fatigué, il lui avait, d'une vigoureuse flanconade, fait sauter l'épée. Le baron, se voyant désarmé, fit deux ou trois pas en arrière; mais, dans ce mouvement, son pied glissa, et il tomba à la renverse.

D'Artagnan fut sur lui d'un seul bond, et lui portant l'épée à la gorge: «Je pourrais vous tuer, Monsieur, mais je vous donne la vie pour l'amour de votre sœur.»

D'Artagnan était au comble de la joie: il venait de réaliser le plan qu'il avait arrêté d'avance.

L'Anglais, enchanté d'avoir affaire à un gentilhomme, serra d'Artagnan entre ses bras:

«Et maintenant, mon jeune ami», dit-il, «dès ce soir, si vous le voulez bien, je vous présenterai à ma sœur, car je veux qu'elle vous prenne à son tour dans ses bonnes grâces.»

D'Artagnan rougit de plaisir, et s'inclina en signe d'assentiment. Lord de Winter s'engagea à venir le prendre pour le présenter. D'Artagnan commença par aller faire chez lui une toilette flamboyante. Lord de Winter arriva à l'heure dite.

Un élégant carrosse attendait en bas, et comme il était attelé de deux excellents chevaux, en un instant on fut rendu.

Milady, qui habitait place Royale, reçut gracieusement d'Artagnan. Son hôtel était d'une somptuosité remarquable.

«Vous voyez», dit lord de Winter en présentant d'Artagnan à sa sœur, «un jeune gentilhomme qui a tenu ma vie entre ses mains, et qui n'a point voulu abuser de ses avantages, quoique nous fussions deux fois ennemis, puisque c'est moi qui l'ai insulté et que je suis Anglais. Remerciez-le donc, Madame, si vous avez quelque amitié pour moi.»

Milady fronça légèrement le sourcil; un nuage à peine visible passa sur son front, et un sourire tellement étrange apparut sur ses lèvres, que le jeune homme, qui vit cette triple nuance, en eut comme un frisson.

«Soyez le bienvenu, Monsieur», dit Milady d'une voix dont la douceur contrastait avec les symptômes de mauvaise humeur que venait de remarquer d'Artagnan, «vous avez acquis aujourd'hui des droits éternels à ma reconnaissance.»

L'Anglais alors raconta le combat sans omettre un détail. Milady l'écouta avec la plus grande attention; cependant on voyait que ce récit ne lui était pas agréable. Lord de Winter ne s'aperçut de rien. Puis, lorsqu'il eut fini, il s'approcha d'une table où étaient servis sur un plateau une bouteille de vin d'Espagne et des verres. Il emplit deux verres et d'un signe invita d'Artagnan à boire.

D'Artagnan s'approcha de la table et prit le second verre. Cependant il n'avait point perdu de vue Milady, et dans la glace il s'aperçut du changement qui venait de s'opérer sur son visage. Maintenant qu'elle croyait n'être plus regardée, un sentiment qui ressemblait à de la férocité animait sa physionomie.

Cette jolie soubrette, que d'Artagnan avait déjà remarquée, entra alors; elle dit quelques mots en anglais à lord de Winter, qui demanda aussitôt à d'Artagnan la permission de se retirer, s'excusant sur l'urgence de l'affaire qui l'appelait.

La conversation prit un tour enjoué. Milady raconta que lord de Winter n'était que son beau-frère et non son frère: elle avait épousé un cadet de famille qui l'avait laissée veuve avec un enfant. Cet enfant était le seul héritier de lord de Winter, si lord de Winter ne se mariait point. Tout cela laissait voir à d'Artagnan un voile qui enveloppait quelque chose, mais il ne distinguait pas encore sous ce voile.

Au reste, au bout d'une demi-heure de conversation, d'Artagnan était convaincu que Milady était sa compatriote: elle parlait le français avec une pureté et une élégance qui ne laissaient aucun doute à cet égard.

D'Artagnan se répandit en propos galants et en protestations de dévouement. L'heure de se retirer arriva. D'Artagnan prit congé de Milady et sortit du salon le plus heureux des hommes.

D'Artagnan revint le lendemain et fut reçu encore mieux que la veille. Lord de Winter était absent. Milady lui demanda s'il n'avait pas pensé quelquefois à s'attacher au service de M. le cardinal. D'Artagnan fit un grand éloge de Son Eminence. Milady changea de conversation sans affectation aucune, et demanda à d'Artagnan de la façon la plus négligée du monde s'il n'avait jamais été en Angleterre. D'Artagnan répondit qu'il y avait été envoyé par M. de Tréville pour traiter d'une remonte de chevaux.

A la même heure que la veille d'Artagnan se retira. Dans le corridor, il rencontra la jolie Ketty: c'était le nom de la soubrette. Celle-ci le regarda avec une expression de mystérieuse bienveillance à laquelle il n'y avait point à se tromper. Mais d'Artagnan était si préoccupé de la maîtresse, qu'il ne remarquait absolument que ce qui venait d'elle.

D'Artagnan revint chez Milady le lendemain et le surlendemain, et chaque fois Milady lui fit un accueil plus gracieux.

Chaque fois aussi, soit dans l'antichambre, soit dans le corridor, soit sur l'escalier, il rencontrait la jolie soubrette.

XXVI
Soubrette et Maîtresse

Cependant, malgré les cris de sa conscience, d'Artagnan devenait d'heure en heure plus amoureux de Milady. Un soir qu'il arrivait le nez au vent, il rencontra la soubrette sous la porte cochère; mais cette fois la jolie Ketty lui prit doucement la main.

«Je voudrais bien vous dire deux mots, Monsieur le chevalier», balbutia-t-elle.

«Parle, mon enfant, j'écoute.»

«Ici, impossible: ce que j'ai à vous dire est trop secret.»

Et Ketty, qui n'avait point lâché la main de d'Artagnan, l'entraîna par un petit escalier sombre et tournant, et, après lui avoir fait monter une quinzaine de marches, ouvrit une porte.

«Entrez, Monsieur le chevalier», dit-elle, «ici nous serons seuls et nous pourrons causer.»

«Et quelle est donc cette chambre, ma belle enfant?»

«C'est la mienne, Monsieur; elle communique avec celle de ma maîtresse par cette porte. Mais soyez tranquille elle ne pourra entendre ce que nous dirons, jamais, elle ne se couche qu'à minuit.»

D'Artagnan jeta un coup d'œil autour de lui. La petite chambre était charmante de goût et de propreté; mais, malgré lui, ses yeux se fixaient sur cette porte que Ketty lui avait dit conduire à la chambre de Milady.

Ketty devina ce qui se passait dans l'âme du jeune homme et poussa un soupir.

«Vous aimez donc bien ma maîtresse, Monsieur!» dit-elle.

«Oh, plus que je ne puis dire! J'en suis fou!»

«Hélas! Monsieur, c'est bien dommage! Ma maîtresse ne vous aime pas du tout.»

«T'aurait-elle chargée de me le dire?»

«Oh, non pas, Monsieur! Mais c'est moi qui, par intérêt pour vous ai pris la résolution de vous en prévenir.»

«Merci, ma bonne Ketty, mais de l'intention seulement, car la confidence, tu en conviendras, n'est point agréable. Toutefois, jusqu'à ce que tu daignes me donner quelque preuve de ce que tu avances...»

«Que diriez-vous de celle-ci?»

Et Ketty tira de sa poitrine un petit billet.

«Pour moi?» dit d'Artagnan en s'emparant vivement de la lettre.

«Non, pour un autre.»

«Son nom, son nom!» s'écria d'Artagnan.

«M. le comte de Wardes.»

Le souvenir de la scène de Saint-Germain se présenta aussitôt à l'esprit du présomptueux Gascon; par un mouvement rapide comme la pensée, il déchira l'enveloppe, et il lut:

Vous n'avez pas répondu à mon premier billet; êtes-vous donc souffrant, ou bien auriez-vous oublié quels yeux vous me fîtes au bal de Mme de Guise? Voici l'occasion, comte! ne la laissez pas échapper.

D'Artagnan pâlit; il était blessé dans son amour-propre, il se crut blessé dans son amour.

«Pauvre cher Monsieur d'Artagnan!» dit Ketty.

«Tu sais ce que c'est que l'amour?» dit d'Artagnan la regardant pour la première fois avec une certaine attention.

«Hélas! oui!»

«Eh bien! Au lieu de me plaindre, alors, tu ferais mieux de m'aider à me venger de ta maîtresse.»

«Et quelle sorte de vengeance voudriez-vous en tirer?»

«Je voudrais triompher d'elle, supplanter mon rival.»

«Je ne vous aiderai jamais à cela, Monsieur!» dit vivement Ketty.

«Et pourquoi cela?»

«Pour deux raisons.»

«Lesquelles?»

«La première, c'est que jamais ma maîtresse ne vous aimera: vous l'avez blessée au cœur.»

«Moi! En quoi puis-je l'avoir blessée?»

«Je n'avouerais jamais cela qu'à l'homme... qui lirait jusqu'au fond de mon âme!»

D'Artagnan regarda Ketty pour la seconde fois. La jeune fille était d'une fraîcheur et d'une beauté que bien des duchesses eussent achetées de leur couronne.

«Ketty», dit-il, «je lirai jusqu'au fond de ton âme quand tu voudras.» Et il lui donna un baiser.

«Oh non!» s'écria Ketty, «vous ne m'aimez pas!»

«Et cela t'empêche-t-il de me faire connaître la seconde raison?»

«La seconde raison, Monsieur le chevalier», reprit Ketty enhardie par le baiser, «c'est qu'en amour chacun pour soi.»

Alors seulement d'Artagnan se rappela les coups d'œil languissants de Ketty, ses rencontres dans l'antichambre, sur l'escalier, dans le corridor, ses frôlements de main, ses soupirs étouffés; mais, tout absorbé par le désir de plaire à la grande dame, il avait dédaigné la soubrette: qui chasse l'aigle ne s'inquiète pas du passereau.

Mais cette fois notre Gascon vit tout le parti qu'on pouvait tirer de cet amour que Ketty venait d'avouer d'une façon si naïve: interception des lettres adressées au comte de Wardes, intelligence dans la place, entrée à toute heure. Le perfide, comme on le voit, sacrifiait déjà en idée la pauvre fille.

«Eh bien!» dit-il, «veux-tu, ma chère Ketty, que je te donne une preuve de cet amour dont tu doutes?»

«De quel amour?» demanda la jeune fille.

«De celui que je suis tout prêt à ressentir pour toi.»

«Et quelle est cette preuve?»

«Veux-tu que ce soir je passe avec toi le temps que je passe ordinairement avec ta maîtresse?»

«Oh! oui», dit Ketty, «bien volontiers.»

«Eh bien, ma chère enfant», dit d'Artagnan en s'établissant dans un fauteuil, «viens çà que je te dise que tu es la plus jolie soubrette que j'aie jamais vue!»

Et il le lui dit tant et si bien, que la pauvre enfant, qui ne demandait pas mieux que de le croire, le crut... Le temps passa vite. Minuit sonna, et l'on entendit presque en même temps retentir la sonnette dans la chambre de Milady.

«Grand Dieu!» s'écria Ketty, «voici ma maîtresse qui m'appelle! Partez, partez vite!»

D'Artagnan se leva, prit son chapeau comme s'il avait l'intention d'obéir; puis, ouvrant vivement la porte d'une grande armoire, il se blottit dedans au milieu des robes de Milady.

«Eh bien!» cria Milady d'une voix aigre, «dormez-vous donc que vous ne venez pas quand je vous sonne?»

Et d'Artagnan entendit qu'on ouvrait violemment la porte de communication. Milady gronda quelque temps encore sa suivante, puis enfin elle s'apaisa, et la conversation tomba sur lui.

«Je n'ai pas vu notre Gascon ce soir», dit Milady.

«Comment, Madame», dit Ketty, «il n'est pas venu? Serait-il volage avant d'avoir été heureux?»

«Oh, non! Je m'y connais, Ketty, et je le tiens celui-là.»

«Qu'en fera Madame?»

«Ce que j'en ferai!... Sois tranquille, il y a entre cet homme et moi une chose qu'il ignore... il a manqué me faire perdre mon crédit près de Son Eminence... je me vengerai!»

«Je croyais que Madame l'aimait?»

«Moi, l'aimer? Je le déteste! Un niais, qui tient la vie de lord de Winter entre ses mains et qui ne le tue pas, ce qui me fait perdre trois cent mille livres de rente!»

D'Artagnan frissonna jusqu'à la moelle des os en entendant cette suave créature lui reprocher de n'avoir pas tué un homme qu'il l'avait vue combler d'amitié.

«Je me serais déjà vengée, si, je ne sais pourquoi, le cardinal ne m'avait recommandé de le ménager. Rentrez chez vous maintenant et demain tâchez enfin d'avoir une réponse à cette lettre que je vous ai donnée.»

«Pour M. de Wardes?»

«Sans doute, pour M. de Wardes.»

D'Artagnan entendit la porte qui se refermait, puis le bruit de deux verrous que mettait Milady afin de s'enfermer chez elle. D'Artagnan poussa la porte de l'armoire.

«Oh mon Dieu!» dit tout bas Ketty. «Qu'avez-vous? Et comme vous êtes pâle!»

«L'abominable créature!» murmura d'Artagnan.

Et il attira Ketty à lui; il n'y avait plus moyen de résister, la résistance fait tant de bruit! aussi Ketty céda.

D'Artagnan retourna le lendemain chez Milady. Elle était de fort méchante humeur; cependant vers la fin de la soirée, la belle lionne s'adoucit, elle écouta en souriant les doux propos de d'Artagnan, elle lui donna même sa main à baiser.

D'Artagnan sortit ne sachant plus que penser. Il trouva Ketty à la porte, et comme la veille il monta chez elle et ne rentra chez lui qu'à cinq heures du matin.

A onze heures, il vit arriver Ketty; elle tenait à la main un nouveau billet de Milady. D'Artagnan ouvrit le billet et lut ce qui suit:

Voilà la troisième fois que je vous écris pour vous dire que je vous aime. Prenez garde que je ne vous écrive une quatrième fois pour vous dire que je vous déteste.

Si vous vous repentez de la façon dont vous avez agi avec moi, la jeune fille qui vous remettra ce billet vous dira de quelle manière un galant homme peut obtenir son pardon.

D'Artagnan prit une plume et écrivit:

Madame, jusqu'ici j'avais douté que ce fût bien à moi que vos deux premiers billets eussent été adressés, tant je me croyais indigne d'un pareil honneur. Mais aujourd'hui, il faut bien que je croie à l'excès de vos bontés. J'irai donc vous demander mon pardon ce soir à onze heures. Tarder d'un jour serait à mes yeux, maintenant, vous faire une nouvelle offense.

Celui que vous avez rendu le plus heureux des hommes.

Comte de Wardes

Ce billet était d'abord un faux, c'était ensuite une indélicatesse; c'était même au point de vue de nos mœurs actuelles, une infamie; mais on se ménageait moins à cette époque qu'on le fait aujourd'hui. D'ailleurs d'Artagnan savait Milady coupable de trahison à des chefs plus importants, et il n'avait pour elle qu'une estime fort mince. Et cependant malgré ce peu d'estime, il sentait qu'une passion insensée le brûlait pour cette femme.

«Tiens», dit d'Artagnan en remettant à Ketty le billet tout cacheté, «donne cette lettre à Milady; c'est la réponse de M. de Wardes.» La pauvre Ketty devint pâle comme la mort, elle se doutait de ce que contenait le billet.

« Ah ! vous ne m'aimez pas », s'écria-t-elle, « et je suis bien malheureuse. »

A ce reproche, d'Artagnan répondit de manière que Ketty demeurât dans la plus grande erreur. D'ailleurs il promit que le soir il sortirait de bonne heure de chez sa maîtresse, et qu'en sortant il monterait chez elle.

Cette promesse acheva de consoler Ketty.

XXVIII
La nuit tous les chats sont gris

Ce soir attendu si impatiemment par d'Artagnan arriva enfin.

D'Artagnan, comme d'habitude, se présenta vers les neuf heures chez Milady. Il la trouva d'une humeur charmante ; jamais elle ne l'avait si bien reçu. Notre Gascon vit du premier coup d'œil que son billet faisait son effet.

Ketty entra pour apporter des sorbets. D'Artagnan regardait l'une après l'autre ces deux femmes, et il était forcé de s'avouer que la nature s'était trompée en les formant ; à la grande dame elle avait donné une âme vénale et vile, à la soubrette elle avait donné le cœur d'une duchesse.

A dix heures Milady commença à paraître inquiète, d'Artagnan comprit ce que cela voulait dire ; elle regardait la pendule, se levait, se rasseyait, souriait à d'Artagnan d'un air qui voulait dire : Vous êtes fort aimable, mais vous seriez charmant si vous partiez !

D'Artagnan se leva et prit son chapeau. Puis il sortit. Cette fois Ketty ne l'attendait aucunement, il fallut que d'Artagnan trouvât tout seul l'escalier et la petite chambre.

Ketty était assise la tête cachée dans ses mains, et pleurait. La pauvre fille, à la voix de d'Artagnan, releva la tête. Et d'Artagnan lui-même fut effrayé du bouleversement de son visage. Si peu sensible que fût son cœur, il se sentit attendri par cette douleur muette ; mais il tenait trop à ses projets et surtout à celui-ci, pour rien changer au programme qu'il avait fait d'avance. Il ne laissa donc à Ketty aucun espoir de le fléchir, seulement il lui présenta son action comme une simple vengeance.

Cette vengeance devenait d'autant plus facile que Milady avait recommandé à Ketty d'éteindre toutes les lumières dans l'appartement et même dans sa chambre, à elle. Avant le jour, M. de Wardes devait sortir, toujours dans l'obscurité.

Enfin, comme l'heure approchait, Milady appela Ketty et lui fit en effet tout éteindre. A peine d'Artagnan eut-il vu par le trou de la serrure que tout l'appartement était dans l'obscurité qu'il s'élança.

«Qu'est-ce que ce bruit?» demanda Milady.

«C'est moi», dit d'Artagnan à demi-voix; «moi, le comte de Wardes.»

«Comte, comte, vous savez bien que je vous attends.»

Si la rage et la douleur doivent torturer une âme, c'est celle de l'amant qui reçoit sous un nom qui n'est pas le sien des protestations d'amour qui s'adressent à son heureux rival.

D'Artagnan était dans une situation douloureuse qu'il n'avait pas prévue, la jalousie lui mordait le cœur, et il souffrait presque autant que la pauvre Ketty, qui pleurait au même moment dans la chambre voisine.

«Oui, comte», disait Milady de sa plus douce voix, «je suis heureuse de l'amour que vos regards et vos paroles m'ont exprimé chaque fois que nous nous sommes rencontrés. Moi aussi je vous aime. Demain, je veux quelque gage d'amour qui me prouve que vous pensez à moi, et comme vous pourriez m'oublier, tenez.»

Et elle passa une bague de son doigt à celui de d'Artagnan.

Le premier mouvement de d'Artagnan fut de la lui rendre, mais Milady ajouta: «Non, non; gardez cette bague pour l'amour de moi. Vous me rendez d'ailleurs, en l'acceptant», ajouta-t-elle d'une voix émue, «un service bien plus grand que vous ne sauriez l'imaginer.»

En ce moment d'Artagnan se sentit prêt à tout révéler. Il ouvrit la bouche pour dire à Milady qui il était, mais elle ajouta:

«Pauvre ange que ce monstre de Gascon a failli tuer! Est-ce que vos blessures vous font encore souffrir?»

«Oui, beaucoup», dit d'Artagnan, qui ne savait trop que répondre.

«Soyez tranquille», murmura Milady, «je vous vengerai, moi, et cruellement!»

«Peste!» se dit d'Artagnan, «le moment des confidences n'est pas encore venu.»

Il fallut quelque temps à d'Artagnan pour se remettre de ce petit dialogue: mais toutes les idées de vengeance qu'il avait apportées s'étaient complètement évanouies. Cette femme exerçait sur lui une incroyable puissance, il la haïssait et l'adorait à la fois, il n'avait jamais cru que deux sentiments si contraires puissent habiter dans le même cœur, et en se réunissant, forment un amour étrange et en quelque sorte diabolique.

Cependant une heure venait de sonner; il fallut se séparer; d'Artagnan, au moment de quitter Milady, ne sentit plus qu'un vif regret de s'éloigner, et, dans l'adieu passionné qu'ils s'adressèrent réciproquement, une nouvelle entrevue fut convenue pour la semaine suivante.

Le lendemain au matin, d'Artagnan courut chez Athos. Il voulait lui demander conseil. Il lui raconta tout.

«Votre Milady», lui dit Athos, «me paraît une créature infâme, mais vous n'en avez pas moins eu tort de la tromper.»

Tout en parlant, Athos regardait avec attention le saphir entouré de diamants qui avait pris au doigt de d'Artagnan la place de la bague de la reine, soigneusement remise dans un écrin.

«Vous regardez cette bague?» dit le Gascon tout glorieux d'étaler un si riche présent.

«Oui, elle me rappelle un bijou de famille. Je ne croyais pas qu'il existât deux saphirs d'une si belle eau. L'avez-vous donc troquée contre votre diamant?»

«Non, c'est un cadeau de ma belle Anglaise, ou plutôt de ma belle Française: car, quoique je ne le lui ai pas demandé, je suis convaincu qu'elle est née en France.»

«Cette bague vous vient de Milady?» s'écria Athos avec une voix dans laquelle il était facile de distinguer une grande émotion.

«D'elle-même; elle me l'a donnée cette nuit.»

«Montrez-moi cette bague.»

«La voici», répondit d'Artagnan en la tirant de son doigt. Athos l'examina et devint très pâle, puis il l'essaya à l'annulaire de sa main gauche; elle allait à ce doigt comme si elle eût été faite pour lui. Un nuage de colère et de vengeance passa sur le front ordinairement calme du gentilhomme.

«Il est impossible que ce soit la même», dit-il, «comment cette bague se trouverait-elle entre les mains de Milady?» Et il la rendit à d'Artagnan sans cesser cependant de la regarder.

«Attendez... rendez-moi ce saphir: celui dont je voulais parler doit avoir une de ses faces éraillée par suite d'un accident.»

D'Artagnan tira de nouveau la bague de son doigt et la rendit à Athos.

Athos tressaillit.

«Tenez», dit-il, «voyez, n'est-ce pas étrange?»

Et il montrait à d'Artagnan cette égratignure qu'il se rappelait devoir exister.

«Mais de qui vous venait ce saphir, Athos?»

«De ma mère, qui le tenait de sa mère à elle. C'est un vieux bijou... qui ne devait jamais sortir de la famille.»

«Et vous l'avez... vendu?» demanda avec hésitation d'Artagnan.

«Non», reprit Athos avec un singulier sourire, «je l'ai donné pendant une nuit d'amour, comme il vous a été donné à vous.»

D'Artagnan resta pensif à son tour, il lui semblait voir dans l'âme de Milady des abîmes. Il remit la bague non pas à son doigt, mais dans sa poche.

«Ecoutez», lui dit Athos, «vous savez si je vous aime, d'Artagnan; j'aurais un fils que je ne l'aimerais pas plus que vous. Eh bien! croyez-moi, renoncez à cette femme, une intuition me dit qu'il y a quelque chose de fatal en elle.»

«Et vous avez raison», dit d'Artagnan. «Aussi, je m'en sépare; je vous avoue que cette femme m'effraye moi-même.»

En rentrant chez lui d'Artagnan trouva Ketty, qui l'attendait. Sa maîtresse était folle d'amour; elle voulait que le comte précipitât leur seconde entrevue.

Et la pauvre Ketty, pâle et tremblante, attendait la réponse de d'Artagnan.

Athos avait une grande influence sur le jeune homme; il prit donc une plume et écrivit la lettre suivante:

Ne comptez pas sur moi, Madame, pour le prochain rendez-vous: depuis ma convalescence j'ai tant d'occupations de ce genre qu'il m'a fallu y mettre un certain ordre. Quand votre tour viendra j'aurai l'honneur de vous en faire part.

Je vous baise les mains.   *Comte de Wardes*

D'Artagnan passa sa lettre tout ouverte à Ketty, qui la lut d'abord sans la comprendre et qui faillit devenir folle de joie en la relisant une seconde fois.

Milady ouvrit la lettre avec un empressement égal à celui que Ketty avait mis à l'apporter; mais au premier mot qu'elle lut, elle devint livide; puis elle froissa le papier.

«Qu'est-ce que cette lettre?» dit-elle.

«Mais c'est la réponse à celle de Madame», répondit Ketty toute tremblante.

«Impossible!» s'écria Milady, «impossible!»

Puis tout à coup tressaillant:

«Mon Dieu!» dit-elle, «saurait-il...»

Et de la main elle fit signe à Ketty de sortir.

XXIX
Rêve de vengeance

Le soir Milady donna l'ordre d'introduire M. d'Artagnan aussitôt qu'il viendrait, selon son habitude. Mais il ne vint pas.

Le lendemain Ketty vint voir le jeune homme et lui raconta ce qui s'était passé la veille: d'Artagnan sourit, cette colère de Milady, c'était sa vengeance.

Le soir Milady, comme la veille, attendit inutilement le Gascon.

Le lendemain Ketty se présenta chez d'Artagnan, non plus joyeuse et alerte comme les deux jours précédents, mais triste à mourir. Elle tira une lettre de sa poche et la lui tendit.

Cette lettre était de l'écriture de Milady: seulement cette fois elle était bien à l'adresse de d'Artagnan et non à celle de M. de Wardes. Il l'ouvrit et lut ce qui suit:

Cher Monsieur d'Artagnan, c'est mal de négliger ainsi ses amis. Mon beau-frère et moi nous avons attendu hier et avant-hier inutilement. En sera-t-il de même ce soir?

Votre bien reconnaissante, ... Lady de W.

«C'est tout simple», dit d'Artagnan, «mon crédit hausse de la baisse du comte de Wardes.»

«Est-ce que vous irez?» demanda Ketty.

«Ecoute, ma chère enfant», dit le Gascon qui cherchait à s'excuser à ses propres yeux de manquer à la promesse qu'il avait faite à Athos, «tu comprends qu'il serait impolitique de ne pas me rendre à cette invitation. Milady pourrait se douter de quelque chose, et qui peut dire jusqu'où irait la vengeance d'une femme de cette trempe.»

«Oh, mon Dieu! Vous savez présenter les choses de façon que vous avez toujours raison. Et si cette fois vous alliez lui plaire sous votre vrai visage, ce serait bien pis que la première fois!»

D'Artagnan la rassura du mieux qu'il put et lui promit de rester insensible aux séductions de Milady.

A neuf heures sonnant, d'Artagnan était place Royale.

Milady prit l'air le plus affectueux qu'elle put prendre, et donna tout l'éclat possible à sa conversation. Peu à peu elle devint plus communicative. Elle demanda à d'Artagnan s'il avait une maîtresse.

«Hélas!» dit d'Artagnan, «pouvez-vous être assez cruelle pour me faire une pareille question, à moi qui, depuis que je vous ai vue, ne respire et ne soupire que pour vous!»

«Ainsi vous m'aimez?» dit-elle. «Mais, vous le savez, plus les cœurs sont fiers, plus ils sont difficiles à prendre.»

«Oh, les difficultés ne m'effrayent pas», dit d'Artagnan, «il n'y a que les impossibilités qui m'épouvantent.»

«Rien n'est impossible à un véritable amour.»

D'Artagnan rapprocha vivement son siège de celui de Milady.

«Voyons», dit-elle, «que feriez-vous bien pour prouver cet amour dont vous parlez?»

«Tout ce qu'on exigerait de moi. Qu'on m'ordonne, et je suis prêt.»

«A tout?»

«A tout!»

«Eh bien! J'ai un ennemi», dit-elle. «Un ennemi mortel. Puis-je compter sur vous?»

«Vous le pouvez, Madame, mon bras et ma vie vous appartiennent comme mon amour.»

«Mais moi», dit Milady, «comment payerai-je un pareil service; je connais les amoureux, ce sont des gens qui ne font rien pour rien?»

«Vous savez la seule réponse que je désire», dit d'Artagnan.

Et il l'attira doucement vers lui.

Elle résista à peine.

«Ah!» s'écria d'Artagnan, «nommez-moi l'infâme qui a pu faire pleurer vos beaux yeux.»

«Les femmes comme moi ne pleurent pas», dit Milady. «J'aime votre dévouement.»

«Hélas! N'aimez-vous que cela en moi?»

«Je vous aime aussi, vous», dit-elle en lui prenant la main.

Et l'ardente pression fit frissonner d'Artagnan comme si, par le toucher, cette fièvre qui brûlait Milady le gagnait lui-même.

«Vous m'aimez, vous!» s'écria-t-il. «Oh! si cela était, ce serait à en perdre la raison.»

Et il l'enveloppa de ses deux bras. Elle n'essaya pas d'écarter ses lèvres de son baiser, et il en fut électrisé d'amour.

Milady saisit l'occasion.

«Il s'appelle...» dit-elle.

«De Wardes, je le sais», s'écria d'Artagnan.

«Et comment le savez-vous?» demanda Milady en lui saisissant les deux mains et en essayant de lire dans ses yeux.

D'Artagnan sentit qu'il s'était laissé emporter, et qu'il avait fait une faute.

«Dites, dites, mais dites donc!» répétait Milady, «comment le savez-vous?»

«Je le sais parce que, hier, de Wardes, dans un salon où j'étais, a montré une bague qu'il a dit tenir de vous.»

«Le misérable!» s'écria Milady.

«Je vous vengerai de ce misérable.»

«Et quand serai-je vengée?»

«Demain, tout de suite, quand vous voudrez; mais serait-il juste de me laisser aller à une mort possible sans m'avoir donné au moins un peu plus que de l'espoir?»

«C'est trop juste», dit-elle tendrement. «Ainsi, tout est convenu?»

«Sauf ce que je vous demande, chère âme! Je n'ai pas de lendemain pour attendre.»

«Silence; j'entends mon frère, il est inutile qu'il vous trouve ici.»

Elle sonna; Ketty parut.

«Sortez par cette porte», dit-elle en poussant une petite porte dérobée, «et revenez à onze heures; nous achèverons cet entretien; Ketty vous introduira chez moi.»

La pauvre enfant pensa tomber à la renverse en entendant ces paroles.

Milady lui tendit une main qu'il baisa tendrement.

«Voyons», dit-il en se retirant et en répondant à peine aux reproches de Ketty, «voyons, ne soyons pas un sot; décidément cette femme est une grande scélérate: prenons garde.»

XXX
Le secret de Milady

D'Artagnan était sorti de l'hôtel au lieu de monter tout de suite chez Ketty, et cela pour deux raisons: la première, parce que de cette façon il évitait les reproches; la seconde, parce qu'il n'était pas fâché de lire un peu dans sa pensée.

Tout ce qu'il y avait de plus clair là-dedans, c'est que d'Artagnan aimait Milady comme un fou et qu'elle ne l'aimait pas le moins du monde. Mais d'Artagnan était aussi éperonné d'un féroce désir de vengeance; il voulait posséder cette femme à son tour sous son propre nom, et il ne voulait point y renoncer.

Il fit cinq ou six fois le tour de la place Royale, se retournant de dix pas en dix pas pour regarder la lumière de l'appartement de Milady, qu'on apercevait à travers les jalousies.

Enfin la lumière disparut.

Avec cette lueur s'éteignit la dernière irrésolution dans le cœur de d'Artagnan; il se rappela les détails de la première nuit, et, la tête en feu, il rentra dans l'hôtel et se précipita dans la chambre de Ketty.

La jeune fille, pâle comme la mort, voulut arrêter son amant; mais Milady, l'oreille au guet, avait entendu le bruit qu'avait fait d'Artagnan: elle ouvrit la porte.

«Venez», dit-elle.

Tout cela était d'une incroyable impudence, d'une si monstrueuse effronterie, que d'Artagnan croyait être entraîné dans quelqu'une de ces intrigues fantastiques comme on les accomplit en rêve.

Il ne s'élança pas moins vers Milady, cédant à cette attraction que l'aimant exerce sur le fer.

La porte se referma derrière eux.

Ketty s'élança à son tour contre la porte.

La jalousie, la fureur la poussaient à une révélation; mais elle était perdue si elle avouait avoir donné les mains à une pareille machination; et, par-dessus tout, d'Artagnan était perdu pour elle. Cette dernière pensée d'amour lui conseilla encore un dernier sacrifice.

D'Artagnan, de son côté, était arrivé au comble de tous ses vœux: ce n'était plus un rival qu'on aimait en lui, c'était lui-même qu'on avait l'air d'aimer. Une voix secrète lui disait bien au fond du cœur qu'il n'était qu'un instrument de vengeance que l'on caressait en attendant qu'il donnât la mort, mais l'orgueil, mais l'amour-propre, mais la folie faisaient taire cette voix.

Il s'abandonna donc tout entier aux sensations du moment. Milady ne fut plus pour lui cette femme aux intentions fatales, ce fut une maîtresse ardente et passionnée s'abandonnant tout entière à un amour qu'elle semblait éprouver elle-même.

Nous ne pourrions dire le temps que dura la nuit pour Milady; mais d'Artagnan croyait être près d'elle depuis deux heures à peine lorsque le jour parut aux fentes des jalousies et bientôt envahit la chambre de sa lueur blafarde.

Alors Milady, voyant que d'Artagnan allait la quitter, lui rappela la promesse qu'il lui avait faite de la venger de de Wardes.

«Je suis tout prêt», dit d'Artagnan, «mais auparavant je voudrais être certain d'une chose: c'est que vous m'aimez.»

«Je vous en ai donné la preuve, ce me semble.»

«Si vous m'aimez, ne craignez-vous pas un peu pour moi?»

«Que puis-je craindre?»

«Que je sois blessé dangereusement, tué même.»

«Impossible, je crois que voilà que vous hésitez maintenant.»

«Non, je n'hésite pas. Je m'intéresse au comte...»

«Vous?»

«Oui moi, parce que seul je sais...»

«Quoi?»

«Qu'il est loin d'être ou plutôt d'avoir été aussi coupable envers vous qu'il le paraît.»

«Expliquez-vous!» dit Milady d'un air inquiet.

«Depuis que votre amour est à moi, car je le possède, n'est-ce pas?»

«Tout entier, continuez.»

«Eh bien, un aveu me pèse. Si j'eusse douté de votre amour je ne l'eusse pas fait. Alors si par excès d'amour je me suis rendu coupable envers vous, vous me pardonnerez?»

«Peut-être! Quel est cet aveu?»

«Vous aviez donné rendez-vous à de Wardes, jeudi dernier, dans cette même chambre, n'est-ce pas?»

«Vous me faites mourir!»

«Rassurez-vous, vous n'êtes point coupable envers moi: Wardes ne peut se glorifier de rien.»

«Pourquoi? Vous m'avez dit vous-même que cette bague...»

«Cette bague, mon amour, c'est moi qui l'ai. Le comte de Wardes de jeudi et le d'Artagnan d'aujourd'hui sont la même personne.»

L'imprudent s'attendait à une surprise mêlée de pudeur, à un orage qui se résoudrait en larmes; mais il se trompait étrangement, et son erreur ne fut pas longue.

Pâle et terrible, Milady se redressa, et, repoussant d'Artagnan d'un violent coup dans la poitrine, elle s'élança hors du lit.

Il faisait alors presque grand jour.

D'Artagnan la retint par son peignoir de fine toile des Indes pour implorer son pardon; mais elle, d'un mouvement puissant et résolu, elle essaya de fuir. Alors la batiste se déchira en laissant à nu les épaules, et, sur l'une de ces épaules rondes et blanches, d'Artagnan, avec un saisissement inexprimable, reconnut la fleur de lys, cette marque indélébile qu'imprime la main infamante du bourreau. Et d'Artagnan demeura muet, immobile et glacé sur le lit. Mais Milady se sentait dénoncée par l'effroi même de d'Artagnan. Sans doute il avait tout vu: le jeune homme maintenant savait son secret, secret terrible, que tout le monde ignorait, excepté lui.

«Ah, misérable!» dit-elle. «Tu m'a lâchement trahie, et de plus tu as mon secret! Tu mourras!»

Et elle courut à un coffret de marqueterie posé sur la toilette, l'ouvrit d'une main fiévreuse et tremblante, et tira un petit poignard à manche d'or, à la lame aiguë et mince, et revint d'un bond sur d'Artagnan à demi nu.

Quoique le jeune homme fût brave, il fut épouvanté de cette figure bouleversée, de ces pupilles dilatées et de ces lèvres sanglantes; il recula jusqu'à la ruelle, et son épée se rencontrant sous sa main souillée de sueur, il la tira du fourreau.

Mais sans s'inquiéter de l'épée, Milady essaya de remonter sur le lit pour le frapper, et elle ne s'arrêta que lorsqu'elle sentit la pointe aiguë sur sa gorge.

Alors elle essaya de saisir cette épée avec ses mains; mais d'Artagnan l'écarta toujours, et, la lui présentant tantôt aux yeux, tantôt à la poitrine, il chercha pour faire retraite la porte qui conduisait chez Ketty. Cependant, Milady se ruait sur lui avec d'horribles transports.

«Bien, belle dame», disait-il, «calmez-vous, ou je vous dessine une seconde fleur de lys sur l'autre épaule.»

«Infâme, infâme!» hurlait Milady.

Au bruit qu'il faisaient, elle renversant les meubles pour aller à lui, lui s'abritant derrière les meubles pour se garantir d'elle, Ketty ouvrit la porte. D'Artagnan n'en était plus qu'à trois pas. D'un seul élan il s'élança, net, rapide comme l'éclair, il referma la porte, contre laquelle il s'appuya de tout son poids tandis que Ketty poussait les verrous.

Alors Milady cribla la porte de coups de poignard, dont quelques-uns traversèrent l'épaisseur du bois. Chaque coup était accompagné d'une imprécation terrible.

«Vite, vite, Ketty», dit d'Artagnan, «fais-moi sortir de l'hôtel, ou si nous lui laissons le temps de se retourner, elle me fera tuer par les laquais.»

«Mais vous êtes tout nu!»

«C'est vrai», dit d'Artagnan, qui s'aperçut alors seulement du costume dans lequel il se trouvait, «habille-moi comme tu pourras, mais hâtons-nous: il y va de la vie et de la mort!»

Ketty ne comprenait que trop; en un tour de main elle l'affubla d'une robe à fleurs, d'une large coiffe et d'un mantelet; elle lui donna des pantoufles, puis elle l'entraîna par les degrés. Il était temps, Milady avait déjà sonné et réveillé tout l'hôtel. Le portier tira le cordon à la voix de Ketty au moment même ou Milady, à demi nue de son côté, criait par la fenêtre: «N'ouvrez pas!»

XXXI
Comment, sans se déranger, Athos trouva son équipement

D'Artagnan était tellement bouleversé que, sans s'inquiéter de ce que deviendrait Ketty, il traversa la moitié de Paris tout en courant, et ne s'arrêta que devant la porte d'Athos.

Grimaud vint ouvrir les yeux bouffis de sommeil, et malgré le mutisme habituel du pauvre garçon, cette fois la parole lui revint : «Hé, là!» dit-il, «que demandez-vous drôlesse?»

D'Artagnan releva ses coiffes. Grimaud s'épouvanta de plus belle. Athos sortit de son appartement en robe de chambre.

«Grimaud», dit-il, «je crois que vous vous permettez de parler.» Grimaud montra du doigt d'Artagnan. Athos reconnut son camarade, et, tout flegmatique qu'il était, il partit d'un éclat de rire que motivait bien la mascarade étrange qu'il avait sous les yeux.

«Ne riez pas, mon ami», s'écria d'Artagnan, «car, sur mon âme, il n'y a point de quoi rire. Il vient de m'arriver un terrible événement.»

Et d'Artagnan se précipita dans la chambre d'Athos.

«Parlez!» dit celui-ci en refermant la porte. «Avez-vous tué le cardinal? Vous êtes tout renversé.»

«Athos, préparez-vous à entendre une histoire incroyable. Milady est marquée d'une fleur de lys à l'épaule.»

«Ah!» cria le mousquetaire comme s'il eût reçu une balle dans le cœur.

«Voyons», dit d'Artagnan, «êtes-vous sûr que l'*autre* soit bien morte.»

«L'*autre*?» dit Athos d'une voix sourde.

«Oui, celle dont vous m'avez parlé un jour... celle-ci est une femme de vingt-six à vingt-huit ans.»

«Blonde», dit Athos, «n'est-ce pas?»

«Oui.»

«Des yeux bleu clair, d'une clarté étrange, avec des cils et des sourcils noirs?»

«Oui.»

«Grande, bien faite? Il lui manque une dent près de l'œillère gauche.»

«Oui.»

«La fleur de lys est petite, rousse de couleur et comme effacée par les couches de pâte qu'on y applique.»

«Oui.»

«Je veux la voir, d'Artagnan.»

«Prenez garde, Athos; vous avez voulu la tuer, elle est femme à vous rendre la pareille et à ne pas vous manquer.»

D'Artagnan raconta tout alors, puis: «Il y a quelque horrible mystère sous tout cela, Athos! Cette femme est l'espion du cardinal, j'en suis sûr!»

«En ce cas, prenez garde à vous. J'irai partout avec vous.»

Athos tira la sonnette. Grimaud entra. Athos lui fit signe d'aller chez d'Artagnan et d'en rapporter des habits.

«Le saphir que m'a donné Milady est à vous, mon cher Athos! Ne m'avez-vous pas dit que c'était une bague de famille?»

«Ma mère me la donna, et moi, fou que j'étais, je la donnai à mon tour à cette misérable.»

«Alors, reprenez cette bague.»

«Moi, reprendre cette bague, après qu'elle a passé par les mains de l'infâme! Jamais: cette bague est souillée, d'Artagnan.»

«Vendez-la donc.»

«Vendre un diamant qui vient de ma mère! Je regarderais cela comme une profanation.»

«Alors, engagez-la, on vous prêtera bien dessus un millier d'écus.»

«Eh bien, oui! Engageons cette bague, mais à une condition: c'est qu'il y aura cinq cents écus pour vous et cinq cents écus pour moi.»

«Vous oubliez que j'ai une bague aussi.»

«A laquelle vous tenez, du moins j'ai cru m'en apercevoir.»

«Eh bien, j'accepte!» dit d'Artagnan.

En ce moment Grimaud rentra accompagné de Planchet, qui apportait les habits lui-même. D'Artagnan s'habilla, Athos en fit autant, puis, tous deux, suivis de leurs valets, arrivèrent sans incident à la rue des Fossoyeurs. Bonacieux était sur la porte, il regarda d'Artagnan d'un air goguenard.

«Eh, mon cher locataire!» dit-il, «hâtez-vous donc, vous avez une belle jeune fille qui vous attend chez vous, et les femmes, vous le savez, n'aiment pas qu'on les fasse attendre!»

«C'est Ketty!» s'écria d'Artagnan.

Effectivement, il trouva la pauvre enfant tapie contre sa porte et toute tremblante. Dès qu'elle l'aperçut:

«Vous m'avez promis de me sauver de sa colère», dit-elle; «souvenez-vous que c'est vous qui m'avez perdue!»

«Sois tranquille, Ketty!» dit d'Artagnan. «Mais qu'est-il arrivé après mon départ?»

«Aux cris qu'elle a poussés les laquais sont accourus, elle était folle de colère. Alors j'ai pensé qu'elle songerait que j'étais votre complice; j'ai pris le peu d'argent que j'avais, mes hardes les plus précieuses, et je me suis sauvée. Faites-moi quitter Paris.»

«Attends, j'ai ton affaire. Planchet, va me chercher Aramis: qu'il vienne tout de suite.»

«Je demeurerai où l'on voudra», dit Ketty, «pourvu que je sois bien cachée et que l'on ne sache pas où je suis.»

«Maintenant», dit d'Artagnan, «n'aurais-tu jamais entendu parler d'une jeune dame qu'on aurait enlevée pendant une nuit.»

«Oh, mon Dieu! Monsieur le chevalier, est-ce que vous aimez encore cette femme?»

«Non, c'est un de mes amis qui l'aime. Mais chut! C'est la femme de cet affreux magot que tu as vu sur le pas de la porte en entrant ici.»

«Oh!» s'écria Ketty, «vous me rappelez ma peur: pourvu qu'il ne m'ait pas reconnue!»

«Comment! Tu as donc déjà vu cet homme?»

«Il est venu deux fois chez Milady, il y a quinze jours à peu près. Et hier soir il est revenu.»

«Hier soir?»

«Oui, un instant avant que vous vinssiez vous-même.»

«Mon cher Athos, nous sommes enveloppés dans un réseau d'espions! Et tu crois qu'il t'a reconnue, Ketty?»

«J'ai baissé ma coiffe en l'apercevant, mais peut-être était-il trop tard.»

«Descendez, Athos, et voyez s'il est toujours sur sa porte.»

Athos descendit et remonta bientôt.

«Il est parti», dit-il, «et la maison est fermée.»

«Il est allé faire son rapport.»

En ce moment Aramis entra.

On lui exposa l'affaire, et on lui dit comment il était urgent que parmi toutes ses hautes connaissances il trouvât une place pour Ketty.

«Eh bien», dit Aramis en rougissant, «Mme de Bois-Tracy m'a demandé, pour une de ses amies qui habite la province, je crois, une femme de chambre sûre; et si vous pouvez, mon cher d'Artagnan, me répondre de mademoiselle...»

«Oh! Monsieur», s'écria Ketty, «je serai toute dévouée.»

«Alors», dit Aramis, «cela va pour le mieux.»

Il se mit à une table et écrivit un petit mot qu'il cacheta avec une bague, et donna le billet à Ketty.

«Maintenant, mon enfant», dit d'Artagnan, «tu sais qu'il ne fait pas meilleur ici pour nous que pour toi. Ainsi séparons-nous. Nous nous retrouverons dans des jours meilleurs.»

«Et dans quelque temps que nous nous retrouvions», dit Ketty, «vous me retrouverez vous aimant encore comme je vous aime aujourd'hui.»

«Serment de joueur», dit Athos pendant que d'Artagnan allait reconduire Ketty sur l'escalier.

Un instant après, les trois jeunes gens se séparèrent en prenant rendez-vous à quatre heures chez Athos et en laissant Planchet pour garder la maison.

Aramis rentra chez lui, et Athos et d'Artagnan s'inquiétèrent du placement du saphir.

Comme l'avait prévu notre Gascon, on trouva facilement trois cents pistoles sur la bague.

Athos, avec la science du connaisseur, mit alors trois heures à peine à acheter tout l'équipement de campagne du mousquetaire. Et ce fut ainsi qu'il trouva dans son ménage des ressources auxquelles il ne s'attendait pas.

XXXII
Le cardinal

A quatre heures, les quatre amis étaient donc réunis chez Athos. Tout à coup, Planchet entra apportant une grande épître carrée et resplendissante des armes terribles de Son Eminence le cardinal-duc. «Voyons, Messieurs, ce que me veut Son Eminence.»

D'Artagnan décacheta la lettre et lut:

M. d'Artagnan, garde du roi, compagnie des Essarts, est atten-du au Palais-Cardinal ce soir à huit heures.

La Houdinière, capitaine des gardes.

«Diable!» dit Athos, «Voici un rendez-vous bien inquiétant.»

«Hum, je n'irais pas», fit Aramis, «un gentilhomme prudent peut s'excuser de ne pas se rendre chez Son Eminence, surtout lorsqu'il a quelque raison de croire que ce n'est pas pour y recevoir des compliments.»

«Je suis de l'avis d'Aramis», dit Porthos.

«Messieurs», répondit d'Artagnan, «quelque chose qui puisse arriver, j'irai.»

«Mais la Bastille?» dit Aramis.

«Bah, vous m'en tirerez», reprit d'Artagnan.

«Sans doute», reprirent Aramis et Porthos comme si c'était la chose la plus simple, «mais comme nous partirons bientôt pour La Rochelle, vous feriez mieux de ne pas risquer cette Bastille.»

«Faisons mieux», dit Athos, «ne le quittons pas de la soirée, attendons-le chacun à une porte du palais avec trois mousquetaires derrière nous; si nous voyons sortir quelque voiture à portière fermée, nous tomberons dessus.»

«Décidément, Athos», dit Aramis, «vous étiez fait pour être général d'armée; que dites-vous du plan, Messieurs?»

«Admirable!» répétèrent en chœur les jeunes gens.

«Je cours à l'hôtel», dit Porthos, «je préviens nos camarades de se tenir prêts pour huit heures, le rendez-vous sera sur la place du Palais-Cardinal.»

D'Artagnan était fort connu dans l'honorable corps des mousquetaires du roi, où l'on savait qu'il prendrait un jour sa place; on le regardait donc d'avance comme un camarade. Chacun accepta de grand cœur la mission pour laquelle il était convié; d'ailleurs il s'agissait, selon toute probabilité, de jouer un mauvais tour à M. le cardinal et à ses gens, et pour de pareilles expéditions, ces dignes gentilshommes étaient toujours prêts.

Athos les partagea donc en trois groupes, prit le commandement de l'un, donna le second à Aramis et le troisième à Porthos, puis chaque groupe alla s'embusquer en face d'une sortie.

A huit heures sonnant, d'Artagnan, de son côté, entra bravement par la porte principale.

L'huissier fit signe à d'Artagnan de le suivre. Il parcourut un corridor, traversa un grand salon, entra dans une bibliothèque, et se trouva en face d'un homme assis devant un bureau et qui écrivait.

D'Artagnan reconnut le cardinal.

Nul n'avait l'œil plus profondément scrutateur que le cardinal de Richelieu, et d'Artagnan sentit ce regard courir par ses veines comme une fièvre.

«Monsieur», lui dit le cardinal, «êtes-vous un d'Artagnan du Béarn?»

«Oui, Monseigneur, je suis le fils de celui qui a fait les guerres de religion avec le grand roi Henri, père de Sa Gracieuse Majesté.»

«C'est vous qui êtes parti, il y a sept à huit mois, de votre pays pour venir chercher fortune dans la capitale?»

«Oui, Monseigneur.»

«Vous êtes venu par Meung, où il vous est arrivé quelque chose...»

«Monseigneur, voici ce qui m'est arrivé...»

«Inutile», reprit le cardinal avec un sourire qui indiquait qu'il connaissait l'histoire; «vous étiez recommandé à M. de Tréville, n'est-ce pas?»

«Oui, Monseigneur, mais justement dans cette affaire de Meung...»

«La lettre avait été perdue, oui, je sais cela; mais M. de Tréville est un habile physionomiste qui connaît les hommes à première vue. Depuis ce temps-là, il vous est arrivé bien des choses sans parler de vos affaires en Angleterre...»

«Monseigneur, j'allais...»

«A la chasse à Windsor, ou ailleurs, cela ne regarde personne. Je sais cela, moi, parce que mon état est de tout savoir. A votre retour vous avez été reçu par une auguste personne.»

«Monseigneur, je crains d'avoir encouru la disgrâce de Votre Eminence.»

«Eh, pourquoi cela, Monsieur? Pour avoir suivi les ordres de vos supérieurs avec plus d'intelligence et de courage que ne l'eût fait un autre, encouru ma disgrâce quand vous méritez des éloges! Ce sont les gens qui n'obéissent pas que je punis, et non pas ceux, qui, comme vous, obéissent... trop bien. Vous êtes brave, Monsieur d'Artagnan; vous êtes prudent, ce qui vaut mieux. J'aime les hommes de tête et de cœur; mais, tout jeune que vous êtes, vous avez des ennemis puissants: si vous n'y prenez garde ils vous perdront!»

«Hélas! Monseigneur, ils le feront bien facilement, car ils sont forts et bien appuyés, tandis que moi je suis seul!»

«Oui, c'est vrai; mais, tout seul que vous êtes, vous avez déjà fait beaucoup, et vous ferez encore plus, je n'en doute pas. Cependant, vous avez, je crois, besoin d'être guidé; car, si je ne me trompe, vous êtes venu à Paris avec l'ambitieuse idée de faire fortune. Voyons, que diriez-vous d'une enseigne dans mes gardes, et d'une compagnie après la campagne?»

«Ah! Monseigneur!»

«Vous acceptez, n'est-ce pas?»

«Monseigneur», reprit d'Artagnan d'un air embarrassé.

«Comment, vous refusez?» s'écria le cardinal avec étonnement.

«Je suis dans les gardes de Sa Majesté, Monseigneur, et je n'ai point de raison d'être mécontent.»

«Mais il me semble», dit l'Eminence, «que mes gardes, à moi, sont aussi les gardes de Sa Majesté.»

«Monseigneur a mal compris mes pensées.»

«Vous voulez un prétexte, n'est-ce pas? Je comprends. Ce prétexte vous l'avez. L'avancement, la campagne qui s'ouvre, l'occasion que je vous offre, voilà pour le monde; pour vous, le besoin de protections sûres; car il est bon que vous sachiez, Monsieur d'Artagnan, que j'ai reçu des plaintes graves contre vous, vous ne consacrez pas exclusivement vos jours et vos nuits au service du roi. J'ai là tout un dossier qui vous concerne; mais, avant de le lire, j'ai voulu causer avec vous. Je vous sais homme de résolution, et vos services, bien dirigés, au lieu de vous mener à mal, pourraient vous rapporter beaucoup.»

«Votre bonté me confond, Monseigneur; mais enfin, puisque Monseigneur me permet de lui parler franchement...»

D'Artagnan s'arrêta.

«Oui, parlez.»

«Eh bien, je dirai à Votre Eminence que tous mes amis sont aux mousquetaires et aux gardes du roi, et que mes ennemis, par une fatalité inconcevable, sont à Votre Eminence; je serais donc mal venu ici et mal regardé là-bas, si j'acceptais ce que m'offre Monseigneur.»

«C'est-à-dire que vous refusez de me servir, Monsieur», dit le cardinal avec un ton de dépit dans lequel perçait cependant une sorte d'estime; «je ne vous en veux pas; mais vous comprenez, on a assez de défendre ses amis et de les récompenser, on ne doit rien à ses ennemis, et cependant je vous donnerai un conseil: tenez-vous bien, Monsieur d'Artagnan, car, du moment que j'aurai retiré ma main de dessus vous, je n'achèterai pas votre vie pour une obole.»

«J'aurai, quoi qu'il arrive», dit d'Artagnan, «une éternelle reconnaissance à Votre Eminence de ce qu'elle fait pour moi en ce moment.»

«Eh bien! Monsieur d'Artagnan, nous nous reverrons après la campagne; je vous suivrai des yeux; car je serai là-bas, et à notre retour, nous compterons.»

«Ah! Monseigneur», s'écria d'Artagnan, «épargnez-moi le poids de votre disgrâce; restez neutre, Monseigneur, si vous trouvez que j'agis en galant homme.»

«Jeune homme», dit Richelieu, «si je puis vous dire encore une fois ce que je vous dis aujourd'hui, je vous promets de vous le dire.»

Cette dernière parole de Richelieu exprimait un doute terrible; elle consterna d'Artagnan plus que ne l'eût fait une menace, car c'était un avertissement. Il ouvrit la bouche pour répondre, mais d'un geste hautain, le cardinal le congédia.

D'Artagnan sortit; mais à la porte le cœur fut prêt à lui manquer, et peu s'en fallut qu'il ne rentrât. Cependant la figure grave et sévère d'Athos lui apparut: s'il faisait avec le cardinal le pacte que celui-ci lui proposait, Athos ne lui donnerait plus la main, Athos le renierait.

Ce fut cette crainte qui le retint.

D'Artagnan descendit par le même escalier qu'il était entré, et trouva devant la porte Athos et les mousquetaires qui attendaient son retour et qui commençaient à s'inquiéter. D'un mot d'Artagnan le rassura, et Planchet courut prévenir les autres postes qu'il était inutile de monter une plus longue garde, attendu que son maître était sorti sain et sauf du Palais-Cardinal.

Rentrés chez Athos, Aramis et Porthos s'informèrent des

causes de cet étrange rendez-vous, mais d'Artagnan se contenta de leur dire que M. de Richelieu l'avait fait venir pour lui proposer d'entrer dans ses gardes avec le grade d'enseigne, et qu'il avait refusé.

«Et vous avez eu raison», s'écrièrent d'une seule voix Porthos et Aramis

Athos tomba dans une profonde rêverie et ne répondit rien. Mais lorsqu'il fut seul avec d'Artagnan:

«Vous avez fait ce que vous deviez faire, d'Artagnan», dit Athos, «mais peut-être avez-vous eu tort.»

Le lendemain, au premier son des trompettes, les amis se quittèrent: les mousquetaires coururent à l'hôtel de M. de Tréville, les gardes à celui de M. des Essarts. Chacun des capitaines conduisit aussitôt sa compagnie au Louvre, où le roi passait sa revue.

Le roi était triste et paraissait malade. En effet, la veille, la fièvre l'avait pris au milieu du parlement et tandis qu'il tenait son lit de justice. Il avait voulu passer sa revue, espérant, par le premier coup de vigueur, vaincre la maladie.

La revue passée, les gardes se mirent seuls en marche, les mousquetaires ne devant partir qu'avec le roi.

XXXIII
Le siège de La Rochelle

Le siège de La Rochelle fut un des grands événements politiques du règne de Louis XIII, et une des grandes entreprises militaires du cardinal.

Des villes importantes données par Henri IV aux huguenots comme places de sûreté, il ne restait plus que La Rochelle. Il s'agissait de détruire ce dernier boulevard du calvinisme, levain dangereux, auquel se venaient incessamment mêler des ferments de révolte civile ou de guerre étrangère.

Espagnols, Anglais, Italiens mécontents, aventuriers de toute nation, soldats de fortune de toute secte accouraient au premier appel sous les drapeaux des protestants, et La Rochelle était donc le foyer des dissensions et des ambitions. Il y avait plus, son port était la dernière porte ouverte aux Anglais dans le royaume de France; et en la fermant à l'Angleterre, notre éternelle ennemie, le cardinal achevait l'œuvre de Jeanne d'Arc et du duc de Guise.

Il s'agissait pour Richelieu, non seulement de débarrasser la France d'un ennemi, mais de se venger d'un rival. Richelieu savait qu'en humiliant l'Angleterre aux yeux de l'Europe il humiliait Buckingham aux yeux de la reine.

Le premier avantage avait été au duc de Buckingham: arrivé inopinément en vue de l'île de Ré avec quatre-vingt-dix vaisseaux et vingt mille hommes, il avait surpris le comte de Toiras, qui commandait pour le roi dans l'île; il avait, après un combat sanglant, opéré son débarquement.

Cet événement avait hâté les résolutions du cardinal, et en attendant que le roi et lui pussent aller prendre le commandement du siège de La Rochelle, qui était résolu, il avait fait partir Monsieur pour diriger les premières opérations, et avait fait filer vers le théâtre de la guerre toutes les troupes dont il avait pu disposer.

C'était de ce détachement envoyé en avant-garde que faisait partie notre ami d'Artagnan.

Le roi, pris par la fièvre, n'en avait pas moins voulu partir, mais, son état empirant, il avait été forcé de s'arrêter à Villeroi.

Or, où s'arrêtait le roi s'arrêtaient les mousquetaires; il en résultait que d'Artagnan, qui était dans les gardes, se trouvait séparé, momentanément, de ses bons amis Athos, Porthos et Aramis. Il n'en arriva pas moins sans accident au camp établi devant La Rochelle, vers le 20 du mois de septembre de l'année 1627.

Les gardes, sous le commandement de M. des Essarts, avaient leur logement aux Minimes. D'Artagnan, préoccupé de l'ambition de passer aux mousquetaires, avait rarement fait amitié avec ses camarades; il se trouvait donc isolé et livré à ses propres réflexions.

Ses réflexions n'étaient pas riantes: ses affaires privées n'avaient pas fait grand chemin comme amour et comme fortune.

Comme amour, la seule femme qu'il eût aimée était Mme Bonacieux, et Mme Bonacieux avait disparu sans qu'il pût découvrir encore ce qu'elle était devenue.

Comme fortune, il s'était fait ennemi du cardinal, c'est-à-dire d'un homme devant lequel tremblaient les plus grands du royaume, à commencer par le roi.

Le surlendemain, à neuf heures, on battit aux champs. Le duc d'Orléans visitait les postes. Les gardes coururent aux armes, d'Artagnan prit son rang au milieu de ses camarades.

Monsieur passa sur le front de bataille; puis tous les officiers supérieurs s'approchèrent de lui. Au bout d'un instant il parut à d'Artagnan que M. des Essarts lui faisait signe de s'approcher : il quitta les rangs et s'avança pour prendre l'ordre.

«Monsieur va demander des hommes de bonne volonté pour une mission dangereuse, mais qui fera honneur à ceux qui l'auront accomplie, et je vous ai fait signe afin que vous vous tinssiez prêt.»

«Merci, mon capitaine !» répondit d'Artagnan.

Effectivement, au bout de quelques instants, Monsieur éleva la voix et dit : «Il me faudrait trois ou quatre volontaires conduits par un homme sûr.»

«Quant à l'homme sûr, je l'ai sous la main, Monseigneur», dit M. des Essarts en montrant d'Artagnan; «et les volontaires ne manqueront pas.»

«Quatre hommes de bonne volonté pour venir se faire tuer avec moi !» dit d'Artagnan en levant son épée.

Deux de ses camarades aux gardes s'élancèrent aussitôt, et deux soldats s'étant joints à eux, il se trouva que le nombre demandé était suffisant.

Les Rochelois avaient fait une sortie pendant la nuit et repris un bastion; on ignorait s'ils l'avaient évacué ou s'ils y avaient laissé garnison; il fallait donc examiner le lieu d'assez près pour vérifier la chose.

D'Artagnan partit avec ses quatre compagnons et suivit la tranchée : les deux gardes marchaient au même rang que lui et les soldats venaient par derrière. Ils arrivèrent ainsi, en se couvrant des revêtements, jusqu'à une centaine de pas du bastion. Là, d'Artagnan, en se retournant, s'aperçut que les deux soldats avaient disparu.

Il crut qu'ayant eu peur ils étaient restés en arrière et continua d'avancer. Au détour de la contrescarpe, ils se trouvèrent à soixante pas à peu près du bastion.

On ne voyait personne, et le bastion semblait abandonné.

Les trois enfants perdus délibéraient s'ils iraient plus avant, lorsque une ceinture de fumée ceignit le géant de pierre, et une douzaine de balles vinrent siffler autour de d'Artagnan et de ses deux compagnons. Ils savaient ce qu'ils voulaient savoir. Une plus longue station dans cet endroit dangereux eût donc été une imprudence inutile; d'Artagnan et les deux gardes commencèrent la retraite.

En arrivant à l'angle de la tranchée qui allait leur servir de rempart, un des gardes tomba: une balle lui avait traversé la poitrine. L'autre continua sa course vers le camp.

D'Artagnan ne voulut pas abandonner son compagnon, et s'inclina vers lui pour le relever; mais en ce moment deux coups de fusil partirent: une balle cassa la tête du garde déjà blessé, et l'autre vint s'aplatir sur le roc après avoir passé à deux pouces de d'Artagnan.

Le jeune homme se retourna vivement, car cette attaque ne pouvait venir du bastion, qui était masqué par l'angle de la tranchée. L'idée des deux soldats qui l'avaient abandonné lui revint à l'esprit; il résolut de savoir et tomba sur le corps de son camarade comme s'il était mort.

Il vit aussitôt deux têtes qui s'élevaient à trente pas de là: c'étaient celles de nos deux soldats. D'Artagnan ne s'était pas trompé: ces deux hommes ne l'avaient suivi que pour l'assassiner, espérant que sa mort serait mise sur le compte de l'ennemi.

Seulement, comme il pouvait n'être que blessé, ils s'approchèrent pour l'achever; heureusement, trompés par la ruse de d'Artagnan, ils négligèrent de recharger leurs fusils.

Lorqu'ils furent à dix pas de lui, d'Artagnan, qui en tombant avait eu grand soin de ne pas lâcher son épée, se releva tout à coup et d'un bond se trouva près d'eux.

Les assassins comprirent que s'ils s'enfuyaient du côté du camp sans avoir tué leur homme, ils seraient accusés par lui; l'un d'eux s'élança vers le bastion pour passer à l'ennemi, mais les Rochelois firent feu sur lui et il tomba frappé d'une balle qui lui brisa l'épaule. D'Artagnan se jeta sur l'autre; la lutte ne fut pas longue: l'épée du garde alla traverser la cuisse de l'assassin, qui tomba. D'Artagnan lui mit aussitôt la pointe du fer sur la gorge.

«Oh, ne me tuez pas! Grâce, grâce, et je vous dirai tout.»

«Misérable! Parle vite, qui t'a chargé de m'assassiner?»

«Une femme que je ne connais pas, mais qu'on appelle Milady.»

«Si tu ne connais pas cette femme, comment sais-tu son nom?»

«Mon camarade la connaissait, c'est à lui qu'elle a eu affaire et non pas à moi; il a même dans sa poche une lettre de cette personne.»

«Combien vous a-t-elle donné pour cette belle expédition?»

«Cent louis.»

«A la bonne heure, elle estime que je vaux quelque chose. Je te fais grâce, mais à une condition!»

«Laquelle?»

«C'est que tu vas aller me chercher la lettre que ton camarade a dans sa poche.»

«Sous le feu du bastion? Grâce, Monsieur, pitié! Au nom de cette jeune dame que vous aimez, que vous croyez morte peut-être, et qui ne l'est pas!»

«Et d'où sais-tu qu'il y a une jeune femme que j'aime, et que j'ai cru cette femme morte?» demanda d'Artagnan.

«Par cette lettre que mon camarade a dans sa poche.»

La terreur était tellement peinte sur son visage que d'Artagnan en eut pitié; et que, le regardant avec mépris:

«Eh bien!» lui dit-il, «je vais te montrer la différence qu'il y a entre un homme de cœur et un lâche comme toi; reste, j'irai.»

Et d'un pas agile, l'œil au guet, s'aidant de tous les accidents du terrain, d'Artagnan parvint jusqu'au second soldat. Il chargea l'assassin sur ses épaules au moment même où l'ennemi faisait feu.

Une légère secousse, le bruit mat de trois balles qui trouaient les chairs, un dernier cri, un frémissement d'agonie prouvèrent à d'Artagnan que celui qui avait voulu l'assassiner venait de lui sauver la vie.

D'Artagnan regagna la tranchée et jeta le cadavre auprès du blessé aussi pâle qu'un mort.

Au milieu de quelques papiers sans importance, il trouva la lettre suivante:

Puisque vous avez perdu la trace de cette femme et qu'elle est maintenant en sûreté dans ce couvent où vous n'auriez jamais dû la laisser arriver, tâchez au moins de ne pas manquer l'homme;

sinon vous savez que j'ai la main longue et que vous payeriez cher les cent louis que vous avez à moi.

Pas de signature. Néanmoins il était évident que la lettre venait de Milady. En conséquence, il la garda comme pièce à conviction, et, se mit à interroger le blessé. Celui-ci confessa qu'il s'était chargé avec son camarade d'enlever une jeune femme.

«Mais qu'eussiez-vous fait de cette femme?» demanda d'Artagnan.

«Nous devions la remettre dans un hôtel de la Place Royale.»

Alors le jeune homme comprit en frémissant quelle terrible soif de vengeance poussait cette femme à le perdre, ainsi que ceux qui l'aimaient, et combien elle en savait sur les affaires de la cour, puisqu'elle avait tout découvert. Sans doute elle devait ces renseignements au cardinal.

Mais au milieu de tout cela, il comprit qu'il était possible de retrouver Mme Bonacieux, et un couvent n'était pas imprenable.

Cette idée acheva de lui remettre la clémence au cœur. Il se retourna vers le blessé, et lui tendant le bras:

«Allons», lui dit-il, «appuie-toi sur moi et rentrons au camp.»

Le garde qui était revenu à la première décharge avait annoncé la mort de ses quatre compagnons. On fut donc à la fois étonné et fort joyeux dans le régiment, quand on vit reparaître le jeune homme sain et sauf.

D'Artagnan expliqua le coup d'épée de son compagnon par une sortie qu'il improvisa. Il raconta la mort de l'autre soldat et les périls qu'ils avaient courus. Ce récit fut pour lui l'occasion d'un véritable triomphe. Toute l'armée parla de cette expédition pendant un jour, et Monsieur lui en fit faire ses compliments.

XXXIV
Le vin d'Anjou

D'Artagnan n'avait plus qu'une inquiétude, c'était de n'apprendre aucune nouvelle de ses amis. Mais, un matin du commencement du mois de novembre, tout lui fut expliqué par cette lettre, datée de Villeroi:

*Monsieur d'Artagnan, MM. Athos, Porthos et Aramis, après
avoir fait une bonne partie chez moi, ont mené si grand bruit
que le prévôt du château les a consignés pour quelques jours ;
mais j'accomplis les ordres qu'ils m'ont donnés, de vous envoyer
douze bouteilles de mon vin d'Anjou, dont ils ont fait grand cas :
ils veulent que vous buviez à leur santé avec leur vin favori.*

*Je l'ai fait, et suis Monsieur, avec un grand respect, Votre
serviteur très humble et obéissant,*

Godeau, Hôtelier de messieurs les mousquetaires

«A la bonne heure!» s'écria d'Artagnan, «ils pensent à moi
dans leurs plaisirs comme je pensais à eux dans mon ennui.»

Et d'Artagnan courut chez deux gardes avec lesquels il avait
fait amitié afin de les inviter à boire avec lui le délicieux petit vin
d'Anjou ; la réunion fut fixée au surlendemain.

Le jour de la solennité, d'Artagnan envoya Planchet pour tout
préparer. Planchet s'adjoignit le valet d'un des convives, nommé
Fourreau, et ce faux soldat qui avait voulu tuer d'Artagnan.

L'heure du festin venue, les convives prirent place et les mets
s'alignèrent sur la table. Planchet servait ; Fourreau débouchait
les bouteilles, et Brisemont, c'était le nom du soldat, transvasait
dans des carafons de verre le vin qui paraissait avoir déposé par
l'effet des secousses de la route. De ce vin, la première bouteille
était un peu trouble, Brisemont versa cette lie dans un verre, et
d'Artagnan lui permit de la boire.

Les convives allaient porter le premier verre à leurs lèvres,
lorsque tout à coup le canon retentit ; aussitôt, les gardes,
croyant qu'il s'agissait de quelque attaque imprévue, sautèrent
sur leurs épées. Mais à peine furent-ils hors de la buvette, qu'ils
se trouvèrent fixés sur les causes de ce grand bruit ; les cris de
«Vive le roi! Vive M. le cardinal!» retentissaient de tous côtés.

En effet, le roi arrivait à l'instant même avec toute sa maison
et un renfort de dix mille hommes ; ses mousquetaires le précé-
daient et le suivaient. D'Artagnan, placé en haie avec sa compagnie, salua d'un geste expressif ses amis, qui lui répondirent des
yeux, et M. de Tréville, qui le reconnut tout d'abord.

La cérémonie de réception achevée, les quatre amis furent
bientôt dans les bras l'un de l'autre.

«Pardieu!» s'écria d'Artagnan, «il n'est pas possible de mieux

arriver, et les viandes n'auront pas encore eu le temps de refroi-
dir! N'est-ce pas, messieurs?» ajouta le jeune homme en se tournant vers les deux gardes, qu'il présenta à ses amis.

«Ah, ah, il paraît que nous banquetions», dit Porthos.

«Est-ce qu'il y a du vin potable dans cette bicoque?» demanda
Athos.

«Mais, il y a le vôtre, cher ami», répondit d'Artagnan.

«Notre vin?» fit Athos étonné.

«Le vin qu'on m'a envoyé de votre part.»

«De notre part?» firent les trois mousquetaires.

«Voici la lettre!» dit d'Artagnan.

Et il présenta le billet à ses camarades.

«Fausse lettre», dit Porthos.

D'Artagnan pâlit:

«Courons», s'écria-t-il, «un horrible soupçon me traverse l'esprit! Serait-ce encore une vengeance de cette femme?»

Ce fut Athos qui pâlit à son tour.

D'Artagnan s'élança vers la buvette, les trois mousquetaires et
les deux gardes l'y suivirent.

Le premier objet qui frappa la vue de d'Artagnan fut Brisemont étendu par terre et se roulant dans d'atroces convulsions.
Planchet et Fourreau, pâles comme des morts, essayaient de lui
porter secours; mais il était évident que tout secours était inutile.
les traits du moribond étaient crispés par l'agonie.

Bientôt il expira dans un redoublement de tortures.

«Affreux, affreux!» murmurait Athos, tandis que Porthos
brisait les bouteilles.

«O mes amis!» dit d'Artagnan, «vous venez encore une fois
de me sauver la vie, non seulement à moi, mais à ces messieurs.
Messieurs», continua-t-il en s'adressant aux gardes, «je vous
demanderai le silence sur toute cette aventure; de grands personnages pourraient avoir trempé dans ce que vous avez vu, et le
mal de tout cela retomberait sur nous.»

Les deux gardes acceptèrent courtoisement les excuses de
d'Artagnan, et, comprenant que les quatre amis désiraient demeurer seuls, ils se retirèrent.

XXXV
L'auberge du Colombier-Rouge

Un soir que d'Artagnan, qui était de tranchée, n'avait pu les accompagner, Athos, Porthos et Aramis, montés sur leurs chevaux de bataille, enveloppés de manteaux de guerre, une main sur la crosse de leurs pistolets, revenaient tous trois d'une buvette qu'Athos avait découverte sur la route de La Jarrie, et qu'on appelait le Colombier-Rouge, lorsqu'ils crurent entendre les pas d'une cavalcade qui venait à eux ; aussitôt tous trois s'arrêtèrent, serrés l'un contre l'autre, et attendirent, tenant le milieu de la route : au bout d'un instant, et comme la lune sortait d'un nuage, ils virent apparaître deux cavaliers qui, en les apercevant, s'arrêtèrent à leur tour.

«Qui vive?» cria Athos.

«Qui vive vous-même?» répondit une voix vibrante qui paraissait avoir l'habitude du commandement.

«Mousquetaires du roi», dit Athos.

«Quelle compagnie?»

«Compagnie de Tréville.»

«Avancez à l'ordre et venez me rendre compte de ce que vous faites ici, à cette heure.»

Les trois mousquetaires s'avancèrent. Un des cavaliers, celui qui avait pris la parole, était en avant de son compagnon.

«Monsieur le cardinal!» s'écria Athos stupéfait.

«Votre nom?» reprit Son Eminence.

«Athos.»

Le cardinal fit un signe à son écuyer, qui se rapprocha.

«Ces trois mousquetaires nous suivront», dit-il à voix basse, «je ne veux pas qu'on sache que je suis sorti du camp, et, en nous suivant, nous serons sûrs qu'ils ne diront rien à personne.»

«Nous sommes gentilshommes, Monseigneur», dit Athos; «demandez-nous donc notre parole et ne vous inquiétez de rien.»

«Vous avez l'oreille fine, Monsieur Athos», dit le cardinal, «mais maintenant, écoutez ceci : ce n'est point par défiance que je vous prie de me suivre, c'est pour ma sûreté.»

Les trois mousquetaires s'inclinèrent.

«Sur mon honneur», dit Athos, «Votre Eminence a raison de

nous emmener avec elle : nous avons rencontré sur la route des visages affreux, et nous avons même eu avec quatre de ces visages une querelle au Colombier-Rouge. »

« Une querelle, et pourquoi, Messieurs ? » dit le cardinal.

« Ces misérables étaient ivres », dit Athos, « et sachant qu'il y avait une femme qui était arrivée le soir dans le cabaret, ils voulaient forcer la porte pour lui faire violence. »

« Et cette femme était jeune et jolie ? » demanda le cardinal avec une certaine inquiétude.

« Nous ne l'avons pas vue, Monseigneur. »

« Vous avez bien fait de défendre l'honneur d'une femme, et, comme c'est à l'auberge du Colombier-Rouge que je vais moi-même, je saurai si vous m'avez dit la vérité. »

« Cette dame avait un cavalier enfermé avec elle », dit Athos, « mais comme ce cavalier ne s'est pas montré, il est à présumer que c'est un lâche. »

« Ne jugez pas témérairement, dit l'Evangile », répliqua le cardinal, « et maintenant : suivez-moi. »

Les trois mousquetaires passèrent derrière le cardinal, qui s'enveloppa le visage de son manteau et remit son cheval en marche, se tenant à huit ou dix pas en avant de ses quatre compagnons.

On arriva bientôt à l'auberge silencieuse et solitaire ; sans doute l'hôte savait quel illustre visiteur il attendait, et en conséquence il avait renvoyé les importuns.

Dix pas avant d'arriver à la porte, le cardinal mit pied à terre et alla frapper trois coups de certaine façon.

Un homme enveloppé d'un manteau sortit aussitôt et échangea quelques rapides paroles avec le cardinal ; après quoi il sauta sur un cheval tout sellé attaché au contrevent, et repartit dans la direction de Surgères, qui était aussi celle de Paris.

L'hôte parut : pour lui, le cardinal n'était qu'un officier venant visiter une dame.

« Avez-vous quelque chambre au rez-de-chaussée où ces messieurs puissent m'attendre près d'un bon feu ? » dit le cardinal.

L'hôte ouvrit la porte d'une grande salle, dans laquelle on venait de remplacer un mauvais poêle par une grande et excellente cheminée. « J'ai celle-ci », répondit-il.

« C'est bien », dit le cardinal ; « entrez-là, Messieurs, et veuillez m'attendre ; je ne serai pas plus d'une demi-heure. »

Et tandis que les trois compagnons entraient dans la chambre, le cardinal, sans demander de plus amples renseignements, monta l'escalier en homme qui n'a pas besoin qu'on lui indique le chemin.

XXXVI
De l'utilité des tuyaux de poêle

Il était évident que, sans s'en douter, et mus seulement par leur caractère chevaleresque et aventureux, nos trois amis venaient de rendre service à quelqu'un que le cardinal honorait de sa protection particulière. Quel était ce quelqu'un? C'est la question que se firent d'abord les trois mousquetaires; puis, Porthos appela l'hôte et demanda des dés.

Porthos et Aramis se placèrent à une table et se mirent à jouer. Athos se promena en réfléchissant.

En réfléchissant et en se promenant, Athos passait et repassait devant le tuyau de poêle rompu par la moitié dont l'autre extrémité donnait dans la chambre supérieure, et à chaque fois qu'il passait et repassait, il entendait un murmure de paroles qui finit par fixer son attention. Athos s'approcha, et il distingua quelques mots qui lui parurent mériter un si grand intérêt qu'il fit signe à ses compagnons de se taire, restant lui-même courbé l'oreille tendue à la hauteur de l'orifice inférieur.

«Ecoutez, Milady», disait le cardinal, «l'affaire est importante.»

«J'écoute Votre Eminence avec la plus grande attention», répondit une voix de femme qui fit tressaillir le mousquetaire.

«Un petit bâtiment avec équipage anglais, dont le capitaine est à moi, vous attend à l'embouchure de la Charente; il mettra à la voile demain matin.»

Athos fit signe à ses deux compagnons de venir écouter avec lui.

«Vous allez partir pour Londres», continua le cardinal. «Arrivée à Londres, vous irez trouver Buckingham de ma part, et vous lui direz que je sais tous les préparatifs qu'il fait, mais que je ne m'en inquiète guère, attendu qu'au premier mouvement qu'il risquera, je perds la reine.»

«Il faut que je puisse présenter des preuves à son appréciation.»

«Sans doute, et vous lui direz que je publie tous les détails de son entrée au Louvre et de sa sortie pendant la nuit où il s'est introduit au palais.»

«Et cependant s'il persiste?»

«S'il persiste...» Son Eminence fit une pause et reprit: «S'il persiste, j'espérerai dans un de ces événements qui changent la face des Etats. Par exemple, lorqu'en 1610, le roi Henri IV allait à la fois envahir les Flandres et l'Italie pour frapper l'Autriche des deux côtés, eh bien! n'est-il pas arrivé un événement qui a sauvé l'Autriche?»

«Votre Eminence veut parler du coup de couteau de la rue de la Ferronnerie?»

«Justement», dit le cardinal. «Il y aura en tout temps et en tous les pays des fanatiques qui ne demandent pas mieux que de se faire martyrs. Tenez, les puritains sont furieux contre le duc de Buckingham et leurs prédicateurs le désignent comme l'Antéchrist.»

«Eh bien?» fit Milady.

«Eh bien!» continua le cardinal, «il ne s'agirait que de trouver une femme, belle, jeune, adroite, qui eût à se venger elle-même du duc. Une pareille femme peut se rencontrer.»

«Sans doute», dit froidement Milady.

«Une pareille femme, qui mettrait le couteau aux mains d'un fanatique, sauverait la France.»

«Oui, mais elle serait la complice d'un assassinat.»

«A-t-on jamais connu les complices de Ravaillac?»

«Non, car peut-être étaient-ils placés trop haut pour qu'on osât les aller chercher là où ils étaient; mais, Monseigneur, je ne suis pas à cette place-là.»

«C'est juste», dit Richelieu, «et que voudriez-vous donc?»

«Je voudrais un ordre qui ratifiât d'avance tout ce que je croirai devoir faire pour le plus grand bien de la France.»

«Mais il faudrait d'abord trouver la femme que j'ai dit, et qui aurait à se venger du duc.»

«Elle est trouvée», dit Milady. «Et maintenant que j'ai reçu les instructions de Votre Eminence à propos de ses ennemis, Monseigneur me permettra-t-il de lui dire deux mots des miens?»

«Vous avez donc des ennemis?»

«Oui, Monseigneur, et je me les suis faits en servant Votre Eminence.»

«Et lesquels?»

«D'abord une petite intrigante du nom de Bonacieux.»

«Elle est dans la prison de Mantes.»

«Elle y était, mais la reine a surpris un ordre du roi et l'a fait transporter dans un couvent.»

«Et dans lequel?»

«Je l'ignore, le secret a été bien gardé.»

«Je le saurai, moi!»

«Et Votre Eminence me dira dans quel couvent est cette femme?»

«Je n'y vois pas d'inconvénient», dit le cardinal.

«Bien, j'ai un autre ennemi bien autrement à craindre. Votre Eminence le connaît, c'est celui qui a donné trois coups d'épée à de Wardes, votre émissaire, et qui a fait échouer l'affaire des ferrets.»

«Ah, ah!» dit le cardinal, «je sais de qui vous voulez parler.»

«Je veux parler de ce misérable d'Artagnan.»

«C'est un hardi compagnon», dit le cardinal. «Il faudrait avoir une preuve de ses intelligences avec Buckingham.»

«Une preuve!» s'écria Milady, «j'en aurai dix.»

«Ayez-moi cette preuve et je l'envoie à la Bastille.»

«Monseigneur», reprit Milady, «troc pour troc, existence pour existence, homme pour homme; donnez-moi celui-là, je vous donne l'autre.»

«J'ai le désir de vous être agréable, d'autant plus que ce petit d'Artagnan est un libertin, un duelliste, un traître. Donnez-moi donc du papier, une plume et de l'encre.»

«En voici, Monseigneur.»

Il se fit un instant de silence. Athos prit ses deux compagnons chacun par une main et les conduisit à l'autre bout de la chambre.

«Eh bien!» dit Porthos, «pourquoi ne nous laisses-tu pas écouter la fin de la conversation?»

«Chut!» dit Athos, «nous en avons entendu tout ce qu'il est nécessaire que nous entendions; il faut que je sorte.»

«Mais si le cardinal te demande, que répondrons-nous?»

«Vous n'attendrez pas qu'il me demande, vous lui direz les premiers que je suis parti en éclaireur parce que le chemin n'est pas sûr; j'en toucherai deux mots à l'écuyer du cardinal; le reste me regarde, ne vous en inquiétez pas.»

«Soyez prudent, Athos», dit Aramis.

«Soyez tranquille, vous le savez, j'ai du sang-froid.»

Porthos et Aramis allèrent reprendre leur place près du tuyau de poêle. Quant à Athos, il sortit sans aucun mystère, alla prendre son cheval, convainquit en quatre mots l'écuyer de la nécessité d'une avant-garde pour le retour, visita avec affectation l'amorce de ses pistolets, mit l'épée aux dents et suivit, en enfant perdu, la route qui conduisait au camp.

XXXVII
Scène conjugale

Comme l'avait prévu Athos, le cardinal ne tarda pas à descendre; d'un coup d'œil rapide, il fouilla tous les coins de la salle.

«Qu'est devenu M. Athos?» demanda-t-il.

«Monseigneur», répondit Porthos, «il est parti en éclaireur.»

«A cheval donc, Messieurs, car il se fait tard.»

L'écuyer était à la porte, et tenait en bride le cheval du cardinal. Un peu plus loin, un groupe de deux hommes et de trois chevaux apparaissait dans l'ombre; ces deux hommes devaient conduire Milady et veiller à son embarquement.

Le cardinal reprit la route du camp. Mais revenons à Athos.

Une fois hors de vue, Athos avait lancé son cheval à droite, avait fait un détour et était revenu dans le taillis guetter le passage du cardinal et de sa petite troupe. Il attendit alors que les cavaliers eussent tourné l'angle de la route et revint au galop à l'auberge.

L'hôte le reconnut.

«Mon officier», dit Athos, «a oublié de faire à la dame du premier une recommandation importante, il m'envoie pour réparer son oubli.»

«Montez», dit l'hôte, «elle est encore dans sa chambre.»

Athos monta l'escalier de son pas le plus léger, entra dans la chambre et referma la porte derrière lui. Au bruit qu'il fit en repoussant le verrou, Milady se retourna.

«Qui êtes-vous?» s'écria-t-elle.

Et, laissant tomber son manteau, et relevant son feutre, il s'avança vers Milady.

«Me reconnaissez-vous, Madame?» dit-il.

Milady fit un pas en avant, puis recula comme à la vue d'un serpent.

«Le comte de la Fère!» murmura-t-elle en pâlissant.

«Oui, Milady, le comte de la Fère en personne, qui revient tout exprès de l'autre monde pour avoir le plaisir de vous voir. Asseyons-nous donc, et causons, comme dit Monseigneur le cardinal.»

Milady, dominée par une terreur inexprimable, s'assit sans proférer une parole.

«Je croyais vous avoir terrassée, Madame», continua Athos, «mais, ou je me trompe, ou l'enfer vous a ressuscitée. L'enfer vous a faite riche, l'enfer vous a donné un autre nom; mais il n'a effacé ni les souillures de votre âme, ni la flétrissure de votre corps.»

«Mais enfin», dit Milady, «que me voulez-vous?»

«Je veux vous dire que, tout en restant invisible à vos yeux, je ne vous ai point perdue de vue. Ecoutez: c'est vous qui avez coupé les deux ferrets de diamants sur l'épaule du duc de Buckingham; c'est vous qui avez fait enlever Mme Bonacieux; c'est vous qui, amoureuse de de Wardes, et croyant passer la nuit avec lui, avez ouvert votre porte à M. d'Artagnan; c'est vous qui, croyant que de Wardes vous avait trompée, avez voulu le faire tuer par son rival; c'est vous qui, lorsque ce rival eut découvert votre infâme secret, avez voulu le faire tuer à son tour par deux assassins; c'est vous qui, voyant que les balles avaient manqué leur coup, avez envoyé du vin empoisonné; c'est vous enfin qui venez là, dans cette chambre, de prendre avec le cardinal de Richelieu l'engagement de faire assassiner le duc de Buckingham, en échange de la promesse qu'il vous a faite de vous laisser assassiner d'Artagnan.»

«Mais vous êtes donc Satan?» dit-elle.

«En tout cas», dit Athos, «écoutez bien ceci: assassinez ou

faites assassiner le duc de Buckingham, peu m'importe! D'ailleurs c'est un Anglais; mais ne touchez pas du bout du doigt à un seul cheveu de d'Artagnan ou je vous jure que le crime que vous aurez commis sera le dernier.»

«M. d'Artagnan m'a cruellement offensée», dit Milady d'une voix sourde, «M. d'Artagnan mourra.»

Athos fut saisi comme d'un vertige; il se leva, porta la main à sa ceinture, en tira un pistolet et l'arma.

Il leva lentement son pistolet, étendit le bras de manière que l'arme touchât presque le front de Milady, puis, d'une voix d'autant plus terrible qu'elle avait le calme suprême d'une inflexible résolution:

«Madame», dit-il, «vous allez à l'instant même me remettre le papier que vous a signé le cardinal, ou, sur mon âme, je vous fais sauter la cervelle.»

Milady vit à la contraction de son visage que le coup allait partir; elle porta vivement la main à sa poitrine, en tira un papier et le tendit à Athos.

«Tenez», dit-elle, «et soyez maudit!»

Athos prit le papier, repassa le pistolet à sa ceinture, s'approcha de la lampe pour s'assurer que c'était bien celui-là, le déplia et lut:

C'est par mon ordre et pour le bien de l'Etat que le porteur du présent a fait ce qu'il a fait.

3 décembre 1627   *Richelieu*

«Et maintenant», dit Athos en reprenant son manteau et en replaçant son feutre sur sa tête, «maintenant que je t'ai arraché les dents, vipère, mords si tu peux.»

Et il sortit de la chambre sans même regarder en arrière.

A la porte il trouva les deux hommes et le cheval qu'ils tenaient en mains.

«Messieurs», dit-il, «l'ordre de Monseigneur, vous le savez, est de conduire cette femme, sans perdre de temps, et de ne la quitter que lorsqu'elle sera à bord.»

Ils inclinèrent la tête en signe d'assentiment.

Quant à Athos, il se mit légèrement en selle et partit au galop; seulement, au lieu de suivre la route, il prit à travers champs, et vint se mettre en travers de la route à deux cents pas du camp.

«Qui vive?» cria-t-il de loin quand il aperçut les cavaliers.

«C'est notre brave mousquetaire, je crois», dit le cardinal.

«Oui, Monseigneur», répondit Athos.

«Monsieur Athos», dit Richelieu, «recevez tous mes remerciements. Messieurs, nous voici arrivés: prenez la porte à gauche, le mot d'ordre est *Roi et Ré.*»

En disant ces mots, le cardinal salua de la tête les trois amis, et prit à droite suivi de son écuyer.

«Eh bien!» dirent ensemble Porthos et Aramis lorsque le cardinal fut hors de la portée de la voix, «il a signé le papier qu'elle demandait.»

«Je le sais, dit tranquillement Athos, puisque le voici.»

Et les trois amis n'échangèrent plus une parole jusqu'à leur quartier. Seulement, on envoya Mousqueton dire à Planchet que son maître était prié, en relevant de tranchée, de se rendre à l'instant même au logis des mousquetaires.

D'un autre côté, comme l'avait prévu Athos, Milady, en trouvant à la porte les hommes qui l'attendaient, ne fit aucune difficulté à les suivre. Elle pensa qu'il valait mieux garder le silence, partir discrètement, accomplir avec son habileté ordinaire la mission dont elle était chargée, puis, toutes les choses accomplies à la satisfaction du cardinal, venir lui réclamer sa vengeance.

En conséquence, après avoir voyagé toute la nuit, à huit heures elle était embarquée.

XXXVIII
Le bastion Saint-Gervais

En arrivant chez ses trois amis, d'Artagnan les trouva réunis dans la même chambre: Athos réfléchissait, Porthos frisait sa moustache, Aramis disait ses prières.

«Messieurs», dit-il, «j'espère que ce que vous avez à me dire en vaut la peine, sans cela je ne vous pardonnerai pas de m'avoir fait venir au lieu de me laisser reposer après une nuit passée à prendre et à démanteler un bastion. Ah! que n'étiez-vous là, Messieurs, il y a fait chaud!»

«Nous étions ailleurs, où il ne faisait pas froid non plus», répondit Porthos.

«Chut!» dit Athos. «Dites-moi, Aramis, vous avez été déjeuner à l'auberge du Parpaillot: comment est-on là?»

«J'y ai fort mal mangé...»

«Ce n'est pas cela que je vous demandais, Aramis, mais si personne ne vous avait dérangé?»

«Nous n'avons pas eu trop d'importuns.»

«Allons donc au Parpaillot», dit Athos, «car ici les murailles sont comme des feuilles de papier.»

D'Artagnan, qui reconnaissait tout de suite à un signe de son ami que les circonstances étaient graves, prit le bras d'Athos et sortit avec lui sans rien dire.

En route, on rencontra Grimaud, et Athos lui fit signe de suivre. On arriva à la buvette du Parpaillot: il était sept heures du matin, le jour commençait à paraître; les amis commandèrent à déjeuner, et entrèrent dans une salle où, au dire de l'hôte, ils ne devaient pas être dérangés.

Malheureusement, l'heure était mal choisie pour un conciliabule; on venait de battre la diane, chacun secouait le sommeil de la nuit, et, pour chasser l'air humide, venait boire la goutte à la buvette: dragons, Suisses, gardes, mousquetaires, chevau-légers se succédaient avec une rapidité qui remplissait fort mal les vues des quatre amis.

«Vous étiez de tranchée cette nuit, Messieurs, et il me semble que vous avez eu maille à partir avec les Rochelois?» demanda un chevau-léger du nom de Busigny.

«N'avre-bous bas bris un pastion?» interrogea un Suisse qui buvait du rhum dans un verre à bière.

«Oui, Messieurs», répondit d'Artagnan, «nous avons eu cet honneur.»

«Et quel bastion est-ce?» demanda un dragon.

«Le bastion Saint-Gervais», répondit d'Artagnan.

«Mais il est probable», dit le chevau-léger, «qu'ils vont, ce matin, envoyer des hommes pour remettre le bastion en état.»

«Messieurs», dit Athos, «un pari!»

«Ah, voui! Un bari!» dit le Suisse.

«Lequel?» demanda le chevau-léger.

«Eh bien! Monsieur de Busigny, je parie avec vous», dit Athos, «que mes trois compagnons, MM. Porthos, Aramis, d'Artagnan et moi, nous allons déjeuner dans le bastion Saint-

Gervais et que nous y tenons une heure, montre à la main, quelque chose que l'ennemi fasse pour nous déloger.»

Porthos et Aramis se regardèrent, ils commençaient à comprendre.

«Ma foi! Messieurs», dit Porthos en frisant sa moustache, «voici un beau pari, j'espère.»

«Aussi je l'accepte», dit M. de Busigny; «maintenant, il s'agit de fixer l'enjeu.»

«Vous êtes quatre, Messieurs», dit Athos, «nous sommes quatre; un dîner à discrétion pour huit, cela vous va-t-il?»

«A merveille», reprit M. de Busigny.

«Parfaitement», dit le dragon.

«Ça me fa», dit le Suisse.

Le quatrième auditeur, qui, dans cette action, avait joué un rôle muet, fit de la tête un signe qu'il acquiesçait à la proposition.

«Le déjeuner de ces Messieurs est prêt», dit l'hôte.

«Eh bien, apportez-le», dit Athos.

L'hôte obéit. Athos appela Grimaud, lui montra un grand panier et fit le geste d'envelopper dans des serviettes les viandes apportées.

Grimaud comprit à l'instant même, prit le panier, empaqueta les viandes, y joignit les bouteilles et prit le panier à son bras.

«Monsieur de Busigny», dit Athos, «voulez-vous bien me permettre de régler ma montre sur la vôtre?»

«A merveille, Monsieur! Sept heures et demie.»

Et saluant les assistants ébahis, les quatre jeunes gens prirent le chemin du bastion Saint-Gervais, suivis de Grimaud.

Tant qu'ils furent dans l'enceinte du camp, les quatre amis n'échangèrent pas une parole; une fois qu'ils se trouvèrent en plein air, d'Artagnan crut bon de demander une explication.

«Nous avons des choses fort importantes à nous dire», répondit Athos, «si l'on nous avait vus conférer tous les quatre ensemble, le cardinal eût été prévenu au bout d'un quart d'heure par ses espions que nous tenions conseil.»

«Oui», dit d'Artagnan, «mais nous attraperons indubitablement une balle.»

«Eh, mon cher», dit Athos, «les balles les plus à craindre ne sont pas celles de l'ennemi.»

Arrivés au bastion, les quatre amis se retournèrent.

Plus de trois cents soldats de toutes armes étaient rassemblés à la porte du camp, et on pouvait distinguer M. de Busigny, le dragon, le Suisse et le quatrième parieur.

Athos ôta son chapeau, le mit au bout de son épée et l'agita en l'air. Tous les spectateurs lui rendirent son salut, en l'accompagnant d'un grand hourra.

XXXIX
Le conseil des mousquetaires

Le bastion n'était occupé que par une douzaine de morts tant Français que Rochelois.

«Messieurs», dit Athos qui avait pris le commandement, «commençons par recueillir les fusils et les cartouches.»

«Nous pourrions jeter les morts dans le fossé», dit Porthos.

«Gardons-nous-en bien», dit Athos, «ils peuvent nous servir.»

«Nous servir?» dit Porthos. «Ah çà! vous devenez fou, cher ami.»

«Ne jugez pas témérairement, disent l'Evangile et M. le cardinal», répondit Athos; «combien de fusils?»

«Douze», répondit Aramis.

«Combien de coups à tirer?»

«Une centaine.»

«Chargeons les armes.»

Les quatre se mirent à la besogne. Comme ils achevaient, Grimaud fit signe que le déjeuner était servi.

Athos répondit, par geste, que c'était bien, et il indiqua à Grimaud une espèce de poivrière où celui-ci comprit qu'il devait se tenir en sentinelle. Seulement, pour adoucir l'ennui de la faction, Athos lui permit d'emporter un pain, deux côtelettes et une bouteille de vin.

«Et maintenant, à table», dit Athos.

Les quatre amis s'assirent à terre, les jambes croisées, comme les Turcs ou comme les tailleurs.

«J'espère que je vous procure à la fois de l'agrément et de la gloire, Messieurs», dit Athos. «Voici un déjeuner des plus succulents, et cinq cents personnes là-bas, qui nous prennent pour des fous ou pour des héros, deux classes d'imbéciles qui se ressemblent assez. »

« Mais ce secret ? » demanda d'Artagnan.

« Le secret, c'est que j'ai vu Milady hier soir. Elle venait de demander votre tête au cardinal. »

« Ma tête au cardinal ! » s'écria d'Artagnan pâle de terreur, « alors, autant que je me brûle la cervelle et que tout soit fini. »

« C'est la dernière sottise qu'il faut faire », dit Athos, « attendu que c'est la seule à laquelle il n'y a pas de remède. Qu'y a-t-il, Grimaud ? Considérant la gravité de la circonstance, je vous permets de parler, mais soyez laconique, je vous prie. »

« Une troupe. »

« De combien de personnes ? »

« De vingt hommes. »

« A combien de pas ? »

« A cinq cents pas. »

« Bon, nous avons encore le temps d'achever cette volaille et de boire un verre de vin à ta santé, d'Artagnan. »

« A ta santé ! » répétèrent Porthos et Aramis.

Puis, avalant le contenu de son verre, qu'il posa près de lui, Athos se leva nonchalamment, prit le premier fusil venu et s'approcha d'une meurtrière. Porthos, Aramis et d'Artagnan en firent autant. Quant à Grimaud, il reçut l'ordre de se placer derrière les quatre amis afin de recharger les armes.

Au bout d'un moment, on vit paraître la troupe.

« En vérité », dit Athos, « je vais les prévenir. »

Et montant sur la brèche, son fusil d'une main, son chapeau de l'autre :

« Messieurs », dit-il en s'adressant aux arrivants, « nous sommes, quelques amis et moi, en train de déjeuner dans ce bastion. Or rien n'est désagréable comme d'être dérangé quand on déjeune. Nous vous prions donc d'attendre que nous ayons fini, à moins qu'il ne vous prenne la salutaire envie de quitter le parti de la rébellion et de venir boire avec nous à la santé du roi de France. »

« Prends garde », s'écria d'Artagnan, « ils te mettent en joue. »

« Ce sont des bourgeois qui tirent fort mal ! »

En effet, au même instant quatre coups de fusil partirent, et les balles vinrent s'aplatir autour d'Athos, sans le toucher.

Quatre coups de fusil leur répondirent, mais ils étaient mieux dirigés: trois soldats tombèrent tués raides et un pionnier fut blessé. Une seconde décharge tua le brigadier et deux pionniers, le reste de la troupe prit la fuite.

«Rechargez les armes, Grimaud», dit Athos, «et nous, Messieurs, reprenons notre déjeuner.»

«Où est Milady?» demanda d'Artagnan.

«Elle va en Angleterre», répondit Athos, «dans le but d'assassiner ou de faire assassiner Buckingham.»

«Mais c'est infâme!» s'écria d'Artagnan.

«Oh, quant à cela», dit Athos, «je m'en inquiète fort peu. Grimaud, prenez une demi-pique, attachez-y une serviette et plantez-la en haut de notre bastion, afin que ces rebelles voient qu'ils ont affaire à de loyaux soldats du roi.»

Grimaud obéit. Un instant après le drapeau blanc flottait; un tonnerre d'applaudissements salua son apparition; la moitié du camp était aux barrières.

«Comment!» reprit d'Artagnan, «je n'abandonne pas Buckingham ainsi.»

«Le duc est Anglais», dit Athos, «pour le moment, ce qui me préoccupait le plus, c'était de reprendre à cette femme une espèce de blanc-seing à l'aide duquel elle devait impunément se débarrasser de toi et peut-être de nous. Le voici.»

D'Artagnan le déplia et le lut.

«En effet», dit Aramis, «c'est une absolution dans toutes les règles.»

«Il faut déchirer ce papier», s'écria d'Artagnan, qui semblait lire sa sentence de mort.

«Bien au contraire», dit Athos, «il faut le conserver précieusement.»

«Savez-vous», dit Porthos, «que tordre le cou à cette Milady serait un péché moins grand que de le tordre à ces pauvres diables de huguenots, qui n'ont jamais commis d'autres crimes que de chanter en français des psaumes que nous chantons en latin?»

«Heureusement qu'elle est loin», observa Aramis.

«Elle me gêne en Angleterre aussi bien qu'en France», dit Athos.

«Elle me gêne partout», continua d'Artagnan.

«Puisque vous la teniez», dit Porthos, «que ne l'avez-vous pendue? Il n'y a que les morts qui ne reviennent pas.»

«Vous croyez cela, Porthos?» répondit Athos avec un sombre sourire que d'Artagnan comprit seul.

«J'ai une idée», dit d'Artagnan.

«Aux armes!» cria Grimaud. Cette fois, une petite troupe s'avançait, et elle était composée tout entière de soldats.

«Si nous retournions au camp», dit Porthos, «la partie n'est pas égale.»

«Impossible pour trois raisons», répondit Athos: «la première, c'est que nous n'avons pas fini de déjeuner; la seconde, c'est que nous avons encore des choses d'importance à nous dire; la troisième, c'est qu'il s'en manque encore de dix minutes que l'heure se soit écoulée. Aussitôt que l'ennemi est à portée de mousquet, nous faisons feu; s'il continue d'avancer, nous faisons feu encore, nous faisons feu tant que nous avons des fusils chargés.»

«Bravo!» s'écria Porthos; «décidément, Athos, vous êtes né pour être général, et le cardinal, qui se croit un grand homme de guerre, est bien peu de choses auprès de vous.»

Les quatre coups de fusil ne firent qu'une détonation, et quatre hommes tombèrent.

Aussitôt le tambour battit, et la petite troupe s'avança au pas de charge. Alors les coups de fusil se succédèrent sans régularité, mais toujours envoyés avec la même justesse. Cependant les Rochelois continuaient d'avancer au pas de course.

Arrivés au bas du bastion, les ennemis étaient encore douze ou quinze; une dernière décharge les accueillit, mais ne les arrêta point: ils sautèrent dans le fossé et s'apprêtèrent à escalader la brèche.

«Allons, mes amis», dit Athos, «finissons-en d'un coup: à la muraille! à la muraille!»

Et les quatre amis, secondés par Grimaud, se mirent à pousser un énorme pan de mur, qui s'inclina comme si le vent le poussait, et, se détachant de sa base, tomba avec un bruit horrible dans le fossé: puis on entendit un grand cri, un nuage de poussière monta vers le ciel, et tout fut dit.

«Les aurions-nous écrasés depuis le premier jusqu'au dernier?» demanda Athos.

«Ma foi, cela m'en a l'air», dit d'Artagnan.

«Non», dit Porthos, «en voilà deux ou trois qui se sauvent.»

Athos regarda sa montre.

«Messieurs», dit-il, «il y a une heure que nous sommes ici, et maintenant le pari est gagné; mais il faut être beaux joueurs; d'ailleurs d'Artagnan ne nous a pas dit son idée?»

Et le mousquetaire alla s'asseoir devant les restes du déjeuner.

«Mon idée: je passe en Angleterre, je vais trouver M. de Buckingham et je l'avertis du complot tramé contre sa vie.»

«Vous ne ferez pas cela, d'Artagnan», dit froidement Athos.

«Et pourquoi cela? Ne l'ai-je pas fait déjà?»

«Oui, mais à cette époque nous n'étions pas en guerre: ce que vous voulez faire serait taxé de trahison.»

D'Artagnan comprit la force de ce raisonnement et se tut.

«Il faut prévenir la reine», dit Aramis.

«Oui», s'écrièrent à la fois Porthos et d'Artagnan.

«Prévenir la reine!» dit Athos, «et comment cela? Notre lettre ne sera pas à Angers que nous serons au cachot, nous.»

«Je m'en charge», dit Aramis en rougissant, «je connais à Tours une personne adroite.»

«Ah, ah! Que se passe-t-il dans la ville?» dit Athos.

«On bat la générale.»

«Vous allez voir qu'ils vont nous envoyer un régiment tout entier», dit Athos.

«Le tambour se rapproche», dit d'Artagnan.

«Laissez-le se rapprocher», dit Athos; «il y a pour un quart d'heure de chemin de la ville ici. C'est plus de temps qu'il ne nous en faut pour arrêter notre plan; nous ne trouverons jamais un endroit aussi convenable. Et tenez, justement, Messieurs, voilà la vraie idée qui me vient.»

«Dites alors.»

«Permettez que je donne à Grimaud quelques ordres indispensables. Grimaud», dit Athos en montrant les morts, «vous allez prendre ces messieurs, vous allez les dresser contre la muraille, vous leurs mettrez leur chapeau sur la tête et leur fusil à la main.»

«O grand homme!» s'écria d'Artagnan, «je te comprends.»

«Cette Milady, ce démon», dit Athos, «a un beau-frère...»

«Oui, je le connais beaucoup même», répondit d'Artagnan,

161

«et je crois qu'il n'a pas une grande sympathie pour sa belle-sœur.»

«Comment se nomme ce beau-frère?»

«Lord de Winter.»

«Où est-il maintenant?»

«Il est retourné à Londres.»

«Eh bien, voilà l'homme qu'il nous faut», dit Athos, «c'est celui qu'il nous convient de prévenir.»

«Je trouve que c'est ce qu'il y a de mieux», dit Aramis, «nous prévenons à la fois la reine et lord de Winter.»

«Oui, mais par qui ferons-nous porter la lettre à Tours et la lettre à Londres.»

«Je réponds de Bazin», dit Aramis.

«Et moi de Planchet», continua d'Artagnan.

«En effet», dit Porthos, «si nous ne pouvons nous absenter du camp, nos laquais peuvent le quitter.»

«Sans doute», dit Aramis, «et dès aujourd'hui nous écrivons les lettres, nous leur donnons de l'argent, et ils partent.»

«Nous leur donnons de l'argent?» reprit Athos, «vous en avez donc, de l'argent?»

Les quatre amis se regardèrent, et un nuage passa sur les fronts qui s'étaient un instant éclaircis.

«Alerte!» cria d'Artagnan, «que disiez-vous donc d'un régiment, Athos, c'est une véritable armée.»

«Ah, ah, tu as fini, Grimaud?» demanda Athos.

Grimaud montra une douzaine de morts qu'il avait placés dans les attitudes les plus pittoresques: les uns au port d'armes, les autres ayant l'air de mettre en joue, les autres l'épée à la main.

«Ma foi», dit Athos, «je n'ai plus rien contre la retraite: nous avions parié pour une heure, nous sommes restés une heure et demie; il n'y a rien à dire; partons.»

Grimaud avait déjà pris les devants avec le panier. Les quatre amis sortirent derrière lui et firent une dizaine de pas.

«Et le drapeau, morbleu!» fit Athos. «Il ne faut pas laisser un drapeau aux mains de l'ennemi, même quand ce drapeau ne serait qu'une serviette.»

Et Athos s'élança dans le bastion, monta sur la plateforme et enleva le drapeau; seulement comme les Rochelois étaient arrivés à portée de mousquet, ils firent un feu terrible sur cet homme, qui, comme par plaisir, allait s'exposer aux coups.

Mais on eût dit qu'Athos avait un charme attaché à sa personne, les balles passèrent en sifflant tout autour de lui, pas une ne le toucha.

Une seconde décharge suivit la première, et trois balles, en la trouant, firent réellement de la serviette un drapeau.

Athos descendit; ses camarades, qui l'attendaient avec anxiété, le virent paraître avec joie.

Au bout d'un instant on entendit le bruit d'une fusillade enragée.

«Qu'est-ce que cela?» demanda Porthos.

«Ils tirent sur nos morts», répondit Athos, «et quand ils s'apercevront de la plaisanterie, nous serons hors de portée des balles.»

Les Français, en voyant revenir les quatre amis au pas, poussaient des cris d'enthousiasme. Tout le camp était en émoi; plus de deux mille hommes avaient assisté, comme à un spectacle, à l'heureuse forfanterie des quatre amis, forfanterie dont on était loin de soupçonner le véritable motif. Le cardinal crut qu'il y avait émeute et envoya La Houdinière, son capitaine des gardes, s'informer de ce qui se passait.

La chose fut racontée au messager avec toute l'efflorescence de l'enthousiasme.

Le soir même, le cardinal parla à M. de Tréville de l'exploit du matin, qui faisait la conversation de tout le camp. M. de Tréville qui tenait le récit de l'aventure de la bouche même de ceux qui en étaient les héros, la raconta dans tous ses détails à Son Eminence, sans oublier l'épisode de la serviette.

«C'est bien, Monsieur de Tréville», dit le cardinal, «faites-moi tenir cette serviette, je vous prie. J'y ferai broder trois fleurs de lys d'or, et je la donnerai pour guidon à votre compagnie.»

«Monseigneur, il y aura injustice pour les gardes: M. d'Artagnan n'est pas à moi, mais à M. des Essarts.»

«Eh bien, prenez-le», dit le cardinal; «il n'est pas juste que, puisque ces quatre militaires s'aiment tant, ils ne servent pas dans la même compagnie.»

Le même soir, M. de Tréville annonça cette bonne nouvelle aux trois mousquetaires et à d'Artagnan, en les invitant tous les quatre à déjeuner le lendemain.

D'Artagnan ne se possédait pas de joie. On le sait, le rêve de sa vie avait été d'être mousquetaire.

Le même soir, d'Artagnan alla présenter ses hommages à M. des Essarts, et lui faire part de l'avancement qu'il avait obtenu. M. des Essarts, qui aimait beaucoup d'Artagnan, lui fit alors ses offres de service: ce changement de corps amenait des dépenses d'équipement.

D'Artagnan refusa; mais, trouvant l'occasion bonne, il le pria de faire estimer le diamant qu'il lui remit, et dont il désirait faire de l'argent.

Le lendemain, à huit heures du matin, le valet de M. des Essarts entra chez d'Artagnan, et lui remit un sac d'or contenant sept mille livres.

C'était le prix du diamant de la reine.

XXXX
Affaire de famille

Athos avait trouvé le mot : *affaire de famille.* Une affaire de famille n'était point soumise à l'investigation du cardinal ; une affaire de famille ne regardait personne.

Après le déjeuner chez M. de Tréville, qui fut d'une gaieté charmante, on convint qu'on se réunirait le soir au logis d'Athos, et que là on terminerait l'affaire.

Le soir, à l'heure dite, les quatre amis se réunirent.

Aramis prit la plume, réfléchit quelques instants, se mit à écrire huit ou dix lignes d'une charmante petite écriture de femme, puis, d'une voix douce et lente, comme si chaque mot eût été scrupuleusement pesé, il lut ce qui suit :

Milord.

La personne qui vous écrit ces quelques lignes a eu l'honneur de croiser l'épée avec vous dans un petit enclos de la rue d'Enfer. Comme vous avez bien voulu, depuis, vous dire plusieurs fois l'ami de cette personne, elle vous doit de reconnaître cette amitié par un bon avis. Deux fois vous avez failli être victime d'une proche parente que vous croyez votre héritière, parce que vous ignorez qu'avant de contracter mariage en Angleterre, elle était déjà mariée en France. Mais, la troisième fois, qui est celle-ci, vous pouvez y succomber. Votre parente est partie pour l'Angleterre pendant la nuit. Surveillez son arrivée, car elle a de grands et terribles projets. Si vous tenez absolument à savoir ce dont elle est capable, lisez son passé sur son épaule gauche.

«Eh bien, voilà qui est à merveille», dit Athos, «et vous avez une plume de secrétaire d'Etat, mon cher Aramis. Cet avis, tombât-il aux mains de Son Eminence elle-même, nous ne saurions être compromis. Avez-vous le diamant ?»

«J'ai mieux que cela, j'ai la somme.»

Et d'Artagnan jeta le sac sur la table.

«Combien dans ce petit sac?» dit Athos.

«Sept mille livres en louis de douze francs.»

«Sept mille livres!» s'écria Porthos, «ce mauvais petit diamant valait sept mille livres?»

«Il paraît», dit Athos, «puisque les voilà.»

«Mais», dit d'Artagnan, «nous ne pensons pas à la reine!»

Aramis reprit la plume, se mit à réfléchir de nouveau, et écrivit les lignes suivantes, qu'il soumit à l'approbation de ses amis:

Ma chère cousine, Son Eminence le cardinal, que Dieu conserve pour le bonheur de la France et la confusion des ennemis du royaume, est sur le point d'en finir avec les rebelles hérétiques de La Rochelle: il est probable que le secours de la flotte anglaise n'arrivera pas même en vue de la place; j'oserai même dire que je suis certain que M. de Buckingham sera empêché de partir par quelque grand événement. Son Eminence est le plus illustre politique des temps passés, des temps présents et probablement des temps à venir. Il éteindrait le soleil si le soleil le gênait. J'ai rêvé que cet Anglais maudit était mort. Et vous le savez mes rêves ne me trompent jamais. Assurez-vous donc de me voir revenir bientôt.

«Vous êtes le roi des poètes, mon cher Aramis», dit Athos, «vous parlez comme l'Apocalypse et vous êtes vrai comme l'Evangile. Il ne vous reste maintenant que l'adresse à mettre sur cette lettre.»

Aramis plia coquettement la lettre, et écrivit:

A Mademoiselle Marie Michon, lingère à Tours.

Les trois amis se regardèrent en riant: ils étaient pris.

Bazin et Planchet porteraient les lettres. On parla des détails.

«Il faut», dit Athos, «que Planchet reçoive sept cents livres pour aller et sept cents pour revenir, et Bazin trois cents livres pour aller et trois cents pour revenir; cela réduira la somme à cinq mille livres; nous prendrons mille livres chacun, et nous laisserons un fonds de mille livres pour les cas extraordinaires ou les besoins communs. Cela vous va-t-il?»

«Mon cher Athos», dit Aramis, «vous parlez comme Nestor, qui était, chacun le sait, le plus sage des Grecs.»

On fit venir Planchet, et on lui donna des instructions; il avait été prévenu déjà par d'Artagnan, qui, du premier coup, lui avait annoncé la gloire, ensuite l'argent, puis le danger.

«Ah, Monsieur!» dit Planchet, «ou je réussirai, ou l'on me coupera en quatre; me coupât-on en quatre, soyez convaincu qu'il n'y a pas un morceau qui parlera.»

Le matin, au moment où il allait monter à cheval, d'Artagnan prit Planchet à part:

«Ecoute», lui dit-il, «quand tu auras remis la lettre à Lord de Winter et qu'il l'aura lue, tu lui diras encore: Veillez sur Sa Grâce lord Buckingham, car on veut l'assassiner. Mais ceci, Planchet, vois-tu, c'est si grave et si important, que je n'ai pas même voulu avouer à mes amis que je te confierais ce secret, et que pour une commission de capitaine je ne voudrais pas te l'écrire.»

«Soyez tranquille, Monsieur», dit Planchet, «vous verrez si l'on peut compter sur moi.»

Bazin partit le lendemain pour Tours.

Les quatre amis, pendant toute la durée de ces deux absences, avaient, comme on le comprend bien, plus que jamais l'œil au guet, le nez au vent et l'oreille aux écoutes.

Le matin du huitième jour, Bazin, frais comme toujours et souriant selon son habitude, entra dans le cabaret de Parpaillot, comme les quatre amis étaient en train de déjeuner, en disant, selon la convention arrêtée:

«Monsieur Aramis, voici la réponse de votre cousine.»

Aramis lut la lettre et la passa à Athos, lequel lut tout haut:

Mon cousin, ma sœur et moi devinons très bien les rêves, et nous en avons même une peur affreuse; mais du vôtre, on pourra dire, je l'espère, tout songe est mensonge. Adieu! portez-vous bien, et faites que de temps en temps nous entendions parler de vous. Marie Michon

Le seizième jour, d'Artagnan donna des signes d'agitation si visibles, qu'il ne pouvait rester en place, et qu'il errait comme une ombre sur le chemin par lequel devait revenir Planchet.

Le jour s'écoula, la nuit vint:

«Nous sommes perdus», dit d'Artagnan à l'oreille d'Athos. «Il a été pris.»

Mais voilà que tout à coup, dans l'obscurité, une forme se dessine familière à d'Artagnan, et qu'une voix bien connue lui dit: «Monsieur, je vous apporte votre manteau, car il fait frais ce soir.»

«Planchet!» s'écria d'Artagnan ivre de joie.

En même temps d'Artagnan sentit que Planchet lui glissait un billet dans la main.

On entra dans la tente, on alluma une lampe, et tandis que Planchet se tenait sur la porte pour que les quatre amis ne fussent pas surpris, d'Artagnan brisa le cachet et ouvrit la lettre tant attendue.

Elle contenait une demi-ligne, d'une écriture toute britannique et d'une concision toute spartiate:

Thank you, be easy.

Ce qui voulait dire:

Merci, soyez tranquille.

Athos prit la lettre des mains de d'Artagnan, l'approcha de la lampe, y mit le feu, et ne la lâcha point qu'elle ne fût réduite en cendres.

XXXXI
Fatalité

Le jour même où Planchet s'embarquait de Portsmouth pour la France, Milady, retardée par une mer mauvaise et un vent contraire, entrait dans le port.

Toute la ville était agitée d'un mouvement extraordinaire: – quatre grands vaisseaux récemment achevés venaient d'être lancés à la mer. Debout sur la jetée, chamarré d'or, éblouissant, selon son habitude, de diamants et de pierreries, le feutre orné d'une plume blanche qui retombait sur son épaule, on voyait Buckingham entouré d'un état-major presque aussi brillant que lui.

Milady, en contemplant toute la puissance qu'elle était chargée de détruire, se compara mentalement à Judith, lorsqu'elle pénétra dans le camp des Assyriens et qu'elle vit la masse énorme de chars, de chevaux, d'hommes et d'armes qu'un geste de sa main devait dissiper comme un nuage de fumée.

On entra dans la rade; mais comme on s'apprêtait à y jeter l'ancre, un petit cutter formidablement armé s'approcha, et fit mettre à la mer son canot, qui se dirigea vers l'échelle. Ce canot renfermait un officier, un contremaître et huit rameurs; l'officier seul monta à bord, où il fut reçu avec toute la déférence qu'inspire l'uniforme.

L'officier s'entretint quelques instants avec le patron, lui fit lire un papier dont il était porteur, et, sur l'ordre duquel tout l'équipage, matelots et passagers, fut appelé sur le pont.

Lorsque cette espèce d'appel fut fait, l'officier commença de passer la revue de toutes les personnes les unes après les autres, et, s'arrêtant à Milady, la considéra avec un grand soin, mais sans lui adresser une seule parole.

L'officier se fit indiquer les paquets de Milady, fit porter son bagage dans le canot; et lorsque cette opération fut faite, il l'invita à y descendre elle-même en lui tendant la main.

Milady regarda cet homme et hésita.

«Qui êtes-vous, Monsieur?» demanda-t-elle.

«Je suis officier de la marine anglaise», répondit le jeune homme.

«Je vous suivrai donc, Monsieur.»

Et acceptant la main de l'officier, elle commença de descendre l'échelle au bas de laquelle l'attendait le canot.

Au bout de cinq minutes on touchait terre.

Une voiture attendait.

Milady monta résolument dans la voiture.

Aussitôt le cocher partit au galop.

Au bout d'un quart d'heure, étonnée de la longueur du chemin, Milady se pencha vers la portière pour voir où on la conduisait. On n'apercevait plus de maisons; des arbres apparaissaient dans les ténèbres comme de grands fantômes noirs courant les uns après les autres.

«Mais nous ne sommes plus dans la ville, Monsieur.»

Le jeune officier garda le silence.

«Je n'irai pas plus loin, si vous ne me dites pas où vous me conduisez; je vous en préviens, Monsieur!»

Cette menace n'obtint pas de réponse.

Milady voulut ouvrir la portière et se précipiter.

«Prenez garde, Madame», dit froidement le jeune homme, «vous vous tuerez en sautant.»

Enfin, après une heure de marche à peu près, la voiture s'arrêta devant une grille de fer qui fermait un chemin creux conduisant à un château sévère de forme, massif et isolé. Alors, comme les roues tournaient sur un sable fin, Milady entendit un vaste mugissement, qu'elle reconnut pour le bruit de la mer qui vient se briser sur une côte escarpée.

La voiture passa sous deux voûtes, et s'arrêta dans une cour sombre et carrée; presque aussitôt la portière s'ouvrit, le jeune homme présenta sa main à Milady, qui s'appuya dessus et descendit avec assez de calme.

Puis l'officier, toujours avec la même politesse calme, invita sa prisonnière à entrer. On s'arrêta devant une porte massive, qui roula lourdement sur ses gonds et donna ouverture à la chambre destinée à Milady. C'était une chambre dont l'ameublement était à la fois bien propre pour une prison et bien sévère pour une habitation d'homme libre; cependant des barreaux aux fenêtres et des verres extérieurs à la porte décidaient en faveur de la prison.

«Au nom du ciel, Monsieur!» s'écria Milady, «que veut dire tout ceci?»

«Vous êtes ici dans l'appartement qui vous est destiné, Madame. J'ai accompli mes ordres, le reste regarde une autre personne...»

En même temps, la porte s'ouvrit; un homme parut sur le seuil. Il portait l'épée au côté et froissait un mouchoir entre ses doigts.

«Eh quoi! Mon frère!» s'écria Milady au comble de la stupeur. «C'est vous?»

«Oui, belle dame!» répondit lord de Winter en faisant un salut moitié courtois, moitié ironique.

«Mais alors, ce château?»

«Est à moi.»

«Je suis votre prisonnière?»

«A peu près.»

«Mais c'est un affreux abus de la force!»

«Pas de grands mots; asseyons-nous et causons, comme il convient de faire entre un frère et une sœur.»

Puis se tournant:

«C'est bien», dit-il, «je vous remercie; maintenant, laissez-nous, monsieur Felton.»

XXXXII
Causerie d'un frère avec sa sœur

«Oui, causons, mon frère», dit Milady avec une espèce d'enjoue-ment, décidée qu'elle était à tirer de la conversation les éclaircis-sements dont elle avait besoin pour régler sa conduite à venir.

«Dites-moi, ma chère sœur, ce que vous venez faire en Angle-terre, vous m'aviez dit vouloir n'y jamais remettre les pieds.»

«Mais je viens vous voir!»

«Et vous n'avez pas d'autre but que de me voir?»

«Non.»

«Peste! Quelle tendresse, ma sœur!»

«Mais ne suis-je pas votre plus proche parente?»

«Et même ma seule héritière, n'est-ce pas? Demandez ce qui vous manque, et je m'empresserai de vous le faire donner.»

«Mais je n'ai ni mes femmes ni mes gens...»

«Vous aurez tout cela, Madame; dites-moi sur quel pied votre premier mari avait monté votre maison; quoique je ne sois que votre beau-frère, je vous la monterai sur un pied pareil.»

«Mon premier mari!» s'écria Milady en regardant lord de Winter avec des yeux effarés.

«Oui, votre mari français; je ne parle pas de mon frère. Au reste, si vous l'avez oublié, comme il vit encore, je pourrais lui écrire et il me ferait passer des renseignements à ce sujet.»

Une sueur froide perla sur le front de Milady.

«Vous m'insultez», dit-elle d'une voix sourde.

«Vous insulter, moi!» dit lord de Winter avec mépris; «en vérité, Madame, croyez-vous que ce soit possible?»

«En vérité, Monsieur, vous êtes ivre ou insensé; sortez et envoyez-moi une femme.»

«Ne pourrai-je pas vous servir de suivante? De cette façon tous nos secrets resteraient en famille.»

«Insolent!» s'écria Milady, et elle bondit sur le baron, qui l'attendit avec impassibilité, mais une main sur la garde de son épée.

«Eh, eh!» dit-il, «je sais que vous avez l'habitude d'assassiner les gens, mais je me défendrai, moi, je vous en préviens.»

«Vous me faites l'effet d'être assez lâche pour porter la main sur une femme.»

«Peut-être que oui; d'ailleurs j'aurais mon excuse: ma main ne serait pas la première main d'homme qui se serait posée sur vous.»

Et le baron désigna d'un geste lent et accusateur l'épaule gauche de Milady, qu'il toucha presque du doigt.

Milady poussa un rugissement sourd, et se recula jusque dans l'angle de la chambre.

Lord de Winter continua avec une fureur croissante: «Si la mémoire de mon frère ne m'était sacrée, vous iriez pourrir dans un cachot d'Etat ou rassasier à Tyburn la curiosité des matelots; dans quinze jours, je pars pour La Rochelle avec l'armée; mais la veille de mon départ, un vaisseau viendra vous prendre, que je verrai partir et qui vous conduira dans nos colonies du Sud; et, soyez tranquille, je vous adjoindrai un compagnon qui vous brûlera la cervelle à la première tentative que vous risquerez pour revenir en Angleterre ou sur le continent. D'ici à quinze jours, vous dites-vous, je serais hors d'ici. Ah, ah! essayez!»

Lord de Winter alla vers la porte et l'ouvrit brusquement.

«Qu'on appelle M. Felton», dit-il. «Attendez encore un instant, et je vais vous recommander à lui.»

Le jeune officier entra.

«Maintenant», dit le baron, «regardez cette femme: elle est jeune, elle est belle, elle a toutes les séductions de la terre, eh bien! c'est un monstre qui, à vingt-cinq ans s'est rendu coupable d'autant de crimes que vous pouvez en lire en un an dans les archives des tribunaux; elle essayera de vous séduire, peut-être même essayera-t-elle de vous tuer. Felton, je vous ai fait nommer lieutenant, je vous ai sauvé la vie une fois, mon enfant, garde-toi de cette femme; jure sur ton salut de la conserver pour le châtiment qu'elle a mérité. Je me fie à ta parole, je crois à ta loyauté.»

«Milord», dit le jeune officier, «je vous jure qu'il sera fait comme vous le désirez.»

«Et maintenant, Madame, tâchez de faire la paix avec Dieu, car vous êtes jugée par les hommes.»

Lord de Winter sortit en faisant un geste à Felton, qui sortit derrière lui et ferma la porte.

Milady lentement releva sa tête, qui avait repris une expression formidable de menace et de défi; elle courut écouter à la porte, regarda par la fenêtre, et revenant s'enterrer dans un vaste fauteuil, elle songea.

XXXXIII
Officier

Cependant le cardinal attendait des nouvelles d'Angleterre, mais aucune nouvelle n'arrivait, si ce n'est fâcheuse et menaçante.

Pendant ce temps, l'armée royale menait joyeuse vie ; les vivres ne manquaient pas au camp, ni l'argent non plus ; tous les corps rivalisaient d'audace et de gaieté.

Un jour où, rongé d'un mortel ennui, sans espérance dans les négociations avec la ville, sans nouvelles d'Angleterre, le cardinal était sorti sans autre but que de sortir, accompagné seulement de Cahusac et de La Houdinière, longeant les grèves et mêlant l'immensité de ses rêves à l'immensité de l'océan, il arriva au petit pas de son cheval sur une colline du haut de laquelle il aperçut derrière une haie, sept hommes entourés de bouteilles vides. Quatre de ces hommes étaient nos mousquetaires s'apprêtant à écouter la lecture d'une lettre que l'un d'eux venait de recevoir. Les trois autres s'occupaient à décoiffer une énorme dame-jeanne de vin de Collioure ; c'étaient les laquais de ces messieurs.

Faisant signe à La Houdinière et à Cahusac de s'arrêter, le cardinal descendit de cheval et s'approcha de ces rieurs suspects, espérant qu'à l'aide du sable qui assourdissait ses pas, et de la haie qui voilait sa marche, il pourrait entendre quelques mots ; à dix pas de la haie il reconnut le babil gascon de d'Artagnan, et il ne douta plus que les trois autres ne fussent ceux qu'on appelait les inséparables. On juge si son désir d'entendre la conversation s'augmenta de cette découverte. Mais un cri bref le fit tressaillir :

«Officier !» cria Grimaud en tendant le doigt dans la direction de la haie.

D'un bond les quatre mousquetaires furent sur pied et saluèrent avec respect. Le cardinal semblait furieux.

«Il paraît qu'on se fait garder chez messieurs les mousquetaires», dit-il. «Serait-ce que vous vous regardez comme des officiers supérieurs ?»

«Monseigneur», répondit Athos, «les mousquetaires sont des officiers très supérieurs pour leur laquais.»

«Ce ne sont point des laquais», grommela le cardinal, «ce sont des sentinelles. Savez-vous de quoi vous avez l'air, toujours ensemble, comme vous voilà, armés comme vous l'êtes, et gardés par vos laquais? Vous avez l'air de quatre conspirateurs.»

«Oh! Monseigneur, c'est vrai», dit Athos, «nous conspirons, seulement c'est contre les Rochelois.»

«Messieurs», reprit le cardinal, «on trouverait peut-être dans vos cervelles le secret de bien des choses qui sont ignorées, si on pouvait lire comme vous lisiez dans cette lettre que vous avez cachée quand vous m'avez vu venir.»

«Une lettre de femme, Monseigneur», dit Athos.

«Oh!» dit le cardinal, «il faut être discret pour ces sortes de lettres; mais cependant, on peut les montrer à un confesseur, et, vous le savez, j'ai reçu les ordres.»

«Monseigneur», dit Athos avec un calme d'autant plus terrible qu'il jouait sa tête en faisant cette réponse, «la lettre est d'une femme, mais elle n'est signée ni Marion de Lorme, ni Mme d'Aiguillon.»

Le cardinal devint pâle comme la mort, un éclair fauve sortit de ses yeux; il se retourna comme pour donner un ordre à Cahusac et à La Houdinière. Athos vit le mouvement; il fit un pas vers les mousquetons, sur lesquels les trois amis avaient les yeux fixés en hommes mal disposés à se laisser arrêter. Le cardinal jugea la partie inégale, et, par un de ces retours rapides qu'il tenait toujours à sa disposition, toute sa colère se fondit dans un sourire.

«Allons, allons!» dit-il, «vous êtes de braves jeunes gens, fiers au soleil, fidèles dans l'obscurité; il n'y a pas de mal à veiller sur soi quand on veille si bien sur les autres. Messieurs, je n'ai pas oublié la nuit où vous m'avez servi d'escorte; achevez vos bouteilles et votre lettre. Adieu, Messieurs.»

Et, remontant sur son cheval, que Cahusac lui avait amené, il les salua de la main et s'éloigna.

Les quatre jeunes gens le suivirent des yeux sans dire un seul mot jusqu'à ce qu'il eût disparu.

Puis ils se regardèrent.

«Auriez-vous rendu la lettre, Aramis?» dit d'Artagnan.

«Moi», dit Aramis de sa voix la plus flûtée, «j'étais décidé: s'il avait exigé la lettre, je la lui présentais d'une main, et de l'autre je lui passais mon épée à travers le corps.»

«Vous n'aviez lu qu'une ligne ou deux», continua d'Artagnan, «reprenez donc la lettre à partir du commencement.»

«Volontiers», dit Aramis.

Mon cher cousin, je crois bien que je me déciderai à partir pour Stenay, où ma sœur a fait entrer notre petite servante dans le couvent des Carmélites; cette pauvre enfant s'est résignée, elle sait qu'elle ne peut vivre autre part sans que le salut de son âme soit en danger. Cependant, si les affaires de notre famille s'arrangent comme nous le désirons, je crois qu'elle courra le risque de se damner, et qu'elle reviendra près de ceux qu'elle regrette, d'autant plus qu'elle sait qu'on pense toujours à elle. En attendant elle n'est pas trop malheureuse: tout ce qu'elle désire c'est une lettre de son prétendu. Ma sœur vous remercie de votre bon et éternel souvenir. Elle a eu de grandes inquiétudes; mais enfin elle est quelque peu rassurée maintenant, ayant envoyé son commis là-bas afin qu'il ne s'y passe rien d'imprévu. Adieu, mon cher cousin, donnez-nous de vos nouvelles le plus souvent que vous pourrez. Je vous embrasse.   *Marie Michon*

«Oh! Que ne vous dois-je pas, Aramis?» s'écria d'Artagnan. «Chère Constance! J'ai donc enfin de ses nouvelles; elle vit, elle est en sûreté dans un couvent, elle est à Béthune! Où prenez-vous Béthune, Athos?»

«Mais à quelques lieues des frontières; une fois le siège levé, nous pourrons aller faire un tour de ce côté. Mais que diable faites-vous donc, Aramis? Vous serrez cette lettre dans votre poche? Venez ici, Grimaud.»

Grimaud se leva et obéit.

«Mon ami, vous allez manger ce morceau de papier, puis, pour vous récompenser du service, vous boirez ensuite ce verre de vin.»

Grimaud sourit, et, les yeux fixés sur le verre qu'Athos venait de remplir bord à bord, il broya le papier et l'avala.

Pendant ce temps, Son Eminence continuait sa promenade mélancolique en murmurant entre ses moustaches: «Décidément, il faut que ces quatre hommes soient à moi.»

Revenons à Milady. Dans deux occasions sa fortune lui a manqué, dans deux occasions elle s'est vue découverte et trahie: d'Artagnan l'a vaincue, elle, cette invincible puissance du mal. Il l'a abusée dans son amour, humiliée dans son orgueil, trompée dans son ambition. Bien plus, il a levé un coin de son masque, cette égide dont elle se couvre et qui la rend si forte.

Lui seul a pu transmettre à lord de Winter tous ces affreux secrets, qu'il a découverts les uns après les autres par une sorte de fatalité. Il connaît son beau-frère, il lui aura écrit.

Que de haine elle distille! Là, immobile, et les yeux ardents et fixes, elle conçoit contre Mme Bonacieux, contre Buckingham, et surtout contre d'Artagnan, de magnifiques projets de vengeance, perdus dans les lointains de l'avenir!

Oui, mais pour se venger il faut être libre!

On ouvrit les verrous, la porte grinça sur ses gonds, des pas s'approchèrent.

«Posez là cette table», dit une voix que la prisonnière reconnut pour celle de Felton.

L'ordre fut exécuté.

«Mais vais-je donc rester toujours toute seule dans cette grande et triste chambre?» demanda Milady.

«Une femme des environs a été prévenue, elle sera demain au château et viendra toutes les fois que vous désirerez sa présence.»

«Je vous rends grâce, Monsieur», répondit humblement la prisonnière.

Felton fit un léger salut et se dirigea vers la porte.

Milady se mit à table, mangea de plusieurs mets, but un peu de vin d'Espagne, et sentit revenir toute sa résolution.

Le lendemain, lorsqu'on entra dans sa chambre, elle était encore au lit. Felton amenait la femme dont il avait parlé la veille, et qui venait d'arriver. Milady était pâle.

«J'ai la fièvre», dit-elle, «je souffre horriblement.»

«Voulez-vous qu'on appelle un médecin?» dit la femme.

«A quoi bon?» dit-elle, «ces messieurs vont déclarer que mon mal est une comédie, et le docteur sera prévenu.»

«Allez chercher lord de Winter», dit Felton.

«Oh, non, non!» s'écria Milady, «non, Monsieur, ne l'appelez pas, je vous en conjure, je suis bien, je n'ai besoin de rien, ne l'appelez pas.»

Elle mit une véhémence si prodigieuse, une éloquence si entraînante dans cette exclamation, que Felton en fut ému. Puis, renversant sa belle tête sur son oreiller, elle éclata en sanglots.

Felton la regarda un moment, et sortit. La femme le suivit.

Deux heures s'écoulèrent.

«Maintenant, il est temps que la maladie cesse», se dit-elle; «levons-nous et obtenons quelque succès dès aujourd'hui; je n'ai que dix jours.»

Felton reparut, il tenait un livre à la main et dit: «Lord de Winter, qui est catholique comme vous, Madame, a pensé que la privation des rites et des cérémonies de votre religion peut vous être pénible: il consent donc à ce que vous lisiez chaque jour l'ordinaire de *votre messe,* et voici un livre qui en contient le rituel.»

A l'air dont Felton déposa ce livre sur la petite table près de laquelle était Milady, au ton dont il prononça ces deux mots *votre messe,* au sourire dédaigneux dont il les accompagna, Milady leva la tête et regarda plus attentivement l'officier.

Alors, à cette coiffure sévère, à ce costume d'une simplicité exagérée, elle reconnut un de ces sombres puritains qu'elle avait rencontrés si souvent.

Elle eut donc une de ces inspirations subites comme les gens de génie seuls en reçoivent dans les moments suprêmes qui doivent décider de leur fortune ou de leur vie.

Ces deux mots, *votre messe,* et un simple coup d'œil jeté sur Felton, lui avaient en effet révélé toute l'importance de la réponse qu'elle allait faire. Mais avec cette rapidité d'intelligence qui lui était particulière, cette réponse toute formulée se présenta sur ses lèvres:

«Moi!» dit-elle avec un accent de dédain monté à l'unisson de celui qu'elle avait remarqué dans la voix du jeune officier, «moi, Monsieur, *ma messe!* Lord de Winter, le catholique corrompu, sait bien que je ne suis pas de sa religion, et c'est un piège qu'il veut me tendre!»

«Et de quelle religion êtes-vous donc, Madame», demanda

Felton avec un étonnement que, malgré son empire sur lui-même, il ne put cacher entièrement.

«Je le dirai», s'écria Milady avec une exaltation feinte, «le jour où j'aurai assez souffert pour ma foi.»

Le regard de Felton découvrit à Milady toute l'étendue de l'espace qu'elle venait de s'ouvrir par cette seule parole.

«Je suis aux mains de mes ennemis», continua-t-elle avec ce ton d'enthousiasme qu'elle savait familier aux puritains; «eh bien! Que mon Dieu me sauve ou que je périsse pour mon Dieu! Voilà la réponse que je vous prie de faire à lord de Winter.»

Felton ne répondit rien et se retira pensif. Lord de Winter vint vers les cinq heures du soir.

«Il paraît», dit-il, «que nous avons fait une petite apostasie!»

«Que voulez-vous dire, Monsieur?»

«Je veux dire que depuis la dernière fois que nous nous sommes vus, nous avons changé de religion; auriez-vous épousé un troisième mari protestant, par hasard?»

«J'entends vos paroles, mais je ne les comprends pas.»

«Alors, c'est que vous n'avez pas de religion du tout; j'aime mieux cela», reprit en ricanant lord de Winter.

«Il est certain que cela est plus selon vos principes.»

«Oh, je vous avoue que cela m'est parfaitement égal.»

«Vous n'avoueriez pas cette indifférence religieuse, Milord, que vos débauches et vos crimes en feraient foi.»

«Hein! Vous parlez de débauches, Madame Messaline, vous parlez de crimes, Lady Macbeth! Vous êtes bien impudente!»

«Vous parlez ainsi parce que vous savez qu'on nous écoute, Monsieur», répondit froidement Milady, «et que vous voulez intéresser vos geôliers et vos bourreaux contre moi. Tâche infâme, tâche impie!»

«Je crois, ma parole», dit de Winter en se levant, «que la drôlesse devient folle. Allons, calmez-vous, Madame la puritaine, ou je vous fais mettre au cachot.»

Et lord de Winter se retira en jurant. Felton était en effet derrière la porte et n'avait pas perdu un mot de toute cette scène.

Milady avait deviné juste.

Deux heures s'écoulèrent. On apporta le souper, et l'on trouva Milady occupée à faire tout haut ses prières, prières qu'elle avait apprises d'un vieux serviteur de son second mari, puritain des plus austères. Elle semblait en extase et ne parut pas même faire attention à ce qui se passait autour d'elle. Felton fit signe qu'on ne la dérangeât point.

Elle laissa encore s'écouler une demi-heure, et comme tout faisait silence dans le vieux château, de sa voix pure, harmonieuse et vibrante, elle commença ce psaume alors en entière faveur près des puritains :

> Seigneur, si tu nous abandonnes,
> C'est pour voir si nous sommes forts,
> Mais ensuite c'est toi qui donnes
> De ta céleste main la palme à nos efforts.

La porte s'ouvrit brusquement, et Milady vit apparaître Felton, pâle comme toujours, mais les yeux ardents et presque égarés.

«Pourquoi chantez-vous ainsi», dit-il, «et avec une pareille voix?»

«Pardon, Monsieur», répondit Milady avec douceur, «j'oubliais que mes chants ne sont pas de mise dans cette maison. Je vous ai sans doute offensé dans vos croyances, mais c'était sans le vouloir.»

Milady était si belle dans ce moment que Felton, ébloui, crut voir l'ange que tout à l'heure il croyait seulement entendre.

«Oui, oui», dit-il, «oui : vous troublez les gens qui habitent ce château.»

Et le pauvre insensé ne s'apercevait pas lui-même de l'incohérence de ses discours, tandis que Milady plongeait son œil de lynx au plus profond de son cœur.

«Je me tairai», dit-elle en baissant les yeux avec résignation.

«Non, non, Madame, seulement chantez moins haut, la nuit surtout.»

Et à ces mots, Felton s'élança hors de l'appartement.

Felton était venu ; mais il y avait encore un pas à faire : il fallait le retenir ; plus encore : il fallait le faire parler, afin de lui parler aussi, car, Milady le savait bien, sa plus grande séduction était dans sa voix.

Dès lors, Milady surveilla toutes ses actions, toutes ses paroles, jusqu'au plus simple regard de ses yeux, jusqu'à son geste : elle étudia tout, comme fait un habile comédien à qui l'on vient de donner un rôle nouveau dans un emploi qu'il n'a pas l'habitude de tenir.

Le lendemain, vers midi, lord de Winter entra.

Il faisait une assez belle journée d'hiver; Milady regardait par la fenêtre, et fit semblant de ne pas entendre la porte qui s'ouvrait.

«Ah, ah!» dit lord de Winter, «après avoir fait de la comédie, après avoir fait de la tragédie, voilà que nous faisons de la mélancolie.»

Milady joignit les mains, et levant ses beaux yeux vers le ciel:

«Seigneur! Seigneur!» dit-elle avec une angélique suavité de geste et d'intonation, «pardonnez à cet homme, comme je lui pardonne moi-même.»

«Oui, prie, maudite», s'écria le baron, «ta prière est d'autant plus généreuse que tu es, je te le jure, au pouvoir d'un homme qui ne pardonne pas.»

Et il sortit.

Au moment où il sortait, elle aperçut Felton qui se rangeait pour n'être pas vu d'elle.

Alors elle se jeta à genoux et se mit à prier: «Mon Dieu, mon Dieu! Vous savez pour quelle sainte cause je souffre, donnez-moi donc la force de souffrir.»

La porte s'ouvrit doucement.

«Je n'aime point à déranger ceux qui prient, Madame», dit Felton gravement.

«Comment savez-vous que je priais? Monsieur», dit Milady d'une voix suffoquée par les sanglots.

«Quelque crime qu'il ait commis, un coupable m'est sacré aux pieds de Dieu.»

«Coupable, moi!» dit Milady. «Dites que je suis condamnée, mais vous le savez, Dieu qui aime les martyrs, permet que l'on condamne quelquefois les innocents.»

«Je vous aiderai de mes prières.»

«Oh! vous êtes un juste, vous», s'écria Milady en se précipitant à ses pieds; «et cependant vous n'ignorez pas les desseins de lord de Winter sur moi.»

«Je les ignore.»

«Impossible, vous son confident!»

«Je ne mens jamais, Madame.»

«Mais», s'écria Milady avec un incroyable accent de vérité, «vous n'êtes donc pas son complice, vous ne savez donc pas qu'il me destine à une honte que tous les châtiments de la terre ne sauraient égaler en horreur?»

«Vous vous trompez, Madame, lord de Winter n'est pas capable d'un tel crime.»

«L'ami de l'infâme est capable de tout.»

«Qui appelez-vous l'infâme?» demanda Felton.

«Y a-t-il donc en Angleterre deux hommes à qui un semblable nom puisse convenir?»

«Vous voulez parler de Georges Villiers?» dit Felton dont les regards s'enflammèrent.

«Que les païens, les gentils et les infidèles appellent duc de Buckingham.»

«La main du Seigneur est étendue sur lui», dit Felton, «il n'échappera pas au châtiment qu'il mérite. Le connaissez-vous?»

«Enfin il m'interroge», se dit en elle-même Milady au comble de la joie d'en être arrivée si vite à un si grand résultat. «Oh, si je le connais! Oh, oui! Pour mon malheur, pour mon malheur éternel.»

Et Milady se tordit les bras comme arrivée au paroxysme de la douleur.

On entendit marcher dans le corridor; Milady reconnut le pas de lord de Winter. Felton le reconnut aussi.

Lord de Winter passa devant la porte sans s'arrêter.

Felton, pâle comme la mort, resta quelques instants l'oreille tendue et écoutant, puis, quand le bruit se fut éteint tout à fait, il respira comme un homme qui sort d'un songe, et s'élança hors de l'appartement.

«Ah!» dit Milady en écoutant à son tour le bruit des pas de Felton, qui s'éloignaient dans la direction opposée à ceux de lord de Winter, «enfin tu es à moi!»

Elle alla se placer devant sa glace et se regarda, jamais elle n'avait été si belle.

Puis, comme la veille, elle se mit à genoux et commença le même chant religieux qui avait si violemment exalté Felton.

XXXXV
Un moyen de tragédie classique

Felton, tout impassible qu'il était, ne pouvait résister à l'influence secrète qui s'était déjà emparée de lui: voir cette femme si belle, subir à la fois l'ascendant de la douleur et de la beauté, c'était trop pour un visionnaire, c'était trop pour un cerveau miné par les rêves ardents de la foi extatique, c'était trop pour un cœur corrodé à la fois par l'amour du ciel qui brûle, par la haine des hommes qui dévore.

Le lendemain, lorsque Felton entra chez Milady, il était plus pâle encore que d'habitude, et ses yeux rougis par l'insomnie indiquaient qu'il avait passé une nuit fiévreuse.

«Comprenez-vous la mission que vous remplissez?» lui dit Milady; «cruelle déjà si j'étais coupable, quel nom le Seigneur lui donnera-t-il si je suis innocente?»

«Qui êtes-vous, qui êtes-vous?» s'écria Felton en joignant les mains.

«Ne m'as-tu pas reconnue, Felton? je suis une sœur de ta croyance, voilà tout.»

«Oui, oui!» dit Felton, «je doutais encore, mais maintenant je crois.»

«Tu crois, et cependant tu me livres à cet infâme Sardanapale que les aveugles nomment le duc de Buckingham et que les croyants appellent l'Antéchrist.»

«Moi, vous livrer à Buckingham! Que dites-vous là?»

«Ils ont des yeux», s'écria Milady, «et ils ne verront pas, ils ont des oreilles et ils n'entendront pas.»

«Parlez, parlez!» s'écria Felton, «je puis tout comprendre à présent.»

«Vous confier ma honte!» s'écria Milady avec le rouge de la pudeur au visage, «oh, jamais, jamais je ne pourrai!»

«A moi, à un frère!» s'écria Felton.

«Eh bien, je me fie à mon frère, j'oserai! Ecoutez-moi: jeune encore, assez belle par malheur, on m'a fait tomber dans un piège, j'ai résisté; alors on m'a prodigué les outrages, et comme on ne pouvait perdre mon âme, on a voulu à tout jamais flétrir mon corps; enfin...»

«Enfin», dit Felton, «enfin qu'a-t-on fait?»

«Enfin, un soir, on résolut de paralyser cette résistance qu'on ne pouvait vaincre : un soir, on mêla à mon eau un narcotique puissant ; à peine eus-je achevé mon repas, que je me sentis tomber peu à peu dans une torpeur inconnue ; un engourdissement irrésistible s'emparait de moi ; je voulus crier, ma langue était glacée, et je glissai sur le parquet, en proie à un sommeil qui ressemblait à la mort. De tout ce qui se passa dans ce sommeil, je n'eus aucun souvenir. Je me réveillai couchée dans une chambre ronde, dont l'ameublement était somptueux. Je crus que je faisais un rêve. Mes habits étaient près de moi, sur une chaise : je me rappelai ni m'être dévêtue, ni m'être couchée. Que s'était-il passé ? Tout à coup, le cri d'une porte qui tourne sur ses gonds me fit tressaillir, et je m'aperçus avec terreur qu'un homme était debout à quelques pas de moi. Cet homme était celui qui me poursuivait depuis un an, qui avait juré mon déshonneur, et qui, aux premiers mots qui sortirent de sa bouche, me fit comprendre qu'il l'avait accompli la nuit précédente.»

«L'infâme», murmura Felton.

«Oh, oui, l'infâme !» s'écria Milady, «il avait cru qu'il lui suffisait d'avoir triomphé de moi dans mon sommeil, pour que tout fût dit ; il venait, espérant que j'accepterais ma honte, puisque ma honte était consommée. Tout ce que le cœur d'une femme peut contenir de mépris, je le versai sur cet homme ; il m'écouta calme, souriant, et les bras croisés sur sa poitrine ; puis :

– Adieu, ma toute belle ! J'attendrai pour revenir vous faire ma visite, que vous soyez dans de meilleures dispositions.

Ce moment fut affreux ; si j'avais encore quelques doutes sur mon malheur, ces doutes s'étaient évanouis dans une désespérante réalité : j'étais au pouvoir d'un homme capable de tout, et qui m'avait déjà donné une preuve fatale de ce qu'il pouvait oser.»

«Mais quel était donc cet homme ?» demanda Felton.

«J'essayai vainement de sortir. Je sondai tous les murs afin de découvrir une porte ; je fis vingt fois le tour de cette chambre, cherchant une issue quelconque ; il n'y en avait pas ; c'était une prison. J'étais écrasée de fatigue. Je tins deux jours et deux nuits ; une faim dévorante se faisait sentir. Une table était servie près de moi. Enfin, je mangeai du pain et quelques fruits, je bus une gorgée d'eau. Une demi-heure ne s'était pas écoulée, que les mêmes symptômes se produisirent; seulement, comme cette fois je n'avais bu qu'un fond de verre d'eau, je luttai plus longtemps, et ce qu'il y avait de plus affreux, c'est que j'avais la conscience du danger qui me menaçait. Mon âme, je puis le dire, veillait dans mon corps: je voyais, j'entendais: il est vrai que tout cela était comme dans un rêve, mais ce n'en était que plus effrayant. je sentis qu'on s'approchait de moi; je tentai de crier; je me relevai même, mais pour retomber aussitôt... et retomber dans les bras de mon persécuteur.»

«Dites-moi donc quel était cet homme?» s'écria le jeune officier.

«Je luttai de toutes mes forces et sans doute j'opposai, tout affaiblie que j'étais, une longue résistance, car je l'entendis s'écrier:

– Ces misérables puritaines! Je savais bien qu'elles lassaient leurs bourreaux, mais je les croyais moins fortes contre leurs séducteurs.

Hélas! cette résistance désespérée ne pouvait durer longtemps, je sentis mes forces qui s'épuisaient; et cette fois ce ne fut pas de mon sommeil que le lâche profita, ce fut de mon évanouissement. Le lendemain au soir, mon persécuteur revint; son attitude avait changé.

– Allons, ma belle enfant, me dit-il, je ne suis pas de ces tyrans qui gardent les femmes de force: vous ne m'aimez pas, j'en doutais avec ma fatuité ordinaire; maintenant, j'en suis convaincu. Demain, vous serez libre.

– Prenez garde! lui dis-je car ma liberté c'est votre déshonneur. A peine sortie d'ici, je dirai tout, je dirai la violence dont vous avez usé envers moi, je dirai ma captivité.

Si maître qu'il parût de lui-même, mon persécuteur laissa échapper un mouvement de colère.

– Voyons, dit le misérable, j'ai un moyen suprême, que je n'emploierai qu'à la dernière extrémité, de vous fermer la bouche ou du moins d'empêcher qu'on ne croie à un seul mot de ce que vous direz.

Je rassemblai toutes mes forces pour répondre par un éclat de rire. Il vit que c'était entre nous désormais une guerre à mort.

– Ecoutez, dit-il, je vous donne encore le reste de cette nuit et la journée de demain; réfléchissez: promettez de vous taire, la richesse, la considération, les honneurs même vous entoureront; menacez de parler, et je vous condamne à l'infamie.»

Felton s'appuyait sur un meuble, et Milady voyait avec une joie de démon que la force lui manquerait peut-être avant la fin du récit.

Après un moment de silence employé à observer le jeune homme, elle continua: «Le soir vint; mon persécuteur entra suivi d'un homme masqué, il était masqué lui-même, mais je reconnus cet air imposant que l'enfer a donné à sa personne pour le malheur de l'humanité.

– Eh bien! me dit-il, êtes-vous décidée à me faire le serment que je vous ai demandé?

– Les puritains n'ont qu'une parole: la mienne, vous l'avez entendue, c'est de vous poursuivre sur la terre au tribunal des hommes, dans le ciel au tribunal de Dieu!

– Vous êtes une prostituée, dit-il d'une voix tonnante, et vous subirez le supplice des prostituées!

Puis s'adressant à l'homme qui l'accompagnait:

– Bourreau, dit-il, fais ton devoir.»

«Oh, son nom, son nom!» s'écria Felton; «son nom, dites-le moi!»

«Alors, malgré mes cris, malgré ma résistance, car je commençais à comprendre qu'il s'agissait pour moi de quelque chose de pire que la mort, le bourreau me saisit, me renversa sur le parquet, et je poussai tout à coup un effroyable cri de douleur et de honte; un fer rouge, le fer du bourreau, s'était imprimé sur mon épaule.»

Felton poussa un rugissement.

«Tenez», dit Milady en se levant alors avec une majesté de reine, «tenez, Felton, voyez comment on a inventé un nouveau martyre pour la jeune fille pure et cependant victime de la brutalité d'un scélérat. Apprenez à connaître le cœur des hommes, et désormais faites-vous moins facilement l'instrument de leurs injustes vengeances.»

Milady d'un geste rapide ouvrit sa robe, déchira la batiste qui couvrait son sein, et, rouge d'une feinte colère et d'une honte jouée, montra au jeune homme l'empreinte ineffaçable qui déshonorait cette épaule si belle.

«Mais», s'écria Felton, «c'est une fleur de lys que je vois là!»

«Et voilà justement où est l'infamie», répondit Milady. «La flétrissure d'Angleterre!... Il fallait prouver quel tribunal me l'avait imposée, et j'aurais fait un appel public à tous les tribunaux du royaume, mais la flétrissure de France... Oh, par elle, j'étais bien réellement flétrie.»

C'en était trop pour Felton. Il tomba à genoux:

«Pardon, pardon!» s'écria-t-il. «Pardon de m'être joint à vos persécuteurs.»

Il ne l'aimait déjà plus, il l'adorait.

«Ah, maintenant», continua-t-il, «je n'ai plus qu'une chose à vous demander, c'est le nom...»

«Eh quoi, frère!» s'écria Milady, «tu ne l'as pas deviné?»

«Quoi! Lui, encore lui!»

«Le coupable», dit Milady, «c'est le ravageur de l'Angleterre, le persécuteur des vrais croyants, le lâche ravisseur de l'honneur de tant de femmes...»

«Buckingham! C'est donc Buckingham!»

Milady cacha son visage dans ses mains, comme si elle n'eût pu supporter la honte que lui rappelait ce nom.

«Les hommes le craignent et l'épargnent.»

«Oh, moi», dit Felton, «je ne le crains pas et je ne l'épargnerai pas.»

XXXXVI
Evasion

Il n'y avait plus de doute, Felton était convaincu, Felton était à elle: Milady souriait à cette pensée, car Felton, c'était désormais sa seule espérance, son seul moyen de salut.

Elle pensait que Felton viendrait à l'heure du déjeuner, mais Felton ne vint pas. Néanmoins, elle attendit encore assez patiemment jusqu'à l'heure du dîner.

A six heures, lord de Winter entra; il était armé jusqu'aux dents.

«Soit», dit-il, «vous aviez commencé à pervertir mon pauvre Felton, mais je veux le sauver, il ne vous verra plus, tout est fini. Rassemblez vos hardes, demain vous partirez. J'ai pensé que plus l'embarquement serait rapproché, plus la chose serait sûre. Demain à midi, j'aurai l'ordre de votre exil, signé Buckingham. Au revoir, voilà ce que pour aujourd'hui j'avais à vous dire. Demain je vous reverrai pour vous faire mes adieux.»

Et sur ces paroles le baron sortit.

Milady avait écouté toute cette menaçante tirade le sourire de dédain sur les lèvres, mais la rage dans le cœur.

L'orage éclata vers les dix heures du soir. Tout à coup, elle entendit frapper à une vitre, et, à la lueur d'un éclair, elle vit le visage d'un homme apparaître derrière les barreaux.

Elle courut à la fenêtre et l'ouvrit.

«Felton!» s'écria-t-elle, «je suis sauvée!»

«Oui, mais silence! Il me faut le temps de scier vos barreaux.»

«Mais que faut-il que je fasse?»

«Rien, rien; refermez la fenêtre; mettez-vous dans votre lit tout habillée; quand j'aurai fini, je frapperai aux carreaux.»

Milady referma la fenêtre, éteignit la lampe et alla se blottir dans son lit. Elle passa une heure sans respirer, la sueur sur le front, et le cœur serré par une épouvantable angoisse à chaque mouvement qu'elle entendait dans le corridor.

Au bout d'une heure, Felton frappa de nouveau.

«Etes-vous prête?» demanda Felton.

«Oui. Faut-il que j'emporte quelque chose?»

«De l'or si vous en avez.»

«Oui, heureusement on m'a laissé ce que j'en avais.»

«Tant mieux, car j'ai usé tout le mien pour fréter une barque.»

«Prenez», dit Milady, en mettant aux mains de Felton un sac plein d'or.

Felton prit le sac et le jeta au pied du mur.

«Maintenant», dit-il, «voulez-vous venir?»

Milady monta sur un fauteuil et passa tout le haut de son corps par la fenêtre: elle vit le jeune officier suspendu au-dessus de l'abîme par une échelle de corde.

Elle eut un mouvement de terreur: le vide l'épouvantait.

«Avez-vous confiance en moi?» dit Felton.

«Vous le demandez?»

«Rapprochez vos deux mains; croisez-les, c'est bien.»

Felton lui lia les deux poignets avec un mouchoir, puis par-dessus le mouchoir, avec une corde.

«Passez vos bras autour de mon cou et ne craignez rien.»

Il n'y avait pas une seconde à perdre; Milady passa ses deux bras autour du cou de Felton et se laissa glisser hors de la fenêtre.

Felton se mit à descendre les échelons lentement et un à un. Malgré la pesanteur des deux corps, le souffle de l'ouragan les balançait en l'air. Milady poussa un soupir et s'évanouit.

Parvenu au bas de l'échelle, et lorsqu'il ne sentit plus d'appui sous ses pieds, Felton se cramponna avec ses mains; enfin, arrivé au dernier échelon, il se laissa pendre à la force des poignets et toucha terre. Il se baissa, ramassa le sac d'or et le prit entre ses dents. Puis il souleva Milady dans ses bras, et s'éloigna vivement. Bientôt il quitta le chemin de ronde, descendit à travers les rochers, et, arrivé au bord de la mer, fit entendre un coup de sifflet.

Un signal pareil lui répondit, et, cinq minutes après, il vit apparaître une barque montée par quatre hommes.

«Au sloop», dit Felton, «et nagez vivement.»

Pendant que la barque s'avançait de toute la force de ses quatre rameurs, Felton déliait la corde, puis le mouchoir qui liait les mains de Milady. Puis, il prit de l'eau de mer et la lui jeta au visage. Milady poussa un soupir et ouvrit les yeux.

«Où suis-je?» dit-elle.

«Sauvée», répondit le jeune officier.

«Ah!... Merci, Felton, merci.»

Le jeune homme la pressa contre son cœur.

On approchait du sloop. Le marin de quart héla la barque, la barque répondit.

«Quel est ce bâtiment?» demanda Milady.

«Celui que j'ai frété pour vous.»

«Où va-t-il me conduire?»

«Où vous voudrez, pourvu que, moi, vous me jetiez à Portsmouth.»

«Qu'allez-vous faire à Portsmouth?»

«Accomplir les ordres de lord de Winter», dit Felton avec un sombre sourire. «Comme il se défiait de moi, il m'a envoyé à sa place faire signer à Buckingham l'ordre de votre déportation.»

«Mais s'il se défiait de vous, comment vous a-t-il confié cet ordre?»

«Etais-je censé savoir ce que je portais?»

«C'est juste. Et vous allez à Portsmouth?»

«Je n'ai pas de temps à perdre: c'est demain le 23, et Buckingham part demain avec la flotte pour La Rochelle.»

«Il ne faut pas qu'il parte!» s'écria Milady, oubliant sa présence d'esprit accoutumée.

«Soyez tranquille, il ne partira pas.»

Milady tressaillit de joie; elle venait de lire au plus profond du cœur du jeune homme: la mort de Buckingham y était écrite en toutes lettres.

«Felton...» dit-elle, «vous êtes grand! Si vous mourrez, je meurs avec vous: voilà ce que je puis vous dire.»

«Silence!» dit Felton, «nous sommes arrivés.»

En effet, on touchait au sloop.

Felton monta le premier à l'échelle et donna la main à Milady, tandis que les matelots la soutenaient, car la mer était encore fort agitée.

«Capitaine», dit Felton, «voici la personne dont je vous ai parlé, et qu'il faut conduire saine et sauve en France.»

«Moyennant mille pistoles», dit le capitaine.

«Je vous en ai donné cinq cents.»

«C'est juste; les cinq cents autres ne me sont dues qu'en arrivant à Boulogne.»

«Et nous y arriverons?»

«Sains et saufs», dit le capitaine, «aussi vrai que je m'appelle Jack Buttler.»

«Eh bien!» dit Milady, «si vous tenez votre parole, ce n'est pas cinq cents, mais mille pistoles que je vous donnerai.»

«En attendant», dit Felton, conduisez-nous dans la petite baie de Chichester, en avant de Portsmouth.»

Le capitaine répondit en commandant la manœuvre.

Il fut convenu que Milady attendrait Felton jusqu'à dix heures; si à dix heures il n'était pas de retour elle partirait. Alors, en supposant qu'il fût libre, il la rejoindrait en France, au couvent des Carmélites de Béthune.

Ce qui se passait à Portsmouth
le 23 août 1628

Felton prit congé de Milady comme un frère qui va faire une simple promenade prend congé de sa sœur en lui baisant la main. Toute sa personne paraissait dans son état de calme ordinaire : seulement une lueur inaccoutumée brillait dans ses yeux.

Felton, dans sa marche rapide, repassait ce que dix années de méditations ascétiques et un long séjour au milieu des puritains lui avaient fourni d'accusations vraies ou fausses contre le favori de Jacques VI et de Charles Ier.

Il entra dans Portsmouth vers les huit heures du matin ; toute la population était sur pied ; le tambour battait dans les rues et sur le port ; les troupes d'embarquement descendaient vers la mer.

Felton arriva au palais de l'Amirauté, couvert de poussière et ruisselant de sueur. La sentinelle voulut le repousser ; mais Felton appela le chef du poste, et tirant de sa poche la lettre dont il était porteur :

«Message pressé de la part de lord de Winter», dit-il.

Au nom de lord de Winter, qu'on savait l'un des plus intimes de Sa Grâce, le chef de poste donna l'ordre de laisser passer Felton, qui, du reste, portait lui-même l'uniforme d'officier de marine

Felton s'élança dans le palais.

Patrick, le valet de chambre, fit traverser à Felton une grande salle dans laquelle attendaient les députés de La Rochelle conduits par le prince de Soubise, et l'introduisit dans un cabinet où Buckingham, sortant du bain, achevait sa toilette.

«Le lieutenant Felton», dit Patrick, «de la part de lord de Winter.»

Felton entra.

«Pourquoi le baron n'est-il pas venu lui-même ?» demanda Buckingham, «je l'attendais ce matin.»

«Il m'a chargé de dire à Votre Grâce qu'il en était empêché par la garde qu'il est obligé de faire au château.»

«Oui, oui, je sais cela, il a une prisonnière.»

«Milord», dit Felton, «le baron de Winter vous a écrit pour

vous prier de signer un ordre d'embarquement relatif à une jeune femme nommée Charlotte Backson. »

«Oui, Monsieur, et je lui ai répondu que je le signerai. »

«Votre Grâce sait-elle que le nom de Charlotte Backson n'est pas le véritable nom de cette jeune femme?»

«Oui, Monsieur. »

«Alors, Votre Grâce connaît le véritable nom?»

«Je le connais. »

«Et, connaissant ce véritable nom», reprit Felton, «Monseigneur signera tout de même?»

«Sans doute, et plutôt deux fois qu'une. »

«Je ne puis croire», continua Felton d'une voix qui devenait de plus en plus brève et saccadée, «que Sa Grâce sache qu'il s'agit de lady de Winter... »

«Je le sais parfaitement, quoique je sois étonné que vous le sachiez, vous ! »

«Et Votre Grâce signera cet ordre sans remords?»

«Sans remords ! Ah çà, Monsieur, êtes-vous fou de me parler ainsi? Retirez-vous, Monsieur, ou j'appelle et je vous fais mettre aux fers. »

Felton tenait dans son pourpoint un couteau tout ouvert; d'un bond il fut sur le duc. En ce moment Patrick entrait dans la salle en criant: «Milord, une lettre de France!»

«De France!» s'écria Buckingham, oubliant tout, en pensant de qui lui venait cette lettre.

Felton profita du moment et lui enfonça dans le flanc le couteau jusqu'au manche.

«Ah, traître!» s'écria Buckingham, «tu m'as tué... »

«Au meurtre!» hurla Patrick.

Felton jeta les yeux autour de lui pour fuir, et, voyant la porte libre, s'élança dans la chambre voisine, la traversa en courant et se précipita vers l'escalier; mais, sur la première marche, il rencontra lord de Winter, qui, le voyant pâle, égaré, livide, taché de sang à la main et à la figure, lui sauta au cou en s'écriant: «Je le savais, je l'avais deviné et j'arrive trop tard d'une minute! Oh, malheureux que je suis! »

Felton ne fit aucune résistance; lord de Winter le remit aux mains des gardes, qui le conduisirent, en attendant de nouveaux ordres, sur une petite terrasse dominant la mer.

Au cri poussé par le duc, à l'appel de Patrick, un homme qui attendait dans l'antichambre se précipita dans le cabinet. Il trouva le duc serrant sa blessure dans sa main crispée.

«La Porte», dit le duc d'une voix mourante, «La Porte, viens-tu de sa part?»

«Oui, Monseigneur», répondit le fidèle serviteur d'Anne d'Autriche, «mais trop tard peut-être.»

«Mon Dieu, je me meurs.» Et le duc s'évanouit.

Cependant, lord de Winter, les députés, les chefs de l'expédition avaient fait irruption dans la chambre; partout des cris de désespoir retentissaient.

La nouvelle se répandit par la ville. Un coup de canon annonça qu'il venait de se passer quelque chose de nouveau et d'inattendu.

Lord de Winter s'arrachait les cheveux. On était venu lui dire à sept heures du matin qu'une échelle de corde flottait à l'une des fenêtres du château; il avait couru aussitôt à la chambre de Milady, trouvé la chambre vide et la fenêtre ouverte, les barreaux sciés, il s'était rappelé la recommandation verbale que lui avait fait transmettre d'Artagnan, il avait tremblé pour le duc et sauté sur le premier cheval venu et couru ventre à terre.

Cependant le duc n'était pas mort; il revint à lui:

«Messieurs», dit-il, «laissez-moi seul avec La Porte. Ah, c'est vous de Winter! Vous m'avez envoyé un singulier fou, voyez l'état dans lequel il m'a mis!»

«Oh, Milord, je ne m'en consolerai jamais!»

«Et tu aurais tort, mon cher de Winter», dit Buckingham en lui tendant la main «je ne connais pas d'homme qui mérite d'être regretté pendant toute ɪa vie d'un autre homme; mais laisse-nous, je t'en prie.» Le baron sortit en sanglotant.

«Que m'écrivait-elle?» dit faiblement Buckingham. «Lis-moi sa lettre»

«Oh! Milord!»

«Lis donc, je n'y vois plus, lis donc, car bientôt je n'entendrai plus, et je mourrai sans savoir ce qu'elle m'a écrit.»

La Porte ne fit plus de difficulté, et lut:

Milord,

Parce que j'ai, depuis que je vous connais, souffert par vous et pour vous, je vous conjure, si vous avez souci de mon repos, d'interrompre les grands armements que vous faites contre la France et de cesser une guerre dont on dit tout haut que la religion est la cause visible, et tout bas que votre amour pour moi est la cause cachée. Cette guerre peut non seulement amener pour la France et pour l'Angleterre de grandes catastrophes, mais encore pour vous, Milord, des malheurs dont je ne me consolerais pas.

Veillez sur votre vie, que l'on menace et qui me sera chère du moment où je ne serai pas obligée de voir en vous un ennemi.

Votre affectionnée,   *Anne*

Buckingham rappela tous les restes de sa vie pour écouter cette lecture; puis, quand elle fut finie, comme s'il eût trouvé dans cette lettre un amer désappointement:

«N'avez-vous donc pas autre chose à me dire de vive voix, La Porte?» demanda-t-il.

«Si fait, Monseigneur, la reine m'avait chargé de vous dire qu'elle vous aimait toujours.»

«Ah! Dieu soit loué! Ma mort ne sera donc pas pour elle la mort d'un étranger!»

La Porte fondit en larmes.

«Patrick, apportez-moi le coffret où étaient les ferrets de diamants.»

Patrick apporta l'objet demandé.

«Tenez, La Porte», dit Buckingham, «voici les seuls gages que j'eusse à elle, ce coffret et ces deux lettres. Vous les rendrez à Sa Majesté; et pour dernier souvenir... vous y joindrez...»

Il chercha autour de lui; mais ses regards obscurcis par la mort ne rencontrèrent que le couteau tombé des mains de Felton, et fumant encore du sang vermeil étendu sur sa lame.

«Et vous y joindrez ce couteau», dit le duc en serrant la main de La Porte.

Patrick poussa un grand cri.

Buckingham voulut sourire une dernière fois; mais la mort arrêta sa pensée, qui resta gravée sur son front comme un dernier baiser d'amour.

«Mort, mort!» s'écria Patrick.

A ce cri toute la foule entra, et partout ce ne fut que consternation et tumulte.

Aussitôt que lord de Winter vit Buckingham expiré, il courut à Felton.

«Misérable!» lui dit-il, «qu'as-tu fait?»

«Je me suis vengé.»

«Toi, dis que tu as servi d'instrument à cette femme maudite!»

«Je ne sais ce que vous voulez dire», reprit tranquillement Felton; «j'ai puni Buckingham de son injustice, voilà tout.»

Une seule chose jetait cependant un nuage sur le front de Felton. A chaque bruit qu'il entendait, le naïf puritain croyait reconnaître les pas et la voix de Milady venant se jeter dans ses bras pour s'accuser et se perdre avec lui.

Tout à coup il tressaillit, son regard se fixa sur un point de la mer, que de la terrasse où il se trouvait on dominait tout entière; avec ce regard d'aigle du marin, il avait reconnu la voile du sloop qui se dirigeait vers les côtes de France.

Il pâlit, porta la main à son cœur qui se brisait, et comprit toute la trahison.

«Une dernière grâce, Milord!» dit-il au baron.

«Laquelle?»

«Quelle heure est-il?»

Le baron tira sa montre.

«Neuf heures moins dix minutes», dit-il.

Milady avait avancé son départ d'une heure et demie, dès qu'elle avait entendu le coup de canon qui annonçait le fatal événement. Felton baissa la tête sans prononcer une parole.

XXXXVIII
En France

La première crainte du roi d'Angleterre, Charles 1er, en apprenant cette mort, fut qu'une si terrible nouvelle ne décourageât les Rochelois; il essaya de la leur cacher le plus longtemps possible, faisant fermer les ports par tout son royaume.

Pendant ce temps, au camp de La Rochelle, le roi s'ennuyait fort; il résolut d'aller incognito passer les fêtes de Saint-Louis à Saint-Germain, et demanda au cardinal de lui faire préparer une escorte de vingt mousquetaires seulement.

M. de Tréville fut prévenu par Son Eminence, et comme il savait le vif désir que ses amis avaient de revenir à Paris, il va sans dire qu'il les désigna pour faire partie de l'escorte.

Les quatre jeunes gens surent la nouvelle un quart d'heure après M. de Tréville, car ils furent les premiers à qui il la communiqua.

On envoya les valets devant avec les bagages, et l'on partit le 16 au matin. L'escorte traversa Paris le 23, dans la nuit; le roi remercia M. de Tréville, et lui permit de distribuer des congés pour quatre jours. Les premiers accordés furent à nos amis. Il y a plus, Athos obtint de M. de Tréville six jours au lieu de quatre et fit mettre dans ces six jours deux nuits de plus, car ils partirent le 24, à cinq heures du soir, et par complaisance encore, M. de Tréville postdata le congé du 25 au matin.

Le 25 au soir, comme ils entraient à Arras, et comme d'Artagnan venait de mettre pied à terre à l'auberge de la Herse d'Or, un cavalier sortit de la cour, prenant au grand galop le chemin de Paris. Au moment où il passait de la grand porte dans la rue, le vent enleva son chapeau que le voyageur retint de la main.

D'Artagnan, qui avait les yeux fixés sur cet homme, devint fort pâle:

«C'est lui !» s'écria-t-il, «cet homme maudit, que j'ai toujours vu lorsque j'étais menacé de quelque malheur, l'homme de Meung!»

«Eh ! Monsieur!» cria un garçon d'écurie courant après l'inconnu, «eh, Monsieur! Voilà un papier qui s'est échappé de votre chapeau!»

«Mon ami», dit d'Artagnan, «une demi-pistole pour ce papier!»

«Ma foi, Monsieur, avec grand plaisir!»

Le garçon d'écurie, enchanté de la bonne journée qu'il avait faite, rentra dans la cour de l'hôtel; d'Artagnan déplia le papier.

«Eh bien?» demandèrent ses amis en l'entourant.

«Rien qu'un mot!»

«*Armentières*», lut Porthos. «Je ne connais pas cela!»

«Et ce nom de ville ou de village est écrit de *sa* main!» s'écria Porthos.

«Gardons soigneusement ce papier», dit d'Artagnan, «peut-être n'ai-je pas perdu ma dernière pistole. A cheval, mes amis, à cheval!»

Et les quatre compagnons s'élancèrent au galop sur la route de Béthune.

Le couvent des Carmélites de Béthune

Les grands criminels portent avec eux une espèce de prédestination qui leur fait surmonter tous les obstacles, jusqu'au moment que la Providence, lassée, a marqué pour l'écueil de leur fortune impie.

Il en était ainsi de Milady; elle passa au travers des croiseurs des deux nations, et arriva à Boulogne sans aucun accident.

Elle se fit passer pour une Française que les Anglais inquiétaient à Portsmouth. Milady avait d'ailleurs le plus efficace des passeports: sa beauté, sa grande mine et la générosité avec laquelle elle répandait les pistoles. Elle ne resta à Boulogne que le temps de mettre à la poste une lettre ainsi conçue:

A Son Eminence Monseigneur le Cardinal de Richelieu, en son camp devant La Rochelle.

Monseigneur, que Votre Eminence se rassure; Sa Grâce le duc de Buckingham ne partira point pour la France.
Boulogne, 25 au soir.   *Milady de****

Le même soir, Milady se mit en route, et le lendemain matin elle entra à Béthune, où elle se fit indiquer le couvent.

La supérieure vint au-devant d'elle; Milady lui montra un ordre du cardinal, l'abbesse lui fit donner une chambre et servir à déjeuner. Milady voulait plaire à l'abbesse: elle fut charmante et séduisit la bonne supérieure, qui s'anima peu à peu.

Milady passa alors aux persécutions exercées par le cardinal sur ses ennemis. L'abbesse se contenta de se signer, sans approuver ni désapprouver. Cela confirma Milady dans son opinion que la religieuse était plutôt royaliste que cardinaliste. Milady continua.

«Nous avons des exemples fort tristes de ce que vous nous racontez là», dit enfin l'abbesse; «et l'une de nos pensionnaires a bien souffert des vengeances de M. le cardinal.»

«Bon!» dit Milady à elle-même, «qui sait! Je vais peut-être découvrir quelque chose ici, je suis en veine.»

Et elle s'appliqua à donner à son visage une expression de candeur parfaite.

«M. le cardinal ne poursuit pas que les crimes», dit-elle, «il y a certaines vertus qu'il poursuit plus sévèrement que certains forfaits.»

«Vous êtes l'amie du cardinal, puisqu'il vous envoie ici, et cependant...»

«Et cependant j'en dis du mal», dit Milady, achevant la pensée de la supérieure. «C'est que je ne suis pas son amie», dit-elle en soupirant, «mais sa victime.»

«Ainsi», dit l'abbesse avec un intérêt croissant, «c'est encore une pauvre persécutée que je vois?»

«Hélas oui», dit Milady.

«Rassurez-vous, Madame, la maison où vous êtes ne sera pas une prison bien dure, et vous trouverez ici une jeune femme: elle est aimable, gracieuse.»

«Comment la nommez-vous?»

«Elle m'a été recommandée par quelqu'un de très haut placé sous le nom de Ketty. Je n'ai pas cherché à savoir son autre nom.»

«Ketty!» s'écria Milady, «vous êtes sûre?»

Milady sourit à elle-même et à l'idée que cette jeune femme pouvait être son ancienne camériste. Un désir de vengeance bouleversa ses traits, mais ils revinrent presque aussitôt à leur expression bienveillante.

«Quand pourrai-je voir cette jeune dame?»

«Mais ce soir», dit l'abbesse. «Vous devez avoir besoin de repos. Couchez-vous et dormez, à l'heure du dîner nous vous réveillerons.»

Milady prit congé de l'abbesse et se coucha, doucement bercée par les idées de vengeance auxquelles l'avait ramenée le nom de Ketty.

Elle fut réveillée par une voix douce. La figure de cette jeune femme lui était complètement inconnue. L'abbesse les présenta l'une à l'autre, puis les laissa seules.

Milady, lui prenant la main, l'attira sur un fauteuil qui était près de son lit.

«Mon Dieu!» dit la jeune femme, «votre présence allait être pour moi une compagnie charmante, et voilà que je vais quitter le couvent!»

«Comment! Vous sortez bientôt?»

«Du moins je l'espère.»

«Je crois avoir appris que vous aviez souffert de la part du cardinal», continua Milady; «c'eût été un motif de plus de sympathie entre nous.»

«Notre bonne mère m'a dit que vous étiez aussi une victime de ce méchant cardinal?»

«Chut! Tous mes malheurs viennent d'avoir dit à peu près ce que vous venez de dire, devant une femme que je croyais mon amie et qui m'a trahie.»

«Si je sors d'ici, j'aurai quelques amis puissants qui, après s'être mis en campagne pour moi, pourront aussi se mettre en campagne pour vous.»

«J'ai aussi quelques connaissances: j'ai connu en Angleterre M. Dujart, je connais M. de Tréville.»

«M. de Tréville! Vous connaissez M. de Tréville?»

«Oui, parfaitement, beaucoup même.»

«Le capitaine des mousquetaires du roi?»

«Le capitaine des mousquetaires du roi.»

«Si vous connaissez M. de Tréville, vous avez dû aller chez lui?»

«Souvent!» dit Milady, qui, s'apercevant que le mensonge réussissait, voulait le pousser jusqu'au bout.

«Chez lui, vous avez dû voir quelques-uns de ses mousquetaires.»

«Nommez-moi ceux que vous connaissez, et vous verrez qu'ils seront de mes amis.»

«Vous ne connaissez pas un gentilhomme nommé Athos?»

Milady devint aussi pâle que les draps dans lesquels elle était couchée: elle saisit la main de son interlocutrice en la dévorant du regard.

«Quoi? Qu'avez-vous?»

«Ce nom m'a frappée, parce que j'ai connu ce gentilhomme, et qu'il me paraît étrange de trouver quelqu'un qui le connaisse beaucoup.»

«Oh oui, beaucoup! Non seulement lui, mais encore ses amis: MM. Porthos et Aramis.»

«En vérité, eux aussi je les connais!» s'écria Milady qui sentit le froid pénétrer jusqu'à son cœur. «Je les connais pour en avoir entendu parler par un de leurs amis, M. d'Artagnan.»

«Vous connaissez M. d'Artagnan», s'écria la novice; puis, remarquant l'étrange expression du regard de Milady: «Pardon, Madame, vous le connaissez à quel titre?»

«Mais», reprit Milady, «à titre d'ami.»

«Vous me trompez, Madame; vous avez été sa maîtresse.»

«C'est vous qui l'avez été, Madame», s'écria Milady à son tour. «Oui, je vous connais maintenant: vous êtes Mme Bonacieux.»

La jeune femme recula, pleine de surprise et de terreur.

«Oh, ne niez pas! Répondez», reprit Milady.

«Eh bien, oui, Madame! Je l'aime, sommes-nous rivales?»

La figure de Milady s'illumina d'un feu tellement sauvage que, dans toute autre circonstance, Mme Bonacieux se fût enfuie d'épouvante; mais elle était toute à sa jalousie.

«Voyons, dites, Madame», reprit Mme Bonacieux, «avez-vous été ou êtes-vous sa maîtresse?»

«Oh, non!» s'écria Milady avec un accent qui n'admettait pas le doute. «Vous ne comprenez pas que M. d'Artagnan étant mon ami, il m'avait prise pour confidente? Je sais tout: votre enlèvement de la petite maison de Saint-Germain, son désespoir, celui de ses amis, leurs recherches inutiles depuis ce moment! Ah, chère Constance, je vous trouve donc, je vous vois donc enfin!»

Et Milady tendit ses bras à Mme Bonacieux, qui ne vit plus dans cette femme qu'une amie sincère et dévouée.

«Alors vous savez ce que j'ai souffert», dit Mme Bonacieux; «mais mon supplice touche à son terme; demain, ce soir peut-être, je le retrouverai, et alors le passé n'existera plus.»

«Ce soir? Demain?» s'écria Milady, «que voulez-vous dire? Attendez-vous quelque nouvelle de lui?»

«Je l'attends lui-même.»

«Lui-même; d'Artagnan ici! Mais c'est impossible: il est au siège de La Rochelle.»

«Vous le croyez ainsi, mais, est-ce qu'il y a quelque chose d'impossible à mon d'Artagnan! Lisez donc!» dit la malheureuse jeune femme en présentant une lettre à Milady, qui lut avidement ces lignes:

Ma chère enfant, tenez-vous prête; notre ami vous verra bientôt, et il ne vous verra que pour vous arracher de la prison où votre sûreté exigeait que vous fussiez cachée.

Notre charmant Gascon vient de se montrer brave et fidèle

comme toujours, dites-lui qu'on lui est bien reconnaissant quelque part de l'avis qu'il a donné.

En ce moment on entendit le galop d'un cheval.

«Oh!» s'écria Mme Bonacieux en s'élançant à la fenêtre, «un homme que je ne connais pas, il s'arrête à la porte, il sonne.»

Milady sauta hors de son lit.

La porte s'ouvrit, et la supérieure entra.

«Est-ce vous qui arrivez de Boulogne?» demanda-t-elle à Milady.

«Oui, c'est moi, qui me demande?»

«Un homme qui ne veut pas dire son nom, mais qui vient de la part du cardinal.»

«Alors, faites entrer, Madame, je vous prie.»

La supérieure et Mme Bonacieux sortirent.

Milady resta seule; un instant après on entendit le bruit d'éperons qui retentissaient sur les escaliers, puis un homme parut.

Milady jeta un cri de joie: cet homme c'était le comte de Rochefort, l'âme damnée de Son Eminence.

L
Deux variétés de démons

«Ah!» s'écrièrent ensemble Rochefort et Milady, «c'est vous!»

«Et vous arrivez?...» demanda Milady.

«De La Rochelle, et vous?»

«D'Angleterre.»

«Buckingham?»

«Mort ou blessé dangereusement.»

«Ah!» fit Rochefort, «voilà un hasard heureux, et qui satisfera fort Son Eminence! L'avez-vous prévenue?»

«Je lui ai écrit de Boulogne. Mais comment êtes-vous ici?»

«Son Eminence, inquiète, m'a envoyé à votre recherche.»

«Je suis arrivée d'hier seulement. Savez-vous qui j'ai rencontré ici?»

«Comment voulez-vous?»

«Cette jeune femme que la reine a tirée de prison.»

«La maîtresse du petit d'Artagnan?»

«Oui, Mme Bonacieux, dont le cardinal ignorait la retraite.»

«Vous connaît-elle?»

«Non. Je suis sa meilleure amie!»

«Sur mon honneur», dit Rochefort, «il n'y a que vous, ma chère comtesse, pour faire de ces miracles-là.»

«Et bien m'en a pris, chevalier, car on va la venir chercher demain ou après-demain avec un ordre de la reine.»

«Et qui cela?»

«D'Artagnan et ses amis. Que vous a dit le cardinal à mon égard?»

«De prendre vos dépêches écrites ou verbales, de revenir en poste, et quand il saura ce que vous avez fait, il avisera à ce que vous devez faire.»

«Vous ne pouvez m'emmener avec vous?»

«Non, l'ordre est formel: aux environs du camp, vous pourriez être reconnue, et votre présence compromettrait Son Eminence après ce qui vient de se passer là-bas. Seulement, dites-moi où vous attendrez des nouvelles du cardinal, que je sache toujours où vous retrouver.»

«Je ne pourrai rester ici.»

«Mais alors cette petite femme va échapper à Son Eminence?»

«Vous oubliez que je suis sa meilleure amie. Qu'il soit tranquille.»

«Maintenant, voyons, que dois-je faire?»

«Repartir à l'instant même; il me semble que les nouvelles que vous reportez valent bien la peine que l'on fasse diligence.»

«Ma chaise s'est cassée en entrant à Lillers.»

«A merveille! J'ai besoin de votre chaise, moi», dit Milady. «En passant à Lillers, vous me la renvoyez avec ordre à votre domestique de se mettre à ma disposition. Vous avez sans doute sur vous quelque ordre du cardinal.»

«J'ai mon plein pouvoir.»

«Vous le montrerez à l'abbesse, et vous direz qu'on viendra me chercher, et que j'aurai à suivre la personne qui se présentera en votre nom.»

«Très bien!»

«N'oubliez pas de me traiter durement je suis une victime du cardinal!»

«Maintenant, que je sache où vous retrouver? Voulez-vous une carte?»

«Oh, je connais ce pays à merveille. J'y ai été élevée.»

«Vous m'attendrez....?»

«Laissez-moi réfléchir un instant; tenez, à Armentières.»

«Qu'est-ce que cela, Armentières?»

«Une petite ville sur la Lys; je n'aurai qu'à traverser la rivière et je suis en pays étranger.»

«Ecrivez-moi ce nom-là sur un morceau de papier; ce n'est pas compromettant, un nom de ville, n'est-ce pas?»

«Et qui sait? N'importe», dit Milady en écrivant le nom sur une demi-feuille de papier, «je me compromets.»

«Vous pensez à tout.»

«Et vous, vous oubliez une chose...»

«Laquelle?»

«C'est de me demander si j'ai besoin d'argent.»

«Combien voulez-vous?»

«Tout ce que vous avez d'or.»

«J'ai cinq cents pistoles à peu près.»

«J'en ai autant: avec mille pistoles on fait face à tout; videz vos poches.»

«Voilà, comtesse.»

«Adieu, Chevalier, recommandez-moi au cardinal!»

«Recommandez-moi à Satan», répliqua Rochefort.

Milady et Rochefort échangèrent un sourire et se séparèrent.

Une heure après, Rochefort partit au grand galop de son cheval; cinq heures après il passait par Arras.

LI
Une goutte d'eau

A peine Rochefort fut-il sorti, que Mme Bonacieux rentra. Elle trouva Milady le visage riant.

«Eh bien!» dit-elle, «le cardinal vous envoie prendre...»

«Venez vous asseoir près de moi», dit Milady. «Attendez que je m'assure si personne ne nous écoute.»

Milady se leva et alla à la porte, l'ouvrit, regarda dans le corridor, et revint se rasseoir près de Mme Bonacieux.

«Cet homme, qui est venu», dit Milady, «c'est mon frère. Il n'y a que vous qui sachiez ce secret. Mon frère, qui venait pour m'enlever, a rencontré l'émissaire du cardinal. Il l'a tué et a pris ses papiers.»

«Oh!» fit Mme Bonacieux en frissonnant.

«C'était le seul moyen, songez-y. Il a pris les papiers, il s'est présenté comme l'émissaire du cardinal, et dans une heure ou deux, une voiture doit venir me prendre de la part de Son Eminence. Mais ce n'est pas tout : cette lettre que vous avez reçue...»

«Eh bien?»

«Elle est fausse. Mon frère a rencontré des émissaires du cardinal en habits de mousquetaires. On vous aurait appelée à la porte, vous auriez cru avoir affaire à des amis, on vous enlevait et on vous ramenait à Paris.»

«Oh, mon Dieu! Ma tête se perd au milieu de ce chaos d'iniquités. Que me conseillez-vous de faire?»

«Je vais me cacher à quelques lieues d'ici en attendant que mon frère vienne me rejoindre; je vous emmène avec moi, nous nous cachons ensemble.»

«Oh, vous êtes bonne et je vous remercie. Cher d'Artagnan, oh, comme il vous remerciera!»

«En attendant, descendez au jardin.» Et les deux femmes se quittèrent en échangeant un charmant sourire.

Pour Milady, ce qu'il y avait de plus pressé, c'était d'enlever Mme Bonacieux, de la mettre en lieu sûr, et, le cas échéant, de s'en faire un otage. Mme Bonacieux, c'était la vie de d'Artagnan; c'était en cas de mauvaise fortune un moyen de traiter et d'obtenir sûrement de bonnes conditions.

Milady était comme un bon général, qui prévoit tout ensemble la victoire et la défaite, et qui est tout prêt, selon les chances de la bataille, à marcher en avant ou à battre en retraite.

Au bout d'une heure, elle entendit une douce voix qui l'appelait : c'était celle de Mme Bonacieux : elles allaient souper ensemble.

En arrivant dans la cour, elles entendirent le bruit d'une voiture qui s'arrêtait à la porte.

«C'est celle que mon frère nous envoie. Du courage : montez dans votre chambre, vous avez bien quelques bijoux à emporter.»

«J'ai ses lettres.»

«Allez les chercher et venez me rejoindre chez moi, nous souperons à la hâte; peut-être voyagerons-nous une partie de la nuit, il faut prendre des forces.»

Milady monta vivement chez elle; elle y trouva le laquais de Rochefort, et lui donna ses instructions.

Il devait attendre à la porte; si par hasard les mousquetaires paraissaient, la voiture partait au galop, faisait le tour du couvent, et allait attendre Milady de l'autre côté du bois. Si les mousquetaires ne paraissaient pas, Mme Bonacieux montait dans la voiture, et Milady enlevait Mme Bonacieux.

Mme Bonacieux entra.

«Vous le voyez», dit Milady lorsque le laquais fut sorti, «tout est prêt. Cet homme va donner les derniers ordres. Au point du jour nous serons arrivées dans notre retraite...»

Elle s'arrêta: elle venait d'entendre sur la route comme le roulement lointain d'un galop qui allait s'approchant. Ce bruit la tira de sa joie; elle pâlit et courut à la fenêtre, tandis que Mme Bonacieux, se levant toute tremblante, s'appuyait sur sa chaise pour ne point tomber.

Le bruit devenait plus fort. Milady regardait de toute la puissance de son attention; il faisait juste assez clair pour qu'elle pût reconnaître ceux qui venaient.

Tout à coup, au détour du chemin, elle vit reluire des chapeaux galonnés et flotter des plumes; elle compta deux, puis cinq, puis huit cavaliers; l'un d'eux précédait tous les autres de deux longueurs de cheval.

Milady poussa un rugissement étouffé. Dans celui qui tenait la tête elle reconnut d'Artagnan.

«C'est l'uniforme des gardes de M. le cardinal; pas un instant à perdre», s'écria Milady, «fuyons!»

«Fuyons!» répéta Mme Bonacieux, mais sans pouvoir faire un pas, clouée qu'elle était à sa place par la terreur.

En ce moment on entendit le roulement de la voiture, qui à la vue des mousquetaires partait au galop. Puis, trois ou quatre coups de feu retentirent.

Mme Bonacieux fit deux pas et tomba sur ses genoux. Milady essaya de la soulever et de l'emporter, mais elle ne put en venir à bout.

Tout à coup, un éclair livide jaillit de ses yeux; d'un bond, elle courut à la table, versa dans un verre le contenu d'un chaton de bague qu'elle ouvrit avec une promptitude singulière.

C'était un grain rougeâtre qui se fondit aussitôt.

«Buvez», dit-elle, «ce vin vous donnera des forces, buvez.»

Et elle approcha le verre des lèvres de la jeune femme, qui but machinalement.

«Ah, ce n'est pas ainsi que je voulais me venger», dit Milady, en reposant avec un sourire infernal le verre sur la table, «mais, ma foi, on fait ce qu'on peut!»

Et elle s'élança hors de l'appartement.

Mme Bonacieux la regarda fuir, sans pouvoir la suivre.

Quelques minutes se passèrent. Enfin elle entendit le grincement des grilles qu'on ouvrait, le bruit des bottes et des éperons retentit par les escaliers.

Tout à coup elle jeta un grand cri de joie et s'élança vers la porte, elle avait reconnu la voix de d'Artagnan.

«D'Artagnan! D'Artagnan!» s'écria-t-elle. «Par ici, par ici.»

«Constance! Constance! Où êtes-vous?»

Au même moment, la porte céda au choc plutôt qu'elle ne s'ouvrit; plusieurs hommes se précipitèrent dans la chambre; Mme Bonacieux était tombée dans un fauteuil sans pouvoir faire un mouvement. D'Artagnan jeta un pistolet encore fumant qu'il tenait à la main, et tomba à genoux devant sa maîtresse, Athos repassa le sien à sa ceinture; Porthos et Aramis, qui tenaient leurs épées nues, les remirent au fourreau.

«Oh, d'Artagnan, mon bien-aimé, tu viens donc enfin, tu ne m'avais pas trompée, c'est bien toi!»

«Oui, oui, Constance!»

«Oh, *elle* avait beau dire que tu ne viendrais pas, j'espérais...»

A ce mot *elle,* Athos, qui s'était assis tranquillement, se leva tout à coup.

«*Elle!* Qui *elle?*» demanda d'Artagnan.

«Mais ma compagne; celle qui, par amitié pour moi, voulait me soustraire à mes persécuteurs; celle qui, vous prenant pour des gardes du cardinal, vient de s'enfuir.»

«Votre compagne», s'écria d'Artagnan devenant plus pâle que le voile blanc de sa maîtresse, «de quelle compagne voulez-vous parler?»

«De celle dont la voiture était à la porte, d'une femme qui se dit votre amie, d'Artagnan; d'une femme à qui vous avez tout raconté. C'est étrange... oh, mon Dieu! Ma tête se trouble, je n'y vois plus.»

«A moi, mes amis! Ses mains sont glacées», s'écria d'Artagnan, «elle se trouve mal.»

Tandis que Porthos appelait au secours, Aramis courut à la table pour prendre un verre d'eau; mais il s'arrêta en voyant l'horrible altération du visage d'Athos, qui, debout devant la table, les yeux glacés de stupeur, regardait l'un des verres.

«Oh!» disait Athos, «oh, non, c'est impossible! Dieu ne permettra pas un pareil crime.»

«De l'eau, de l'eau!» criait d'Artagnan.

«Madame», dit Athos, «au nom du ciel, à qui ce verre vide?»

«A moi, Monsieur...» répondit la jeune femme d'une voix mourante.

«Mais qui vous a versé ce vin qui était dans ce verre?»

«*Elle.*»

«Mais, qui donc *elle?*»

«Ah, je me souviens, la comtesse de Winter...»

Les quatre amis poussèrent un seul et même cri, mais celui d'Athos domina tous les autres.

En ce moment, le visage de Mme Bonacieux devint livide, une douleur sourde la terrassa. D'Artagnan saisit les mains d'Athos:

«Et quoi!» dit-il, «tu crois.. »

«D'Artagnan, d'Artagnan!» s'écria Mme Bonacieux, «où es-tu? Ne me quitte pas, tu vois bien que je vais mourir.»

Son visage si beau était tout bouleversé, ses yeux vitreux n'avaient déjà plus de regard, un tremblement convulsif agitait son corps, la sueur coulait sur son front.

«Constance! Constance!» s'écria d'Artagnan.

Un soupir s'échappa de la bouche de Mme Bonacieux effleurant celle de d'Artagnan; ce soupir, c'était cette âme si chaste et si aimante qui remontait au ciel.

D'Artagnan ne tenait plus qu'un cadavre dans ses bras. Il poussa un cri et tomba près de sa maîtresse, aussi pâle et aussi glacé qu'elle.

Porthos pleura, Aramis montra le poing au ciel, Athos fit le signe de la croix.

Un homme parut sur la porte:

«Messieurs», dit le nouveau venu, «vous êtes comme moi à la recherche d'une femme, qui a dû passer par ici, car j'y vois un cadavre! Messieurs, je suis lord de Winter, le beau-frère de cette femme.»

Les trois amis jetèrent un cri de surprise. Athos se leva et lui tendit la main.

«Soyez le bienvenu, Milord», dit-il, «vous êtes des nôtres.»

«Je suis parti cinq heures après elle de Portsmouth, je suis arrivé trois heures après elle à Boulogne, je l'ai manquée de vingt minutes à Saint-Omer; enfin, à Lilliers, j'ai perdu sa trace. Je vous ai vus passer au galop; j'ai appelé, vous ne m'avez pas répondu; j'ai voulu vous suivre, mais mon cheval était trop fatigué.»

D'Artagnan rouvrit les yeux. Il s'arracha des bras de Porthos et se jeta comme un insensé sur le corps de sa maîtresse.

Athos se leva, l'embrassa tendrement, et, comme il éclatait en sanglots, il lui dit de sa voix si noble et si persuasive:

«Ami, sois homme: les femmes pleurent les morts, les hommes les vengent!»

«Oh oui!» dit d'Artagnan, «si c'est pour la venger, je suis prêt à te suivre.»

Athos profita de ce moment de force pour faire signe à Porthos et à Aramis d'aller chercher la supérieure.

«Madame», lui dit-il, «nous abandonnons à vos soins pieux le corps de cette malheureuse femme. Traitez-la comme une de vos sœurs; nous reviendrons un jour pleurer sur sa tombe.»

Et il entraîna son ami, affectueux comme un père, consolant comme un prêtre, grand comme l'homme qui a beaucoup souffert.

Tous cinq, suivis de leurs valets, s'avancèrent vers la ville de Béthune, et ils s'arrêtèrent devant la première auberge qu'il rencontrèrent.

«Mais», dit d'Artagnan, «ne poursuivons-nous pas cette femme?»

«Je réponds d'elle», dit Athos.

«Il me semble cependant», dit lord de Winter, «que s'il y a quelque mesure à prendre contre la comtesse, cela me regarde: c'est ma belle-sœur.»

«Et moi», dit Athos, «c'est ma femme.»

D'Artagnan tressaillit, car il comprit qu'Athos était sûr de sa vengeance, puisqu'il révélait un pareil secret.

«Laissez-moi faire», dit Athos. «Seulement, d'Artagnan, si vous ne l'avez pas perdu, remettez-moi ce papier qui s'est échappé du chapeau de cet homme et sur lequel est écrit le nom de la ville...»

LII
L'homme au manteau rouge

Le désespoir d'Athos avait fait place à une douleur concentrée, qui rendait plus lucides encore les brillantes facultés d'esprit de cet homme.

Il pria l'hôte de lui procurer une carte de la province, interrogea les lignes tracées, reconnut que quatre chemins différents se rendaient de Béthune à Armentières, et fit appeler les valets.

Planchet, Grimaud, Mousqueton et Bazin reçurent les ordres clairs, ponctuels et graves d'Athos: ils devaient partir au point du jour et se rendre à Armentières, chacun par une route différente.

Des valets qui interrogent inspirent aux passants moins de défiance que leurs maîtres, et trouvent plus de sympathie chez ceux auxquels ils s'adressent. Enfin, Milady connaissait les maîtres, tandis qu'elle ne connaissait pas les valets; au contraire, les valets connaissaient parfaitement Milady.

Tous quatre devaient se trouver réunis le lendemain, à onze heures à l'endroit indiqué; s'ils avaient découvert la retraite de Milady, trois resteraient à la garder, le quatrième reviendrait à Béthune pour servir de guide aux quatre amis.

Ces dispositions prises, Athos ceignit son épée, s'enveloppa dans son manteau et sortit de l'hôtel; il était dix heures à peu près. A dix heures du soir, en province, les rues sont peu fréquentées. Athos cherchait visiblement quelqu'un à qui il pût s'adresser. Enfin il rencontra un passant attardé; l'homme auquel il s'adressa recula avec terreur, cependant il répondit par une indication. Athos offrit à cet homme une demi-pistole pour l'accompagner, mais l'homme refusa.

Athos marcha dans la direction indiquée et atteignit le faubourg; là il parut de nouveau inquiet et embarrassé. Heureusement un mendiant passa: Athos lui proposa un écu pour l'accompagner où il allait. Le mendiant hésita, mais à la vue de la pièce d'argent, il se décida et marcha devant Athos.

Arrivé à l'angle d'une rue, il lui montra de loin une petite maison isolée, solitaire, triste; Athos s'en approcha, tandis que le mendiant, qui avait reçu son salaire, s'en éloignait à toutes jambes.

Trois fois Athos frappa sans qu'on lui répondît. Enfin la porte s'entre-bâilla, et un homme de haute taille, au teint pâle, aux cheveux et à la barbe noirs, parut.

Athos et lui échangèrent quelques mots à voix basse, puis l'homme à la haute taille fit signe au mousquetaire qu'il pouvait entrer.

L'homme qu'Athos était venu chercher si loin le fit entrer dans son laboratoire, où il était occupé à retenir avec des fils de fer les os cliquetants d'un squelette.

Tout le reste de l'ameublement indiquait que celui chez lequel on se trouvait s'occupait de sciences naturelles: il y avait des bocaux pleins de serpents; des lézards desséchés; des bottes d'herbes sauvages. Du reste, pas de famille, pas de serviteurs; l'homme à la haute taille habitait seul cette maison.

Alors Athos lui expliqua la cause de sa visite; mais l'inconnu recula de terreur et refusa. Athos tira de sa poche un papier sur lequel étaient écrites deux lignes accompagnées d'une signature et d'un sceau, et le présenta. L'homme eut à peine lu ces deux lignes, vu la signature et reconnu le sceau, qu'il s'inclina en signe qu'il n'avait plus aucune objection à faire, et qu'il était prêt à obéir.

Athos n'en demanda pas davantage; il se leva, salua, sortit, rentra dans l'hôtel et s'enferma chez lui.

Au point du jour, d'Artagnan entra dans sa chambre et demanda ce qu'il fallait faire.

«Attendre», répondit Athos.

Quelques instants après, la supérieure du couvent fit prévenir que l'enterrement de la victime de Milady aurait lieu à midi. A l'heure indiquée, lord de Winter et les quatre amis se rendirent au couvent: les cloches sonnaient à toute volée, la chapelle était ouverte. Au milieu du chœur, le corps de la victime, revêtue de ses habits de novice, était exposé.

D'Artagnan sentit son courage qui fuyait de nouveau.

Cependant, Planchet avait suivi la route et appris que, la veille, à huit heures du soir, une dame qui voyageait dans une chaise avait été obligée de s'arrêter au village de Festuberg. Planchet retrouva le postillon : il avait conduit la dame jusqu'à Fromelles, et de Fromelles elle était partie pour Armentières. Planchet prit la traverse, et à sept heures du matin il était à Armentières.

Il n'y avait qu'un seul hôtel, celui de la Poste. Planchet alla s'y présenter comme un laquais sans place qui cherchait une condition. Il n'avait pas causé dix minutes avec les gens de l'auberge, qu'il savait qu'une femme seule était arrivée à onze heures du soir, avait fait venir le maître d'hôtel et lui avait dit qu'elle désirait demeurer quelque temps dans les environs.

Planchet n'avait pas besoin d'en savoir davantage. Il courut au rendez-vous, trouva les trois laquais exacts à leur poste, les plaça en sentinelles à toutes les issues de l'hôtel, et vint trouver Athos, qui achevait de recevoir les renseignements de Planchet, lorsque ses amis entrèrent.

«Que faut-il faire?» demanda d'Artagnan.

«Attendre», répondit Athos. Chacun se retira chez soi.

A huit heures du soir, Athos donna l'ordre de seller les chevaux, et fit prévenir lord de Winter et ses amis qu'ils eussent à se préparer pour l'expédition. En un instant tous cinq furent prêts.

«Patience, dit Athos, il nous manque encore quelqu'un. Attendez-moi, je reviens.» Et il partit au galop.

Un quart d'heure après, il revint accompagné d'un homme masqué et enveloppé d'un grand manteau rouge.

Lord de Winter et les trois mousquetaires s'interrogèrent du regard. Nul d'entre eux ne put renseigner les autres, car tous ignoraient ce qu'était cet homme. Cependant ils pensèrent que cela devait être ainsi, puisque la chose se faisait par l'ordre d'Athos. A neuf heures, guidée par Planchet, la petite cavalcade se mit en route.

C'était un triste aspect que celui de ces six hommes courant en silence, plongés chacun dans sa pensée, mornes comme le désespoir, sombres comme le châtiment.

LIII
Le jugement

C'était une nuit orageuse et sombre, de gros nuages couraient dans le ciel, voilant la clarté des étoiles. D'ailleurs, l'orage grossissait, les éclairs se succédaient rapidement, et le vent, précurseur de l'ouragan, sifflait dans la plaine.

Un peu au-delà de Fromelles, l'orage éclata; on déploya ses manteaux; il restait encore trois lieues à faire: on les fit sous des torrents de pluie.

Tout à coup, un homme, abrité sous un arbre, se détacha du tronc avec lequel il était resté confondu dans l'obscurité, et s'avança jusqu'au milieu de la route.

Athos reconnut Grimaud.

«Où est-elle?» demanda-t-il.

Grimaud étendit la main dans la direction de la Lys.

«Loin d'ici?»

Grimaud présenta à son maître son index plié.

«Seule?»

Grimaud fit signe que oui.

«Messieurs», dit Athos, «elle est seule à une demi-lieue d'ici, dans la direction de la rivière.»

Grimaud prit à travers champ, et servit de guide à la cavalcade.

On trouva un ruisseau que l'on traversa à gué. Soudain, un éclair brilla; Grimaud étendit le bras, et à la lueur bleuâtre du serpent de feu on distingua une petite maison isolée, au bord de la rivière, à cent pas d'un bac. Une fenêtre était éclairée.

Un homme couché dans le fossé se leva, c'était Mousqueton; il montra du doigt la fenêtre éclairée.

«Elle est là», dit-il.

«Et Bazin?» demanda Athos.

«Tandis que je gardais la fenêtre, il gardait la porte.»

Athos sauta à bas de son cheval et s'avança vers la fenêtre après avoir fait signe au reste de la troupe de tourner du côté de la porte. Il parvint jusqu'à la fenêtre privée de contrevents, mais dont les demi-rideaux étaient exactement tirés. Il monta sur le rebord de pierre, afin que son œil pût dépasser la hauteur des rideaux

A la lueur d'une lampe, il vit une femme enveloppée d'une mante de couleur sombre. On ne pouvait distinguer son visage, mais un sourire sinistre passa sur les lèvres d'Athos, il n'y avait pas à s'y tromper, c'était bien celle qu'il cherchait.

En ce moment un cheval hennit : Milady releva la tête, vit, collé à la vitre, le visage pâle d'Athos, et poussa un cri.

Athos comprit qu'il était reconnu, poussa la fenêtre du genou et de la main, la fenêtre céda, les carreaux se rompirent.

Et Athos, pareil au spectre de la vengeance, sauta dans la chambre. Milady courut à la porte et l'ouvrit ; plus pâle et plus menaçant encore qu'Athos, d'Artagnan était sur le seuil.

Derrière d'Artagnan entrèrent Porthos, Aramis, lord de Winter et l'homme au manteau rouge. Les quatre valets gardaient la porte et la fenêtre.

«Que demandez-vous ?» s'écria Milady.

«Nous demandons», dit Athos, «Charlotte Backson, qui s'est appelée d'abord la comtesse de La Fère, puis lady de Winter.»

«C'est moi, c'est moi !» murmura-t-elle au comble de la terreur. «Que me voulez-vous ?»

«Nous voulons vous juger selon vos crimes», dit Athos. «Monsieur d'Artagnan, à vous d'accuser le premier.»

D'Artagnan s'avança.

«Devant Dieu et devant les hommes», dit-il, «j'accuse cette femme d'avoir empoisonné Constance Bonacieux, morte hier soir. J'accuse cette femme d'avoir voulu m'empoisonner moi-même.» Il se retourna vers Porthos et vers Aramis.

«Nous attestons», dirent d'un seul mouvement les deux mousquetaires.

«A vous, Milord», dit Athos.

«Devant Dieu et devant les hommes», dit-il, «j'accuse cette femme d'avoir fait assassiner le duc de Buckingham.»

«Le duc de Buckingham assassiné ?» s'écrièrent tous les assistants.

«Oui, assassiné ! Sur la lettre d'avis que vous m'aviez écrite, j'avais fait arrêter cette femme, et je l'avais donnée en garde à un loyal serviteur ; elle a corrompu cet homme, elle lui a mis le poignard dans la main, elle lui a fait tuer le duc.»

Un frémissement courut parmi les juges à la révélation de ces crimes encore inconnus.

«Ce n'est pas tout», reprit lord de Winter; «mon frère, qui vous a fait son héritière, est mort en trois heures d'une étrange maladie qui laisse des taches livides sur tout le corps. Ma sœur, comment votre mari est-il mort?»

«Horreur!» s'écrièrent Porthos et Aramis.

«Assassin de Buckingham, assassin de mon frère, je demande justice contre vous, et je déclare que si on ne me la fait pas, je me la ferai.» Et lord de Winter alla se ranger près de d'Artagnan, laissant la place libre à un autre accusateur.

«A mon tour», dit Athos. «J'épousai cette femme quand elle était jeune fille, je l'épousai malgré toute ma famille; je lui donnai mon bien; je lui donnai mon nom; et un jour je m'aperçus qu'elle était flétrie: cette femme était marquée d'une fleur de lys sur l'épaule gauche.»

«Oh!» dit Milady en se levant, «je défie de retrouver le tribunal qui a prononcé sur moi cette sentence infâme. Je défie de retrouver celui qui l'a exécutée.»

«Silence», dit une voix. «A ceci, c'est à moi de répondre.»

Et l'homme au manteau rouge s'approcha à son tour.

Tous les yeux se tournèrent vers cet homme, car à tous, excepté à Athos, il était inconnu.

Encore Athos le regardait-il avec autant de stupéfaction que les autres, car il ignorait comment il pouvait se trouver mêlé en quelque chose à l'horrible drame qui se dénouait en ce moment.

Après s'être approché de Milady, d'un pas lent et solennel, l'inconnu ôta son masque.

Milady regarda quelque temps avec une terreur croissante ce visage pâle encadré de cheveux et de favoris noirs, dont la seule expression était une impassibilité glacée, puis tout à coup:

«Oh, non, non», dit-elle en se levant et en reculant jusqu'au mur; «non, non, c'est une apparition infernale!»

«Mais qui êtes-vous donc?» s'écrièrent tous les témoins de cette scène.

«Demandez-le à cette femme», dit l'homme au manteau rouge, «car vous voyez bien qu'elle m'a reconnu, elle.»

«Le bourreau de Lille, le bourreau de Lille!» s'écria Milady en proie à une terreur insensée.

L'inconnu laissa le silence se rétablir.

«Je vous le disais bien qu'elle m'avait reconnu!» reprit-il.

«Oui, je suis le bourreau de la ville de Lille, et voici mon histoire: Cette jeune femme était autrefois une jeune fille aussi belle qu'elle est belle aujourd'hui. Elle était religieuse au couvent des Bénédictines de Templemar. Un jeune prêtre au cœur simple et croyant desservait l'église de ce couvent; elle entreprit de le séduire et y réussit, elle eût séduit un saint. Leur liaison ne pouvait durer longtemps sans les perdre tous deux. Elle obtint de lui qu'ils quitteraient le pays; mais pour gagner une autre partie de la France, où ils pussent vivre tranquilles parce qu'ils seraient inconnus, il fallait de l'argent. Le prêtre vola les vases sacrés, les vendit; mais comme ils s'apprêtaient à partir ensemble, ils furent arrêtés tous les deux. Huit jours après, elle avait séduit le fils du geôlier et s'était sauvée. Le jeune prêtre fut condamné à dix ans de fer et à la flétrissure. J'étais le bourreau de la ville de Lille, comme dit cette femme. Je fus obligé de marquer le coupable, et le coupable, Messieurs, c'était mon frère! Je jurai alors que cette femme qui l'avait perdu partagerait au moins le châtiment. Je me doutai du lieu où elle était cachée, je la poursuivis, je l'atteignis, je la garottai et lui imprimai la même flétrissure que j'avais imprimée à mon frère. Voilà la cause pour laquelle je l'ai marquée.»

«Monsieur d'Artagnan», dit Athos, «quelle est la peine que vous réclamez contre cette femme?»

«La peine de mort», répondit d'Artagnan.

«Milord de Winter, quelle est la peine que vous réclamez contre cette femme?»

«La peine de mort», reprit lord de Winter.

«Messieurs Porthos et Aramis», reprit Athos, «vous qui êtes ses juges, quelle est la peine que vous portez contre cette femme?»

«La peine de mort», répondirent d'une voix sourde les deux mousquetaires.

«Anne de Breuil, comtesse de La Fère, milady de Winter», dit Athos en étendant la main vers elle, «vos crimes ont lassé les hommes sur la terre et Dieu dans le ciel. Si vous avez quelque prière, dites-la, car vous êtes condamnée et vous allez mourir.»

A ces paroles, Milady se releva de toute sa hauteur, mais elle sentit qu'une main puissante et implacable la saisissait par les cheveux et l'entraînait aussi irrévocablement que la fatalité entraîne l'homme : elle ne tenta donc pas même de faire résistance et sortit de la chaumière.

Lord de Winter, d'Artagnan, Athos, Porthos et Aramis sortirent derrière elle. Les valets suivirent leurs maîtres et la chambre resta solitaire avec sa fenêtre brisée, sa porte ouverte et sa lampe fumeuse qui brûlait tristement sur la table.

LIV
L'exécution

Il était minuit à peu près ; la lune, échancrée par sa décroissance et ensanglantée par les dernières traces de l'orage, se levait derrière la petit ville d'Armentières. De temps en temps un large éclair ouvrait l'horizon dans toute sa largeur.

Deux valets traînaient Milady, qu'ils tenaient chacun par un bras ; le bourreau marchait derrière, et lord de Winter, d'Artagnan, Athos, Porthos et Aramis marchaient derrière le bourreau. Planchet et Bazin venaient les derniers.

Arrivés au bord de la rivière, le bourreau s'approcha de Milady et lui lia les pieds et les mains. Alors elle rompit le silence pour s'écrier : « Vous êtes des lâches, vous vous mettez à dix pour égorger une femme. Ah, Messieurs les hommes vertueux ! Faites attention que celui qui touchera un cheveu de ma tête est à son tour un assassin. Je ne veux pas mourir parce que je suis trop jeune pour mourir. »

« La jeune femme que vous avez empoisonnée à Béthune était plus jeune encore que vous, Madame, et cependant elle est morte », dit d'Artagnan. Athos fit un pas vers Milady.

« Je vous pardonne », dit-il, « le mal que vous m'avez fait ; je vous pardonne mon avenir brisé, mon honneur perdu, mon amour souillé et mon salut à jamais compromis par le désespoir où vous m'avez jeté. Mourez en paix. »

Lord de Winter s'avança à son tour.

« Je vous pardonne », dit-il, « l'empoisonnement de mon frère, l'assassinat de lord de Buckingham, je vous pardonne vos tentatives sur ma personne. Mourez en paix. »

« Et moi », dit d'Artagnan, « pardonnez-moi, Madame, d'avoir, par une fourberie indigne d'un gentilhomme, provoqué votre colère; et, je vous pardonne le meurtre de ma pauvre amie et vos vengeances cruelles pour moi, je vous pardonne et je pleure sur vous. Mourez en paix.»

«*I am lost!*» murmura en anglais Milady. «*I must die.*»

Alors elle se releva d'elle-même, et jeta autour d'elle un de ces regards clairs qui semblaient jaillir d'un œil de flamme.

«Où vais-je mourir?» dit-elle.

«Sur l'autre rive», répondit le bourreau.

Alors il la fit entrer dans une barque, et, comme il allait y mettre le pied, Athos lui remit une somme d'argent.

«Tenez», dit-il, «voici le prix de l'exécution; que l'on voie bien que nous agissons en juges.»

«C'est bien», dit le bourreau, «et que maintenant, à son tour, cette femme sache que je n'accomplis pas mon métier, mais mon devoir.» Et il jeta l'argent dans la rivière.

Le bateau s'éloigna vers la rive gauche de la Lys; on le vit aborder sur l'autre rive; les personnages se dessinaient en noir sur l'horizon rougeâtre.

En arrivant au haut du talus, Milady glissa et tomba sur les genoux: elle resta dans l'attitude où elle se trouvait, la tête inclinée et les mains jointes.

Alors on vit le bourreau lever lentement ses deux bras, un rayon de lune se refléta sur la lame de sa large épée, les deux bras retombèrent; on entendit le sifflement du cimeterre et le cri de la victime, puis une masse tronquée s'affaissa sous le coup.

Alors le bourreau détacha son manteau rouge, l'étendit à terre, y coucha le corps, y jeta la tête, le noua par les quatre coins, le chargea sur son épaule et remonta dans le bateau.

Arrivé au milieu de la Lys, il arrêta la barque, et suspendant son fardeau au-dessus de la rivière:

«Laissez passer la justice de Dieu!» cria-t-il.

Et il laissa tomber le cadavre au plus profond de l'eau, qui se referma sur lui.

Trois jours après, les quatre mousquetaires rentraient à Paris; ils étaient restés dans les limites de leur congé, et le même soir ils allèrent faire leur visite accoutumée à M. de Tréville.

«Eh bien! Messieurs», leur demanda le brave capitaine, «vous êtes-vous bien amusés dans votre excursion?»

«Prodigieusement», répondit Athos, les dents serrées.

LV
Conclusion

Le 6 du mois suivant, le roi sortit de sa capitale tout étourdi encore de la nouvelle qui venait de s'y répandre que Buckingham venait d'être assassiné.

La reine, lorsqu'on lui annonça cette nouvelle, ne voulut pas la croire. Mais le lendemain La Porte arriva, porteur du dernier et funèbre présent que Buckingham envoyait à la reine.

La joie du roi avait été très vive; il la fit même éclater avec affectation devant la reine. Louis XIII, comme tous les cœurs faibles, manquait de générosité.

Mais bientôt le roi redevint sombre et mal-portant; il sentait qu'en retournant au camp il allait reprendre son esclavage, et cependant il y retournait. Le cardinal était pour lui le serpent fascinateur et il était, lui, l'oiseau qui voltige de branche en branche sans pouvoir lui échapper.

Aussi le retour vers La Rochelle était-il profondément triste. Nos quatre amis surtout faisaient l'étonnement de leurs camarades; ils voyageaient ensemble, côte à côte, l'œil sombre et la tête baissée.

Un jour que les quatre amis s'étaient arrêtés dans un cabaret, un homme, qui venait de La Rochelle à franc étrier, s'arrêta à la porte.

«Holà! Monsieur d'Artagnan!» dit-il, «n'est-ce point vous que je vois là-bas?»

D'Artagnan leva la tête et poussa un cri de joie. Cet homme, c'était son inconnu de Meung.

«Ah! Monsieur», dit le jeune homme, «cette fois vous ne m'échapperez pas.»

«Ce n'est pas mon intention non plus, Monsieur, car cette fois je vous cherchais; au nom du roi, je vous arrête et dis que vous ayez à me rendre votre épée, Monsieur, et cela sans résistance; il y va de la tête, je vous en avertis.»

«Qui êtes-vous donc?» demanda d'Artagnan.

«Je suis le chevalier de Rochefort, l'écuyer de M. le cardinal de Richelieu, et j'ai ordre de vous ramener à Son Eminence.»

«Nous retournons auprès de Son Eminence, Monsieur le chevalier», dit Athos en s'avançant, «et vous accepterez bien la parole de M. d'Artagnan, qu'il va se rendre en droite ligne à La Rochelle.»

«Je dois le remettre entre les mains des gardes qui le ramèneront au camp.»

«Nous lui en servirons, Monsieur, sur notre parole de gentilshommes; mais sur notre parole de gentilshommes aussi», ajouta-t-il, «M. d'Artagnan ne nous quittera pas.»

Le chevalier de Rochefort jeta un coup d'œil en arrière et vit que Porthos et Aramis s'étaient placés entre lui et la porte.

«Messieurs», dit-il, «si M. d'Artagnan veut me rendre son épée, et joindre sa parole à la vôtre, je me contenterai de votre promesse.»

«Vous avez ma parole, Monsieur», dit d'Artagnan, «et voici mon épée.»

On se remit en route.

Le lendemain, à trois heures de l'après-midi, on arriva à Surgères. Le cardinal y attendait Louis XIII. Le ministre et le roi y échangèrent force caresses, se félicitèrent du heureux hasard qui débarrassait la France de l'ennemi qui ameutait l'Europe contre elle. Après quoi, le cardinal, qui avait été prévenu que d'Artagnan était arrêté, et qui avait hâte de le voir, prit congé du roi.

Le cardinal trouva debout, devant la porte de la maison qu'il habitait, d'Artagnan sans épée et les trois mousquetaires armés. Il fit signe à d'Artagnan de le suivre. D'Artagnan obéit.

«Nous t'attendrons, d'Artagnan», dit Athos d'une voix assez haute pour que le cardinal l'entendît.

D'Artagnan entra derrière le cardinal, et Rochefort derrière d'Artagnan; la porte fut gardée.

Son Eminence se rendit dans la chambre qui lui servait de cabinet; Rochefort se retira; d'Artagnan resta seul en face du cardinal.

«Monsieur», dit le cardinal, «vous avez été arrêté par mes ordres.»

«On me l'a dit, Monseigneur.»

«Savez-vous pourquoi?»

«Non, Monseigneur; car la seule chose pour laquelle je pourrais être arrêté est encore inconnue de Son Eminence.»

«On vous impute d'avoir correspondu avec les ennemis du royaume, on vous impute d'avoir surpris les secrets de l'Etat, on vous impute d'avoir essayé de faire avorter les plans de votre général.»

«Et qui m'impute cela, Monseigneur? Une femme flétrie par la justice du pays, une femme qui a épousé un homme en France et un autre en Angleterre, une femme qui a empoisonné son second mari et qui a tenté de m'empoisonner moi-même!»

«De quelle femme parlez-vous ainsi?» s'écria le cardinal étonné.

«De Milady de Winter, dont, sans doute, Votre Eminence ignorait tous les crimes lorsqu'elle l'a honorée de sa confiance.»

«Monsieur, si Milady de Winter a commis les crimes que vous dites, elle sera punie.»

«Elle l'est, Monseigneur.»

«Et qui l'a punie?»

«Nous.»

«Elle est en prison?»

«Elle est morte.»

«Morte!» répéta le cardinal, qui ne pouvait croire à ce qu'il entendait. «Morte! N'avez-vous pas dit qu'elle était morte?»

«Trois fois elle avait essayé de me tuer, et je lui avais pardonné; mais elle a tué la femme que j'aimais. Alors, mes amis et moi, nous l'avons prise, jugée et condamnée.»

D'Artagnan alors raconta l'empoisonnement de Mme Bonacieux dans le couvent des Carmélites de Béthune, le jugement de la maison isolée, l'exécution sur les bords de la Lys.

«Ainsi», dit le cardinal, «vous vous êtes constitués juges, sans penser que ceux qui n'ont pas mission de punir et qui punissent sont des assassins.»

«Monseigneur, je vous jure que je n'ai pas eu un instant l'intention de défendre ma tête contre vous. Je subirai le châtiment que Votre Eminence voudra bien m'infliger. Je ne tiens pas assez à la vie pour craindre la mort.»

«Oui, je le sais, vous êtes un homme de cœur, Monsieur», dit le cardinal avec une voix presque affectueuse, «je puis donc vous dire d'avance que vous serez jugé, condamné même.»

«Un autre pourrait dire à Votre Eminence qu'il a sa grâce dans sa poche; moi je me contenterai de vous dire: Ordonnez, Monseigneur, je suis prêt.»

«Votre grâce?» dit Richelieu surpris.

«Oui, Monseigneur.»

«Et signée de qui? Du roi?»

«Non, de Votre Eminence.»

«De moi? Vous êtes fou, Monsieur?»

«Monseigneur reconnaîtra sans doute son écriture.»

Et d'Artagnan présenta au cardinal le précieux papier qu'A-
thos avait arraché à Milady, et qu'il avait donné à d'Artagnan
pour lui servir de sauvegarde.

Son Eminence prit le papier, le lut, puis tomba dans une
rêverie profonde.

«Il médite de quel genre de supplice il me fera mourir», se dit
tout bas d'Artagnan, «eh bien, il verra comment meurt un gentilhomme.»

Enfin, Richelieu leva la tête, fixa son regard d'aigle sur cette
physionomie loyale, ouverte, intelligente, lut toutes les souf-
frances qu'il avait endurées depuis un mois, songea combien cet
enfant de vingt-et-un ans avait d'avenir, et quelles ressources son
activité, son courage, son esprit pouvaient offrir à un bon maître.

D'un autre côté, les crimes, la puissance, le génie infernal de
Milady l'avaient plus d'une fois épouvanté. Il sentait comme une
joie secrète d'être à jamais débarrassé de ce complice dangereux.

Il déchira lentement le papier que d'Artagnan lui avait si géné-
reusement remis.

«Je suis perdu», dit en lui-même d'Artagnan.

Le cardinal s'approcha de la table, et, sans s'asseoir, écrivit
quelques lignes sur un parchemin dont les deux tiers étaient déjà
remplis et y apposa son sceau.

«Tenez, Monsieur», dit le cardinal, «je vous ai pris un blanc-
seing et je vous en rends un autre. Le nom manque sur ce brevet:
vous l'écrirez vous-même.»

D'Artagnan prit le papier en hésitant et jeta les yeux dessus.

C'était une lieutenance dans les mousquetaires.

D'Artagnan tomba aux pieds du cardinal.

«Monseigneur», dit-il, «ma vie est à vous; disposez-en désormais; mais cette faveur que vous m'accordez, je ne la mérite pas:
j'ai trois amis qui sont plus méritants et plus dignes...»

«Vous êtes un brave garçon, d'Artagnan», interrompit le cardinal en lui frappant familièrement sur l'épaule, charmé qu'il

était d'avoir vaincu cette nature rebelle. «Faites de ce brevet ce qu'il vous plaira. Seulement rappelez-vous que, quoique le nom soit en blanc, c'est à vous que je le donne.»

Le cardinal se retourna et dit à haute voix: «Rochefort.»

Le chevalier entra aussitôt.

«Rochefort, vous voyez M. d'Artagnan; je le reçois au nombre de mes amis; ainsi donc que l'on s'embrasse et que l'on soit sage si l'on tient à conserver sa tête.»

Rochefort et d'Artagnan s'embrassèrent du bout des lèvres. Ils sortirent de la chambre en même temps.

«Nous commencions à nous impatienter», dit Athos.

«Me voilà, mes amis!» répondit d'Artagnan, «non seulement libre, mais en faveur.»

«Vous nous conterez cela.»

«Dès ce soir.»

En effet, dès le soir même d'Artagnan se rendit au logis d'Athos; il lui raconta ce qui s'était passé entre le cardinal et lui, et tirant le brevet de sa poche: «Tenez, mon cher Athos, voilà qui vous revient tout naturellement.»

Athos sourit de son doux et charmant sourire.

«Ami», dit-il, «pour Athos c'est trop; pour le comte de La Fère, c'est trop peu. Gardez ce brevet, il est à vous; hélas, mon Dieu! vous l'avez acheté assez cher.»

D'Artagnan sortit de la chambre d'Athos et entra dans celle de Porthos. Il le trouva vêtu d'un magnifique habit, couvert de broderies splendides, et se mirant dans une glace.

«Je viens», lui dit-il, «vous proposer un habit qui vous ira encore mieux. Tenez, mon cher, écrivez votre nom là-dessus et soyez bon chef pour moi.»

Porthos jeta les yeux sur le brevet, et le rendit à d'Artagnan au grand étonnement du jeune homme.

«Oui», dit-il, «cela me flatterait beaucoup, mais je n'aurais pas assez longtemps à jouir de cette faveur. Pendant notre expédition à Béthune, le mari de ma duchesse est mort; de sorte que, mon cher, le coffre du défunt me tendant les bras, j'épouse la veuve. Tenez, j'essayais mon habit de noces; gardez la lieutenance, mon cher, gardez.»

Et il rendit le brevet à d'Artagnan.

Le jeune homme entra chez Aramis.

Il le trouva agenouillé devant un prie-Dieu, le front appuyé contre son livre d'heures ouvert.

Il lui raconta son entrevue avec le cardinal, et tira pour la troisième fois son brevet de sa poche.

«Hélas, cher ami», dit Aramis, «nos dernières aventures m'ont tout à fait dégoûté de la vie d'homme d'épée. Cette fois mon parti est pris irrévocablement: après le siège, j'entre chez les Lazaristes. Gardez ce brevet, d'Artagnan, le métier des armes vous convient, vous serez un brave et aventureux capitaine.»

D'Artagnan, l'œil humide de reconnaissance et brillant de joie, revint à Athos, qu'il trouva attablé et mirant son dernier verre de malaga à la lueur de la lampe.

«Eh bien!» dit-il, «eux aussi m'ont refusé.»

«C'est que personne, cher ami, n'en était plus digne que vous.»

Il prit une plume, écrivit sur le brevet le nom de d'Artagnan, et le lui remit.

«Je n'aurai donc plus d'amis», dit le jeune homme, «hélas, plus rien, que d'amers souvenirs...»

Et il laissa tomber sa tête entre ses deux mains, tandis que deux larmes roulaient le long de ses joues.

«Vous êtes jeune, vous», répondit Athos, «et vos souvenirs amers ont le temps de se changer en doux souvenirs!»

Epilogue

La Rochelle, privée du secours de la flotte anglaise et de la division promise par Buckingham, se rendit après un siège d'un an. Le 28 octobre 1628, on signa la capitulation.

Le roi fit son entrée à Paris le 23 décembre de la même année. On lui fit un triomphe comme s'il revenait de vaincre l'ennemi et non des Français. Il entra par le faubourg Saint-Jacques sous des arcs de verdure.

D'Artagnan prit possession de son grade. Porthos quitta le service et épousa, dans le courant de l'année suivante, Mme Coquenard, le coffre tant convoité contenait huit cent mille livres.

Mousqueton eut une livrée magnifique, et de plus la satisfaction, qu'il avait ambitionnée toute sa vie, de monter derrière un carrosse doré.

Aramis, après un voyage en Lorraine, disparut tout à coup et cessa d'écrire à ses amis. On apprit plus tard, par Mme de Chevreuse, qui le dit à deux ou trois de ses amants, qu'il avait pris l'habit dans un couvent de Nancy.

Bazin devint frère lai.

Athos resta mousquetaire sous les ordres de d'Artagnan jusqu'en 1633, époque à laquelle, à la suite d'un voyage qu'il fit en Touraine, il quitta aussi le service sous prétexte qu'il venait de recueillir un petit héritage en Roussillon.

Grimaud suivit Athos.

D'Artagnan se battit trois fois avec Rochefort et le blessa trois fois.

«Je vous tuerai probablement à la quatrième», lui dit-il en lui tendant la main pour le relever.

«Il vaut donc mieux, pour vous et pour moi, que nous en restions là», répondit le blessé. «Corbleu! Je suis plus votre ami que vous ne pensez, car dès la première rencontre j'aurais pu, en disant un mot au cardinal, vous faire couper le cou.»

Ils s'embrassèrent cette fois, mais de bon cœur et sans arrière-pensée.

Planchet obtint de Rochefort le grade de sergent dans les gardes.

M. Bonacieux vivait fort tranquille, ignorant parfaitement ce qu'était devenue sa femme et ne s'en inquiétant guère. Un jour, il eut l'imprudence de se rappeler au souvenir du cardinal; le cardinal lui fit répondre qu'il allait pourvoir à ce qu'il ne manquât jamais de rien désormais.

En effet, le lendemain, M. Bonacieux, étant sorti à sept heures du soir de chez lui pour se rendre au Louvre, ne reparut plus rue des Fossoyeurs; l'avis de ceux qui parurent les mieux informés fut qu'il était nourri et logé dans quelque château royal aux frais de sa généreuse Eminence.